Widmung

Für meine Leser, viele von euch in **C.N. Crawfords Coven** auf Facebook.

Ich liebe es, euch Eskapismus zu bieten.

Zuerst 2021 erschienen unter dem Titel *City of Thorns*

ISBN: 978-3-910990-08-1

Übersetzung: Katharina Stegen

Cover: Yocla Book Cover Design

Deutsche Erstveröffentlichung: Berlin 2023

C.N. CRAWFORD

CITY OF THORNS

KÖNIGIN DER DÄMONEN

BUCH I

VON MORGEN VERLAG

KAPITEL 1

Ich versuchte den Typen, dem ich gestern Abend eine verpasst hatte, nicht anzustarren. Drei Dinge machten es mir schwer. Erstens: Das Veilchen um Jacks Auge hatte ein tiefes, leuchtendes Violett angenommen, das im Neonlicht des Seminarraums glänzte. Zweitens: Er gehörte gar nicht in dieses Seminar. Und drittens saß er ganz hinten und machte eine groteske Geste, bei der er seine Zunge durch V-förmige Finger schob.

Kurz gesagt, meine Präsentation lief nicht gut.

Jack Corwin belästigte mich seit der Highschool. Ich hätte erwartet, dass er im letzten College-Jahr über die Finger-im-Loch-Gesten und die vorgetäuschten Orgasmusgesichter hinausgewachsen wäre, aber Jack widersetzte sich gern den Konventionen. Warum sollte er diese Art von Widerwärtigkeit aufgeben, wenn sie doch sein Markenzeichen war?

Ich hatte mich so gut auf den heutigen Tag vorbereitet. Stundenlang hatte ich mir die Namen der relevanten psychologischen Studien eingeprägt. Ich hatte mir ein knielanges schwarzes Kleid mit weißem Kragen ausgesucht – niedlich, aber professionell und nur leicht gruftig. Ich hatte mir meine Notizen abgeschrieben und meine knallroten Locken zu einem ordentlichen Pferdeschwanz gebunden. Doch meine Vorbereitung spielte keine Rolle mehr, sobald ich mit dieser wedelnden Zunge konfrontiert wurde.

Konzentrier dich, Rowan. Vergiss ihn.

Ich straffte meine Schultern und musterte den Rest des Seminars. Meine Kommilitonin Alison zwirbelte eine blonde Locke um ihren Finger und sah mich erwartungsvoll an. Sie schenkte mir ein ermutigendes Lächeln.

Ich warf einen Blick auf meine Notizzettel und begann wieder vorzutragen. „Wie ich schon sagte, ist das Konzept der verdrängten Erinnerungen sehr umstritten." Ich hob meinen Blick. „Viele Psychologen bestreiten ..."

Jack machte einen Kreis mit seinem Finger und seinem Daumen, dann schob er seinen anderen Zeigefinger hinein und wieder heraus. Um es perfekt zu machen, öffnete er seinen Mund weit für ein Orgasmusgesicht. Das Licht schimmerte auf der seltsamen silbernen Brosche, die er immer trug und die die Form eines Hammers hatte.

„Sorry. Äh, dissoziative Amne...", fing ich wieder an, „... so steht im DSM ..."

Im hinteren Teil des Klassenzimmers, wo niemand außer mir ihn sehen konnte, bewegte Jack seine Hüfte stoßend auf und ab.

In mir kochte die Wut. Aus mehreren Gründen war er der letzte Mensch, den ich in meiner Nähe haben wollte, und ich zeigte schließlich auf ihn. „Sollte er hier sein?", platzte ich heraus. „Er ist nicht in diesem Kurs. Warum ist er dann hier?"

Leider hatte niemand sonst gesehen, was er tat, also wirkte ich einfach wie eine Idiotin.

Mein Professor, Dr. Omer, hob seine dunklen Augenbrauen und starrte mich an. Als er in den hinteren Teil des Raumes blickte, gab Jack ein perfektes Bild der Unschuld ab. Er hielt seinen Stift in der Hand, als ob er sich die ganze Zeit Notizen gemacht hätte. *Nur ein fleißiger Junge, der lernen will.*

Dr. Omer verschränkte seine Finger und sah mich stirnrunzelnd an. Er sagte nichts, weil er diese Psychologen-Sache durchzog, bei der er einen schweigend ansah und darauf wartete, dass man merkte, dass man etwas Unangemessenes getan hatte. Ich schluckte schwer.

Die Sache war die: Jack war mir gestern Abend gefolgt und hatte mich vor meinem Haus in die Enge getrieben. In Wirklichkeit verfolgte er mich seit Jahren. Es gab einen legitimen Grund, warum ich ihm ein blaues Auge verpasst hatte.

Aber das hier war keine Therapiesitzung, und ich versuchte auch nicht, professionell zu sein. Wir waren hier, um zu lernen oder zumindest eine gute Note im Zeugnis zu bekommen.

„Er ist nicht in diesem Kurs", wiederholte ich etwas leiser. „Ich verstehe nicht, warum er hier ist."

Ich spürte die Blicke meiner Mitstudenten auf mir und Hitze breitete sich in meinem Nacken aus. Da ich blass wie Milch war, ließ sich schwer verbergen, wenn ich rot wurde.

„Er hört sich den Kurs für den Rest des Semesters an", sagte Dr. Omer mit ruhiger Stimme. „Er hat die Erlaubnis, hier zu sein." Er presste seine Finger für einen Moment gegen die Lippen und runzelte die Stirn. Der Psychologen-Blick. Dann meinte er: „Gibt es ein Problem mit deiner Präsentation? Du bist doch sonst immer gut vorbereitet, Rowan."

Normalerweise bewunderte ich Dr. Omers ruhiges Auftreten, aber jetzt wirkte es so, als würde er das Haus, das um ihn herum brannte, einfach ignorieren.

Ich atmete tief und langsam ein und versuchte mich zu konzentrieren, indem ich an meine Füße dachte, die fest auf dem Boden verwurzelt waren. *Konzentrier dich einfach und steh das durch, Rowan.* Heute Abend würde ich mit meiner besten Freundin Shai auf meinen zweiundzwanzigsten Geburtstag anstoßen. Bier, Pizza, Klatsch und Tratsch über ihr tolles neues Leben. Alles, was ich tun musste, war die nächsten zwanzig Minuten zu überstehen.

„Überhaupt kein Problem." Ich lächelte. „Ich war nur einen Moment lang verwirrt. Ich bin eigentlich wie immer sehr gut vorbereitet." Ich räusperte mich. „Dissoziative Amnesie ist theoretisch ein Zustand, der ..."

Warte. Würde er wirklich für den Rest des Semesters in diesem Kurs bleiben? Ich *musste* dieses Seminar besuchen, um meinen Abschluss zu machen.

Ich warf einen Blick aus dem Fenster auf die City of Thorns – die magische Stadt, die sich über Osborne, Massachusetts, erhob. Ich hatte vor, dort das Graduiertenkolleg zu besuchen, und zwar so bald wie möglich.

„Rowan?", fragte Dr. Omer mit einem Hauch von Verärgerung in seinem Ton. „Es wäre vielleicht besser, wenn du das an einem Tag wiederholst, an dem du besser vorbereitet bist. Ich glaube nicht, dass das die beste Nutzung unserer Seminarzeit ist."

Autsch. Meine Hände zitterten, aber ich war mir nicht sicher, ob das die Folge von Angst oder Wut war.

„Nein, ich hab's schon. Tut mir leid. Ich wurde durch den nicht funktionierenden Projektor aus dem Konzept gebracht." Ich schluckte, bereit, meine Fassung wiederzuerlangen. „Was ich meine, ist die Unfähigkeit, auf Erinnerungen im Unterbewusstsein zuzugreifen ..." Ich drehte meine Notizzettel um und versuchte, meine Gedanken zu etwas Zusammenhängendem zu ordnen. „Besonders autobiografische Erinnerungen, die Dinge aus jemandes Leben ..." Ich schaute wieder zu Jack auf und sah, wie er sich in seinem Stuhl zurücklehnte und seine Brustwarzen massierte, während seine Zunge aus seinem Mund ragte.

An diesem Punkt verhedderten sich zwei Überlegungen in meinem Kopf. Die eine war der nächste Satz auf meinem Notizzettel, der lautete: „Wenn du dir vorstellen könntest ..." Die andere war: *Ich würde diesen Mistkerl gern noch einmal schlagen.* Während mein Gehirn über die beiden Gedanken stolperte, starrte ich Jack direkt an und platzte heraus: „Wenn du den Mistkerl wieder lieben könntest ..."

Das ergab keinen Sinn, klang aber definitiv unangebracht.

Erschrockenes, halb unterdrücktes Lachen unterbrach die Stille.

Die Studenten drehten sich wieder zu Jack um. Er hatte sofort wieder seine unschuldige Pose eingenommen und schaute angesichts meiner Äußerung verdutzt drein. Seine Augenbrauen hoben sich.

Mein Magen sackte in sich zusammen.

Töte mich. Bitte, lass mich einfach im Boden versinken.

Ich spürte, wie die Wärme über meine Wangen kroch, als eine schreckliche Stille eintrat. Die Lichter surrten und flackerten über mir, und mein Mund wurde trocken. „Ich habe mich versprochen." Ich wies auf Jack. „Er hat Grimassen geschnitten ..." Ich merkte, wie lahm das klang, und brach ab.

Jacks Besessenheit von mir hatte vor Jahren begonnen, als er in der neunten Klasse an der Osborne Highschool ein Date mit mir wollte. Ich hatte Nein gesagt und das hatte ihn wütend gemacht. Also hatte er Gerüchte darüber in die Welt gesetzt, dass ich das ganze Baseballteam gevögelt hätte. Alle hatten ihm geglaubt. Die nächsten vier Jahre wurde ich Home Run Rowan genannt, und er hatte sogar Nacktfotos von Pornodarstellerinnen so bearbeitet, dass sie mein Gesicht trugen. So waren meine Highschool-Jahre gewesen.

Aber das konnte ich jetzt nicht erzählen. Die Studenten wollten diesen Abschnitt ihres Tages hinter sich bringen und zum Taco-Dienstag in der Mensa übergehen.

„Ich habe mich versprochen“, wiederholte ich.

Dr. Omer presste seine beiden Handflächen vor dem Mund zusammen. „Okay, ich weiß nicht genau, was hier los ist, aber ich spüre, dass es einen zwischenmenschlichen Konflikt gibt, und ich glaube nicht, dass dies ein produktives Forum für eine Diskussion ist. Wenn es ein Problem zwischen euch beiden gibt, können wir das nach dem Unterricht klären.“

Jack schaute verlegen und hob zum ersten Mal seine Hand. „Ich glaube, ich weiß, was los ist. Rowan war wütend, als ich ihr gestern Abend eine Absage erteilt habe, und sie wusste nicht, wie sie damit umgehen sollte. Sie ist ausgerastet.“ Er deutete auf sein Auge. „Aber ich schwöre, ich bin bereit, den körperlichen Angriff hinter mir zu lassen. Ich bin bereit, mich auf Abnormale Psychologie zu konzentrieren. Ich bin ein engagierter Student. Wenn Sie sich mein Zeugnis ansehen, werden Sie feststellen, dass ich einer der besten Studenten bin, die Sie je hatten.“

„Oh, mein Gott!“ Alison riss die Augen weit auf. „Hast du ihm wirklich das blaue Auge verpasst?“, fragte sie mich. „Ich will ja nicht dramatisch sein, aber ich habe gerade wirklich große Angst.“

Jemand sagte etwas davon, die Polizei zu rufen. Andere lachten, halb schockiert und halb begeistert. Aus ihrer Sicht war das wahrscheinlich das Aufregendste, was in diesem Semester passiert war. Das war besser als der Taco-Dienstag. Das war ein *Drama.*

Ich zerknüllte meine Zettel in den Händen und mein Herz klopfte gegen meine Rippen. „Ich habe ihn geschlagen, ja, aber er hat es verdient. Er ist das Problem hier, nicht ich.“

Vor meinem inneren Auge löste sich das Empfehlungsschreiben von Dr. Omer in Luft auf. Auf Wiedersehen, Studium in der City of Thorns; auf Wiedersehen, mein Lebenstraum, ein ungelöstes Verbrechen aufzuklären.

Gestört. Ich wirkte völlig gestört.

Sie irrten sich, aber nichts ließ einen verrückter erscheinen, als zu schreien, dass man selbst die Vernünftige war.

„Okay, wisst ihr was?“ Ich warf die Notizzettel in den Mülleimer. „Ich glaube, meine Präsentation ist vorbei.“

Mein ganzer Körper surrte vor Adrenalin, als ich aus dem Raum stürmte.

KAPITEL 2

Ich saß auf dem Bett in meiner Kellerwohnung und skizzierte die Tore der City of Thorns.

Nach meinem miesen Tag war ich lange joggen gegangen. Ich hatte das Tempo hochgeschraubt und meine Muskeln brannten immer noch, als ich sie auf der Bettdecke dehnte. Laufen war die beste Art, mit Stress umzugehen und mich in meinem Körper zu verlieren. Es waren auch die einzigen Momente, in denen ich mich bei etwas wirklich gut fühlte. Das einzige Problem war, dass ich manchmal, wenn meine Füße durch die Blätter im Wald flogen, Flashbacks an die Nacht hatte, in der Mom gestorben war. Ich hörte ihre Stimme, die mir sagte, ich sollte rennen.

Ich schüttelte den Kopf, um die dunkle Erinnerung zu verdrängen. Stattdessen konzentrierte ich mich darauf, das Bild des Tores zu perfektionieren. Diese Zeichnung diente keinem Zweck, aber ich war völlig besessen von den Konturen des Tores – der schmiedeeiserne Eingang zur Dämonenstadt, verziert mit einem Totenkopf in der Mitte, seltsam schön und abschreckend zugleich. Vielleicht war es nicht die gesündeste Besessenheit, wie eine Verrückte immer wieder das Gleiche zu zeichnen, aber wenigstens dachte ich nicht an Jack Corwin.

Ich atmete aus, während ich den Schädel schattierte. Hier zu wohnen war Teil meines Plans, Geld für die Graduiertenschule in der Dämonenstadt zu sparen.

Dadurch gab ich keinen Cent mehr aus als nötig, schließlich lebte ich in einem Keller mit sechs anderen mittellosen Studenten. Unsere Zimmer waren durch dünne Holzwände voneinander getrennt, und wir teilten uns ein Bad und eine Küchenzeile, die hauptsächlich aus einem Kochtopf und einem Wasserkocher bestand.

Mein Telefon summte – ein Anruf von Shai – und ich nahm ab. „Hey."

„Oh! Du hast tatsächlich geantwortet, anstatt so zu tun, als wärst du beschäftigt, und dann zwei Minuten später eine Nachricht zu schreiben."

Ich grinste. „Wer redet denn heute noch am Telefon? Das macht alle nervös, außer dich."

„Was machen wir denn an deinem Geburtstag? Es gibt da diesen tollen Thai-Imbiss, den ich unbedingt ausprobieren möchte, und ich könnte dir Essen bringen, vielleicht zusammen mit ein paar Flaschen Wein."

Ich lächelte. „Meine neue Wohnung ist ein schäbiger Keller mit Spinnen. Und im Vergleich zu deinem schicken Wohnheim an der Belial-Universität wird es dir wie ein richtiges Drecksloch vorkommen."

„Ist es wirklich so schlimm?"

„Warte." Ich knipste ein paar Fotos zum Beweis und schickte sie ihr. „Okay. Siehst du, wenn wir uns wie normale Leute einfach nur Nachrichten schreiben würden, würde das hier alles viel reibungsloser ablaufen."

Nach einem Moment hörte ich sie sagen: „Oh, okay. Nun, ja, es ist klein. Hübsch eingerichtet, aber klein. Ich mag die Vorstellung von Spinnen nicht ... Ich wünschte, ich könnte dich hier haben, aber ich *glaube,* du könntest ganz legal von Dämonen ermordet werden, wenn ich dich reinschmuggle."

Ich nickte. „Das würde ich gern vermeiden. Vielleicht nur auf einen Drink irgendwo in Osborne?“

„Warte mal ... Ich zoome gerade in deine Fotos rein, um zu sehen, ob ich irgendwas Peinliches finde.“

„Ich habe zweiunddreißig Bilder von den Toren der City of Thorns gemalt, und die meisten sind an die Wand geklebt“, sagte ich. „Das ist ziemlich peinlich.“

„Ja, aber ich wusste schon, dass du eine Spinnerin bist. Ich hatte gehofft, dass du auch eine Art heimlicher Sex-Freak bist. Eine Sekunde lang dachte ich, ich hätte riesige rote Dildos neben deinem Bett gesehen, aber jetzt sehe ich, dass es Feuerlöscher sind.“

„Was ist das Gegenteil von einem Sex-Freak?“, fragte ich. „Das bin nämlich ich.“

„Okay, aber warum hast du zwei Feuerlöscher neben deinem Bett?“

Ich setzte mich aufrecht hin und wurde schon bei dem Gedanken daran unruhig. „Es gibt keinen Weg hier raus, Shai. Es gibt ein kleines Fenster über dem Bett, aber es lässt sich nicht öffnen. Wenn das Haus brennt, muss ich mich aus einer entfernten Ecke aus dem Keller herauskämpfen, während die Wände um mich herum in Flammen stehen.“

Sie atmete scharf ein. „Oh, Mist. Kannst du vielleicht eine andere Wohnung finden? Das klingt selbst mit den Feuerlöschern nicht sicher. Ist das überhaupt legal?“

„Wahrscheinlich nicht, aber ich habe auch Feuermelder installiert. Und ich habe mich mit dem Zeug eingedeckt, das Stuntmen benutzen, um durch Flammen zu kommen.“

„Warte, *was*?“, rief sie.

Ich ging im Geist durch, was unter meinem Bett lag.

„Feuerhemmende Kleidung und Gels, die verhindern, dass meine Haut brennt, wie in Hollywood. Ich könnte durch Flammen laufen, wenn ich müsste. Oh! Und ich habe eine Gasmaske gekauft, falls ich durch Rauchschwaden gehen muss. Ich bin ziemlich gut ausgerüstet mit allem möglichen Zeug."

„Natürlich. Du bist also immer noch eine Art Prepper, nehme ich an?"

„Ja, also im Falle einer Dämonenapokalypse kommst du her. Ich habe mehrere große Säcke mit Bohnen und Reis und ein paar Antibiotika. Allerdings sind die für Fische."

„Schön", sagte sie. „Wir werden die Dämonen also mit Burritos und Penicillin töten?"

„Für den Fall, dass die Geschäfte und Arztpraxen schließen. Und ich habe einen Wasseraufbereiter, falls das Reservoir verseucht ist."

Was ich nicht erwähnte, war mein seltsamster Prepper-Gegenstand: der Fuchs-Urin, den Jäger benutzten, um ihren Geruch zu verbergen. Wenn die Dämonen in Osborne wüteten und nach Blut lechzten sollten, würde ich mich einfach in Fuchspisse tränken. Dann würden sie mich nie finden. Aber das brauchte Shai nicht zu wissen. Selbst bei meiner besten Freundin hatte ich eine Grenze, die ich nicht überschritt.

„Okay", sagte Shai. „Nun, da gerade keine Apokalypse stattfindet, sollten wir uns überlegen, wo wir Margaritas trinken, okay?"

„Ich bin mit allem zufrieden, egal wo. Es wird einfach Spaß machen, dich zu sehen und aus dem Keller zu kommen. Und ich brauche unbedingt einen Drink. Ich habe heute eine absolut katastrophale Präsentation in meinem Kurs über Abnormale Psychologie gehalten.“

„Verdammt. Okay. Gib mir kurz Zeit, um herumzutelefonieren und zu sehen, ob ich uns was reservieren kann, ja? Ich schicke dir gleich eine Nachricht.“

Sie legte auf und ich lehnte mich in meine Kissen. Eine flackernde Bewegung erregte meine Aufmerksamkeit und ich blickte auf eine Spinne, die über den Boden huschte. Der Geruch von Schimmel und Moder lag schwer in der Luft.

Ich zog meinen Zeichenblock und meinen Bleistift in meinen Schoß und beendete die Filigranarbeit an einem weiteren Bild von den Toren der City of Thorns.

Es gab nur zwei Arten von Sterblichen, die in der Stadt zugelassen waren: die Diener, die in ihre Rolle hineingeboren wurden, und Studenten wie Shai, die es sich leisten konnten. Jedes Jahr nahm die Belial-Universität in der City of Thorns etwa dreihundert sterbliche Bewerber auf. An der Dämonenuniversität Belial lernten sie, ihre Karrieren mit den magischen Künsten zu bereichern. Absolventinnen und Absolventen wie Shai bekamen immer eine gute Arbeitsstelle, egal in welchem Bereich.

Aber in meinem Fall war die Bildung nicht der *eigentliche* Grund, warum ich an die Dämonenuniversität wollte.

Ich wollte Rache. Ich wollte den Dämon finden, der meine Mutter getötet hatte.

Als das Bild des Tors fertig war, blätterte ich die Seite um und begann einige Zahlen zu meinem Kontostand zu notieren. Im Moment hatte ich fünfundsiebzigtausend Dollar Schulden an Studentenkrediten mit sieben Prozent Zinsen. Wenn ich das zurückzahlen und außerdem die hunderttausend sparen wollte, um an der Belial Universität studieren zu können, dann ...

Mein Magen drehte sich um.

Jedes Mal, wenn ich anfing, diese Berechnungen zu machen, drückte das Gewicht der Unmöglichkeit auf mich herab. Ich hatte es schon eine Million Mal durchkalkuliert, aber die Zahlen passten nie zusammen. Mit meinen Kreditzinsen hätte ich die hunderttausend Dollar ungefähr...

Niemals.

Ich würde niemals hunderttausend Dollar haben, um reinzukommen.

Immer öfter dachte ich über einen Plan B nach: in die Stadt einbrechen und dann irgendwie nicht auffallen. Es musste doch einen Weg geben. Selbst eine uralte Dämonenstadt würde eine Schwachstelle haben.

Als ich anfing, über meinen noch gefährlicheren und verrückteren Plan nachzudenken, summte mein Telefon mit einer Nachricht von Shai: *Cirque de la Mer. Zwei Cocktails zum Preis von einem heute Abend. Triff mich dort um 20:30 Uhr xo*

Wahrscheinlich war es gut, dass sie mich dabei unterbrach, Einbruchspläne zu schmieden, bevor ich mir etwas ausdachte, dass mich noch umbrachte.

Ich saß am weißen Marmortresen im Cirque de la Mer, meine roten Haare vom Septemberregen durchnässt, trank ein Guinness und leckte mir den Schaum von den Lippen. Ich trug immer noch mein schwarzes Kleid und meine Stiefel, aber ich hatte mich mit schwarzem Nagellack, Eyeliner und silbernen Ringen ein wenig aufgepeppt. Das war mein Look: rothaarige Goth-Puritanerin.

Hinter der Bar blickten riesige Fenster auf den Atlantik, und das Meer glitzerte im Sternenlicht. Dubstep dröhnte um mich herum. Mir gefiel es hier, mit der lauten Musik, die meine eigenen Gedanken übertönte, und dem herrlichen Blick auf das Meer. Natürlich war es wahrscheinlich die teuerste Bar an der Nordküste von Massachusetts, aber für heute Abend wollte ich mir keine Gedanken über Geld machen. Die Kredite waren so lächerlich hoch, dass ich eh nichts mehr tun konnte. Ich könnte genauso gut eine Milliarde Dollar Schulden haben.

Als Shai sich an der Bar neben mich setzte, strahlte sie mich an. Ihr dunkles Haar fiel in zwei langen Zöpfen über ein cremefarbenes Kleid. Sie trug leuchtend roten Lippenstift, der perfekt zu ihrer hellbraunen Haut passte.

Ich hatte es wirklich dringend nötig, ein freundliches Gesicht zu sehen.

Sie umarmte mich. „Hallo, Geburtstagskind. Was trinken wir? Tequila Shots?“

„Ich habe Tequila nach dem Vorfall am Harvard Square abgeschworen.“

Sie zog eine Grimasse. „Oh, richtig. Okay, dann lass uns essen und Cocktails holen, damit du dich nicht schmutzig machst.“ Sie hob die Hand und der Barkeeper kam sofort mit einem Lächeln herüber. Shai bestellte uns zwei Mojitos und eine Butternut-Kürbis-Pizza.

Nachdem das erledigt war, drehte sie sich mit hochgezogenen Augenbrauen wieder zu mir um. „Okay, was war das mit deinem Alptraum von einem Tag?“

Ich seufzte. „Jack Corwin ist mitten in meiner Präsentation im Seminar aufgetaucht und hat Orgasmusgesichter gemacht, während ich versucht habe, mich zu konzentrieren. Und dann hat er behauptet, ich hätte ihm ein blaues Auge verpasst."

Ihre Hand flog für einen Moment zu ihrem Mund. „Erstens, vergiss den Kerl. Zweitens, hat er den Verstand verloren? Wie kommt er darauf, dass die Leute glauben würden, du hättest ihn geschlagen?"

Ich räusperte mich. „Also, was das angeht. Ich habe ihn tatsächlich geschlagen."

„*Was?*"

„Nachdem er versucht hat, mir seine Zunge in den Hals zu rammen", sagte ich abwehrend.

„Er hat dich also zuerst angegriffen? Du musst die Bullen rufen. Er lässt die Dinge eskalieren. Er stalkt dich schon seit Jahren."

Der Barkeeper schob unsere Mojitos über die Theke und ich griff sofort nach meinem. Ich nahm einen Schluck und ließ den Geschmack nach Minze und Limette über meine Zunge fließen. „Ich habe es bei der Osborne State und bei der Polizei gemeldet, aber die haben schon vor langer Zeit entschieden, dass ich überreagiere. Anscheinend ist es nicht illegal, ein Mistkerl zu sein, und ich bin mir nicht sicher, ob sie das, was letzte Nacht passiert ist, auch so sehen würden wie ich. Sein Vater ist ein Kongressabgeordneter oder so, also ..." Ich nahm noch einen Schluck. „Weißt du was? Ich habe es satt, über ihn nachzudenken. Bitte erzähl mir von der City of Thorns. Lassen wir Jack heute Abend aus dem Spiel. Ich will von den Dämonen hören."

„Wo soll ich nur anfangen?"

Ich hob meine Augenbrauen. „Glaubst du, Dämonen können die City verlassen?"

Sie schüttelte den Kopf. „Soweit ich weiß, gibt es eine Art magischen Zauber von vor Hunderten von Jahren, der sie an die eine oder andere Dämonenstadt bindet. Aber gelegentlich können sie zwischen ihnen reisen. Warum fragst du?"

„In der Nacht, in der meine Mutter ermordet wurde ..." Ich schaffte es nicht, den Satz zu beenden. Es war, als würde sich die Luft abkühlen und die Atmosphäre dornig werden, wann immer ich das schmerzhafte Thema ansprach. Es gab keinen einfachen Weg zu sagen: *Eines Nachts hat ein Dämon mit einem leuchtenden Stern auf dem Kopf meine Mutter im Wald gejagt und verbrannt.* Und da das Grauen dieser Nacht selbst jetzt noch sehr präsent war, war es schwer, darüber zu sprechen, ohne das Gefühl zu haben, im Verlust zu ertrinken.

Manchmal dachte ich, das Einzige, was mich über Wasser hielt, war die Gewissheit, dass ich ihren Tod rächen würde. Dass ich in die City of Thorns gelangen und ihren Mörder finden würde.

Aber das war zu dunkel und unheimlich, um es laut auszusprechen. Schlimmer als die Fuchsspisse unter meinem Bett.

KAPITEL 3

Wir saßen an der Marmorbar, und vor uns glitzerte das nachtschwarze Meer. Ich wollte den Abend nicht ruinieren und winkte mit einer Hand. „Schon gut. Ich möchte mehr über dein Leben in der City erfahren. Wie ist es so?"

Ich konnte spüren, wie die Spannung in der Luft wieder abfiel. „Verdammt toll", sagte Shai. „Vielleicht mache ich noch ein Jahr länger. Irgendeine Chance, dass du das Geld für nächstes Jahr zusammenbekommst?"

„Ich arbeite an ein paar Ideen, um reinzukommen." Zu diesem Zeitpunkt waren es höchst illegale Ideen. „Wie sieht dein Wohnheim aus?"

„Mein Zimmer hat einen Balkon und es gibt Bedienstete. Sogar das Meer ist dort viel schöner. Es ist nicht wie der Atlantik – es ist ein wunderschöner tropischer Ozean, der mit Magie geschaffen wurde. Okay, die Stadt hat ja sieben Bezirke, die jeweils einem Dämon zugeordnet sind. Die Universitätsgebäude sind auch so organisiert. Ich wohne in der Lucifer Hall, das ist so ein riesiges Schloss aus Stein."

Selbst wenn ich meine Rachepläne beiseiteschob, war mein Neid lähmend. „Und wie läuft der Unterricht ab?"

„Die Kurse finden in Hörsälen statt, die vierhundert Jahre alt sein müssen, mit Sitzen, die rund um eine Bühne angebracht sind." Sie seufzte. „Ich weiß, es kostet wahnsinnig viel. Aber ich will eben magische Künste lernen. Belial ist die beste Hexenakademie für Sterbliche. Ich will unbedingt noch ein Jahr bleiben."

„Und wie sind die Dämonen so?"

Sie fuhr mit der Fingerspitze über den Rand ihres Mojitos. „In meinen Kursen sitzen hauptsächlich angehende sterbliche Hexen, aber es gibt auch ein paar Dämonen und natürlich die Professoren. Sie sind wunderschön und verdammt einschüchternd. Einige von ihnen haben Hörner, aber nicht alle. Ich habe noch niemanden getroffen, der besonders böse zu sein scheint. Zumindest niemanden, der schlimmer ist als Jack." Sie drehte sich um, hob ihr leeres Glas und winkte dem Barkeeper, uns eine neue Runde zu bringen. Dann drehte sie sich wieder zu mir um. „Ich habe gehört, dass der König übel ist – er und der Herr des Chaos. Sie sind beide furchterregend, aber ich habe sie bisher nur aus der Ferne gesehen."

Meine Augenbrauen schossen hoch. „Okay, fang mit dem König an. Was sagt man über ihn so?"

Sie beugte sich verschwörerisch vor. „König Cambriel ist erst seit kurzem König. Er hat seinen Vater umgebracht, König Nergal, der Hunderte von Jahren regiert hat. Also, Cambriel hat den Kopf seines Vaters abgeschlagen und ihn auf das Tor vor seinem Palast gesteckt."

Ich erschauderte. „Das ist übel."

„Ein Dämonenkönig kann nur sterben, wenn sein Erbe ihn tötet, und Cambriel hat genau das getan. Jetzt ist er offenbar auf der Suche nach einer Dämonenkönigin, und es gibt allerlei Gerüchte darüber, welche Frau er wählen könnte."

Während ich meinen ersten Mojito austrank, brachte der Barkeeper schon zwei weitere.

„Und die Frauen *wollen* einen Kerl heiraten, der den Kopf seines Vaters über seinem Eingangstor aufgespießt hat?“, fragte ich. „Klingt nach einem guten Fang.“

„Für die weiblichen Dämonen ist er das.“ Sie schob einen der Mojitos zu mir rüber. „Und der Herr des Chaos ist der andere begehrteste Junggeselle in der Stadt. Er ist ein Außenseiter – ein Herzog aus der City of Serpents in England, also war er dort Anführer einer Dämonenbezirks. Keiner weiß, warum er gegangen ist, aber offenbar war es ein totaler Skandal. Normalerweise verlassen Herzöge ihre Städte nicht. Aber das Wichtigste ist, dass er anscheinend stinkreich ist.“

„Wenn es so ein großer Skandal war, warum kennt dann niemand die Details?“

Sie rührte ihr Getränk mit ihrem kleinen schwarzen Strohhalm um. „Es gibt keine Kommunikation zwischen Dämonenstädten. Dämonen können in eine neue Stadt reisen, aber sie dürfen nie über die alte Stadt sprechen. Das war eine der Bedingungen für die Kapitulation in den großen Dämonenkriegen vor Jahren, die durch Magie besiegelt wurde. Die Puritaner dachten, wenn Dämonen miteinander sprechen, könnten sie wieder stark werden und sich dann gegen die Sterblichen erheben. Also darf der Herr des Chaos nichts über die englische Dämonenstadt sagen. Und auch sonst niemand.“

„Wow.“

„Also.“ Sie lehnte sich näher heran. „Keiner weiß wirklich etwas über ihn. Aber jetzt kommt das Gruseligste: Wenn ein Dämon in eine andere Stadt kommt, muss er eine Prüfung bestehen, die Höllenprüfung. Sie soll beweisen, dass die Dämonengötter den Neuankömmling gesegnet haben. Ich will nicht sagen, dass es barbarisch ist, denn das klingt verurteilend, aber es *ist* barbarisch. In der City of Thorns läuft die Prüfung so ab, dass die Dämonen durch den Wald rennen und versuchen, den Neuankömmling zu töten. Nur die, die überleben, dürfen bleiben. Die meisten von ihnen sterben, bevor sie in die Gemeinschaft eingeführt werden können, aber der Herr des Chaos hat fünfzig andere Dämonen abgeschlachtet. Jetzt wollen ihn alle Frauen, weil er so furchterregend ist. Ist doch klar."

Ich starrte sie an. „Ist das alles legal?"

Sie zuckte mit den Schultern. „Ihre Stadt, ihre Gesetze. Sie können keine Menschen töten, ohne einen Krieg auszulösen, aber Dämonen sind Freiwild."

Das war *faszinierend.* „Wie sieht der Herr des Chaos aus?"

„Ich habe ihn nur aus der Ferne gesehen, aber er ist wirklich schockierend schön. So schön, dass man vor ihm auf die Knie fällt. Er hat silbernes Haar, aber nicht, weil er alt ist. Es ist irgendwie … überirdisch. Und er hat atemberaubende blaue Augen und umwerfende Wangenknochen. Er ist riesig. Ich bin in ihn verknallt, und in einen Zorndämon namens Legion. Er hat lange schwarze Haare und diese verdammt sexy Tattoos. Sie sind beide ... umwerfend. Legion hat mich einmal angesehen, mit so einem glühenden Blick. Kein Scherz, ich habe vergessen zu atmen."

Ich lehnte mich zu ihr herüber. „Was ist mit einem Stern? Hast du schon mal einen mit einem fünfzackigen Stern auf der Stirn gesehen?"

Eine Falte bildete sich zwischen ihren Brauen. „Wovon redest du?"

Und so schnell war ich wieder bei meinem Lebensthema – dem Mord an meiner Mutter.

Ich schüttelte den Kopf. „Schon gut. Ich habe nur ein Gerücht über Male auf der Stirn von Dämonen gehört. Vielleicht ist es bloß Blödsinn."

Als die Pizza ankam, nahm ich mir ein Stück und schob es auf einen kleinen Teller. Sie sah erstaunlich gut aus, obwohl sie vegan war.

Shai trommelte mit ihren Fingernägeln auf den Tresen. „Warum habe ich das Gefühl, dass du immer etwas verheimlichst?"

„Manche Dinge sind dazu bestimmt, verheimlicht zu werden." Mir lief das Wasser im Mund zusammen, als ich den Kürbis und den Knoblauch roch. Ich nahm einen Bissen, und obwohl der vegane Käse meinen Mund verbrannte, schmeckte er trotzdem herrlich. Ich war mir nicht sicher, ob selbst das magische Essen der Dämonenwelt hiermit mithalten konnte.

Als ich den heißen Bissen hinunterschluckte, fragte ich: „Zeigst du mir was von den Zaubern, die du gelernt hast? Wenn ich Kopfschmerzen habe, kannst du sie heilen?"

Sie wischte sich den Mundwinkel mit einer Serviette ab. „Ich bin noch nicht so weit. Außerdem bin ich Tiermedizinstudentin, wie du weißt. Ich kann keine Menschen behandeln."

Ich zeigte auf sie und fühlte mich jetzt ein bisschen beschwipst. „Aber wenn mir jemand in die Schulter schießen würde, könntest du das mit Magie behandeln, oder würdest du mich in eine Katze oder so verwandeln?"

Sie erschauderte. „Wahrscheinlich halb Katze, halb Mensch. Das wäre furchtbar."

Eine Weile aßen wir still den Rest der Pizza. Als wir fertig waren, drehte ich mich um und sah, dass sich der Club langsam füllte.

„Wollen wir tanzen?“, fragte Shai.

Ich hatte schon zwei Mojitos und ein Guinness intus und rief etwas davon, dass heute mein Geburtstag war, während ich auf die Tanzfläche ging.

Sie spielten mein Lieblingslied, Apashe. Als der Beat durch den Club dröhnte, verlor ich mich in der Musik. Ich vergaß meine College-Kredite, meine katastrophale Präsentation und die Spinnen, die über mich krabbelten, wenn ich schlief. Ich vergaß Jack und den fünfzackigen Stern. Ich ließ mein Verlangen nach Rache los.

Zumindest tat ich das, bis die Musik verstummte und eine merkwürdige Spannung den Raum erfüllte.

Manchmal konnte ich die Gefahr spüren, bevor sie da war, und das war einer dieser Momente. Eine heiße, trockene Brise ließ Dunkelheit durch die Bar wehen. Ich erstarrte und stellte beunruhigt fest, dass alle mit einem Ausdruck des Entsetzens in dieselbe Richtung starrten. Eine Gänsehaut bildete sich auf meinen Armen. Die Wärme fühlte sich unnatürlich und beunruhigend an. Ich wollte mich nicht umdrehen.

Als ich es endlich tat, zog sich mein Magen zusammen. In der Tür stand ein Dämon mit silbernem Haar und Augen, die wie Eiskristalle aussahen. Der Herr des Chaos? Seine Größe und atemberaubende Schönheit machten mich schwindelig. Er sah aus wie ein verdammter Gott.

Vielleicht waren es die Mojitos, vielleicht war es seine umwerfende körperliche Perfektion, aber ich fühlte mich magnetisch von ihm angezogen. Ich wollte näher an ihn heranschweben und mich an seinen muskulösen Körper pressen. Als ich ihn anstarrte, begann mein Herz schneller zu schlagen.

Göttlich. Sein silbernes Haar hing ihm bis zu den herzzerreißend markanten Wangenknochen herunter. Er trug einen schwarzen Mantel mit hohem Kragen, der offen war. Der dünne graue Pullover darunter brachte seinen muskulösen Körper zur Geltung. Der Stoff sah weich aus, aber ich konnte sehen, dass die Bauchmuskeln darunter steinhart waren. Mein Puls raste, als ich mir vorstellte, wie ich mit meinen Fingern darüber fuhr und seine Muskeln zucken spürte.

Ich hatte Sex noch nie genossen – kein einziges Mal in meinem Leben. Aber als ich ihn ansah, dachte ich, *da* ist ein Mann, der mich wirklich befriedigen könnte.

Ich kniff meine Augen zu. Moment, was zum Teufel war mit mir los? Er war nicht einmal ein Mensch. Er war eine andere Spezies, eine, die Menschen fraß.

Aber als ich meine Augen wieder öffnete, hatte ich das Gefühl zu schmelzen. Im Gegensatz zu seinen blassblauen Augen waren seine Augenbrauen dunkel wie die Nacht. Der Effekt wirkte schockierend und hypnotisierend zugleich.

Als er mir einen Blick aus seinen blassen Augen zuwarf, durchfuhr mich eine eisige Angst. Seine Hände ballten sich zu Fäusten und er senkte das Kinn, als wollte er mich angreifen.

Ich erstarrte. Mein Herz schlug jetzt aus einem ganz anderen Grund schneller. Ich hatte seine Aufmerksamkeit, aber nicht auf eine gute Art.

Es war ein Blick der reinen, unverfälschten Abscheu, ein Blick des spürbaren Hasses, der in meinem Kopf die Alarmglocken läuten ließ. Er *hasste* mich.

Heilige Hölle.

Was dachte er, was ich ihm angetan hatte?

KAPITEL 4

Die Luft schien wie elektrisiert, und meine Knie wurden schwach.

Der Dämon beherrschte den Raum. Seine Augen waren auf mich gerichtet.

Jede Zelle in meinem Körper sagte mir, dass ich mich umdrehen und weglaufen sollte, um mich zu retten, bevor es zu spät war. Er mochte schön sein, aber diese Kreatur war der pure Tod. Er würde mir im Handumdrehen die Kehle herausreißen.

Es dauerte eine gefühlte Ewigkeit, bis der hasserfüllte Blick durch ein grausames, spöttisches Lächeln ersetzt wurde. Er wandte seinen Blick von mir ab. Jetzt sah er entspannt aus, als ob er das alles amüsant fände. Er zuckte mit den Schultern. „Lasst euch den Spaß nicht verderben, meine sterblichen Freunde." Er sprach mit einem feinen englischen Akzent. „Man könnte auf die unangenehme Idee kommen, dass Dämonen hier nicht willkommen sind."

Mit einem langsamen, anmutigen Gang kam er zur Bar, wobei sein großer Körper tödliche Kraft ausstrahlte.

Obwohl ich zitternd vor ihm zurückwich, konnte ich nicht aufhören, ihn anzustarren. Shai zog an meinem Arm, und ich stolperte fast.

Als wir nicht mehr so nah bei ihm waren, flüsterte sie: „Was sollte das denn?"

Mein Mund war trocken geworden und in meinem Kopf drehte sich alles. „Hast du das auch gesehen? Den Blick, den er mir zugeworfen hat? Ich habe keine Ahnung, was das sollte.“

„Vielleicht siehst du aus wie jemand, den er kennt.“ Sie linste über meine Schulter zu ihm herüber. „Das ist der, von dem ich dir erzählt habe. Der Herr des Chaos. Was macht der denn hier?“

Als ich mich umdrehte, um ihn wieder anzusehen, glitt sein eisiger Blick zu mir. Er zog eine Augenbraue hoch und hob sein Whiskeyglas wie zu einem Toast.

Ich fühlte mich zu ihm hingezogen wie eine Motte zu den Flammen. Langsam ging ich wieder auf ihn zu.

Ein spöttisches Lächeln kräuselte seine Lippen. „Ich hätte nicht gedacht, dass ich dich nach all den Jahren wiedersehen würde.“

Ich räusperte mich. „Du musst mich mit jemandem verwechseln.“

Das kalte Lächeln, das er mir schenkte, triefte vor Bosheit. „Oh, das glaube ich nicht, Liebes. Ich würde dein Gesicht überall erkennen. Es hat mich lange Zeit in meinen Albträumen verfolgt.“

Der Boden schien unter meinen Füßen zu schwanken. „Ich habe dich noch nie in meinem Leben gesehen.“ Ich versuchte meine Stimme ruhig zu halten, aber konnte nicht verhindern, dass sie zitterte. „Ich bin mir ziemlich sicher, dass ich mich an einen zwei Meter großen, silberhaarigen Dämon erinnern würde.“

„Hör nicht wegen mir auf zu tanzen.“ Er wandte seinen Blick wieder von mir ab, während sich dunkle Magie um ihn schlängelte. „Lass dir nicht von deiner schrecklichen Vergangenheit den Spaß verderben.“

Einen Moment lang fragte ich mich, ob das Ganze etwas mit dem Mord an Mom zu tun hatte. Immerhin hatte ein Dämon ihren Tod gewollt. Verwechselte er mich mit ihr? Aber ich verwarf den Gedanken schnell wieder. Ich sah Mom nicht so ähnlich, dass uns jemand hätte verwechseln können. Wir hatten dieselbe blasse Haut, dasselbe herzförmige Gesicht und dieselben gewölbten Augenbrauen, aber meine Augen waren tiefbraun, während ihre blau gewesen waren. Ich hatte höhere Wangenknochen und ein breiteres Lächeln. Moms Haare waren blond, aber meine waren schockierend rot mit ein paar blonden Strähnen.

Und vor allem war ich mir sicher, dass meine Mutter keine schreckliche Vergangenheit hatte.

Mein Atem ging flach. Der Raum fühlte sich zu heiß an, erdrückend. Ich wandte mich an Shai, besessen von dem Wunsch zu gehen. „Ich brauche frische Luft. Vielleicht können wir in eine andere Bar umziehen."

„Ich zahle die Rechnung", sagte sie.

„Danke."

Verstört eilte ich zur Tür. Als ich auf die Straße trat, kühlte sich meine Haut unter dem leichten Regen etwas ab. Das Cirque de la Mer lag in einer engen, gepflasterten Straße im alten Seemannsviertel am Hafen. Auf der anderen Straßenseite befand sich eine Brauerei, die für heute Abend vielleicht die bessere Wahl war. Dort gab es Hotdogs, und aus irgendeinem Grund konnte ich mir nicht vorstellen, dass Dämonen in Lokale gingen, die Hotdogs servieren.

Ich umarmte mich selbst, während ich zitterte. Irgendwie hatte ich mir einen furchterregenden Dämonenherzog zum Feind gemacht, und ich hatte keine Ahnung, wie. Eine Sache, die mir meine Mutter vor ihrem Tod beigebracht hatte, war, dass jeder eine Schwäche hatte. Die Schwäche des Herrn des Chaos – so vermutete ich – war die Frau, mit der er mich verwechselt hatte. Die Frau, die ihn in seinen Albträumen verfolgte.

Ich nahm einen tiefen, beruhigenden Atemzug. Hier draußen strich die salzige Brise über meine Haut. Der Duft des Atlantiks lag schwer in der Luft. Ich leckte mir über die Lippen und schmeckte das Salz.

Die Sache war die: Ich hatte immer angenommen, meine Mutter wäre zutiefst paranoid, so wie sie ständig über Selbstverteidigung gesprochen hatte und Schwächen bei anderen hatte finden wollen. Sie war Sozialarbeiterin gewesen, die Menschen mit traumatischen Erlebnissen half. Ich fragte mich, ob sie selbst ein Trauma gehabt hatte, denn sie hatte mich unablässig dazu gedrängt, Selbstverteidigungskurse zu besuchen und Kampfsport zu lernen. Sie war besessen vom Kämpfen gewesen und davon überzeugt, dass Feinde hinter uns her waren. Die ganze Zeit über war sie sich sicher gewesen, dass eines Tages ein Dämon kommen würde.

Ich hatte alles gemacht, was sie von mir wollte. Ich hatte jeden Kampfsportkurs in Osborne besucht und an den Wochenenden mit ihr trainiert. Sie hatte mir beigebracht, die Schwächen anderer Leute in einem Kampf zu bemerken und zu meinen Gunsten auszunutzen. Ich hatte mich oft gefühlt, als würde sie mich für einen Krieg trainieren, den es gar nicht gab. Aber in der Nacht, in der sie starb, hatte ich erfahren, dass der Krieg real war. Ich hatte nur keine Ahnung, warum sie getötet worden war.

Während ich die Glastüren der Brauerei anstarrte, stolperten drei betrunkene Typen aus einer Studentenverbindung in ihren Alpha-Kappa-Shirts heraus. Ich schlich mich zurück in den Schatten, in der Hoffnung, unbemerkt zu bleiben.

Eine schlanke Blondine eilte hinter ihnen her. Ihre Schultern waren angespannt. Sie taumelte, eindeutig betrunken. Aber sie sah auch erschrocken aus. Ich hatte das Gefühl, dass sie vor jemandem floh.

Als die Tür wieder zuschlug und Jack hinter ihr herstürmte, hatte ich meine Antwort. Ich war nicht die Einzige, die er terrorisierte.

Seine Augen waren auf das Mädchen gerichtet, und mein Herz schlug schneller.

„Jen!“, lallte er. „Wohin gehst du? Jen! Hör auf, eine verdammte Zicke zu sein! Du solltest dich glücklich schätzen, dass ich dich gesehen habe. Du solltest dich glücklich schätzen ... Ich bin der beste Quarterback, den das Osborne State College je hatte. Ich habe Geschäftspläne, die du dir nicht einmal vorstellen kannst, Jen. Ich werd ein Millionär sein. Ein Milliardär! Ich werd im Fernsehen sein.“

Ich hatte keine Ahnung, wovon er sprach, aber es bestätigte meinen Verdacht. Narzisstische Persönlichkeitsstörung: aufgeblasenes Selbstbewusstsein, Beschäftigung mit Machtphantasien. Ein zutiefst verunsichertes Fundament, das mit Überlegenheitsgefühlen und übertriebenen Leistungen schlecht kaschiert wurde.

Jen stolperte über einen der Pflastersteine. In diesem Moment stürzte er sich auf sie und packte ihren Arm. Sie drehte sich mit großen Augen zu ihm um. „Lass mich los! Du bist ein Idiot, Jack.“

„Jen!“, schrie er ihr ins Gesicht. „Du hast dich wie ein Miststück benommen! Du solltest *dankbar* sein, dass ich überhaupt mit dir rede." Mit diesen Worten packte er sie am Arm und begann sie in die Gasse neben der Bar zu ziehen.

„Hör auf!", schrie sie.

Er zog sie dicht an seinen Körper heran und presste seine Hand auf ihren Mund.

Verdammt. Ich hatte genug gesehen. Meine Kampf-oder-Flucht-Reaktion setzte ein, und Adrenalin schoss durch meine Adern.

KAPITEL 5

Ich stürzte hinterher und rief: „Nimm gefälligst deine Hände von ihr, Jack!“

Er wirbelte herum, und die Überraschung auf seinem Gesicht verwandelte sich in ein dreckiges Grinsen. Trotzdem ließ er Jens Arm nicht los.

Er grinste breit und rückte mit Jen in seinen Armen näher an mich heran. „Rowan, Baby, verfolgst du mich etwa? Hast du gehofft, dass du noch eine Chance bei mir bekommst? Ich habe dir doch gesagt, dass ich nicht will, dass du meinen Schwanz lutschst. Ich will mir keine Krankheiten holen.“

Er riss sie mit sich, während er zu mir hinüber taumelte.

„Lass sie los“, sagte ich kalt.

Er kam immer näher, bis ich seinen ranzigen Atem auf meinem Gesicht spüren konnte. Sein Gestank nach Erbrochenem sagte mir, dass er wahrscheinlich gerade aus der Brauerei geworfen worden war, weil er gekotzt hatte. Stilvoll.

Der silberne Hammer auf seinem Hemd glitzerte unter den Straßenlaternen.

„Lass Jen los“, sagte ich. „Ich will dich nicht noch einmal schlagen.“

Eine Lüge. Ich wollte ihn unbedingt wieder schlagen, aber ich wollte dafür keinen Ärger bekommen. Ich war ehrlich gesagt überrascht, dass er noch keine Anzeige erstattet hatte.

Leider war Jack zu dumm, um meine Warnung zu beherzigen, und er ließ sein Opfer nicht frei.

Jetzt begann mein Herz schneller zu schlagen und Wut schoss durch mein Blut.

Von links ertönten Männerstimmen. Ich drehte mich um und sah, dass seine Freunde zurückgekommen waren, um ihn zu suchen. Ich hoffte, einer von ihnen würde eingreifen, damit ich mir nicht die Hände schmutzig machen musste. Stattdessen rief ihm einer von ihnen erfreut zu: „Jack! Was willst du mit zwei? Wir wollen mitfeiern!"

„Ich habe dich höflich gebeten", sagte ich zu Jack. „Wenn ich dich noch einmal bitten muss, werde ich dir wehtun."

„Weißt du, was dein Problem ist? Du bist zu verklemmt. Ich schwöre bei Gott", lallte er, „du hättest mir nie einen Korb geben dürfen. Ich hätte dir die Zickigkeit aus dem Leib gevögelt."

Endlich ließ er seinen Griff um Jen los, und sie begann wegzusprinten. Doch dann stürzte er sich auf mich. Er packte mich an der Kehle und zog mich dicht an sich heran. Sein Griff um meinen Hals drückte mir die Luft ab.

Mom hatte Recht. Die Welt war ein gefährlicher Ort, und wir mussten die Schwächen unserer Feinde finden.

Zum Glück war Jacks nicht schwer zu finden. Ich rammte mein Knie hart in seine Leiste. Seine Augen weiteten sich, und als er sich nach vorne beugte, rammte ich meinen Ellbogen in eine seiner Nieren. Er stieß ein leises Stöhnen aus und fiel rückwärts auf das Kopfsteinpflaster.

Ich zitterte, als mir klar wurde, dass ich vielleicht ernsthaften Schaden angerichtet hatte.

„Whoa“, rief einer seiner Verbindungsbrüder. „Was zum Teufel ist hier los?“

Jack, der nun handlungsunfähig war, lag auf dem Boden. Aber seine drei Kumpel eilten herbei und umringten mich.

„Verdammter Mist, Jack“, rief einer von ihnen. „Ist das die Puppe, die dich gestern Abend geschlagen hat? Die, die du abgewiesen hast?“

Einer von ihnen schrie, dass sie die Polizei rufen würden.

Wenn hier heute Abend jemand verhaftet wurde, dann war ich es – die verrückte Frau, die den Sohn eines Abgeordneten verprügelt hatte. Diejenige, die in der Klasse einen Ausraster gehabt hatte. Diejenige, die bereits eine fragwürdige Akte im Osborne Police Department hatte.

Wo zum Teufel war Shai?

Zögernd umklammerte ich mein Handy, bis es mir einer der Jungs aus der Hand schlug. Er grinste mich an. „Upsi!“

„Alter!“, rief einer von ihnen, obwohl ich mir nicht sicher war, wen er anschrie oder ob er es überhaupt selbst wusste.

Sie waren alle besoffen, was sie noch gefährlicher machte. Aber ich hatte keine Angst. Nur Wut.

Jack stützte sich auf seine Ellbogen und zog eine Grimasse. „Du kannst mich nicht ständig angreifen, nur weil ich dich nicht meinen Schwanz lutschen lasse. Aber es ist schon witzig, wie erbärmlich das ist.“

Verlogener Mistkerl.

Einer seiner Brüder legte seinen Arm um meine Schultern. „Komm mit uns, Rotschopf. Wenn du so verzweifelt bist, finde ich schon was, um deinen Mund zu beschäftigen."

Ich rammte ihm meinen Ellbogen in die Rippen, aber ein
anderer Typ griff bereits nach meinem Arm. Meine Panik wuchs, als ich merkte, wie unterlegen ich ihnen war. In meiner Verzweiflung wollte ich gerade einen weiteren Schlag landen, als etwas in der Luft meine Haut verbrannte.

Alles um mich herum schien stehen zu bleiben. Wie in Zeitlupe rauschte ein heißer, trockener Wind über mich hinweg und spielte mit meinem Haar. Langsam taumelten die Jungs um mich herum mit großen Augen zurück. Dann nahm die Welt wieder ihr normales Tempo an.

Ich staunte, als der nächste der Verbindungsbrüder auf die Knie fiel und ihm Blut aus der Nase tropfte.

Was zur Hölle?

Als ich mich umsah, stellte ich fest, dass alle vier Typen auf dem Boden lagen. Sie stöhnten und hielten sich den Schädel. Jack wimmerte. Blut floss aus seinen Nasenlöchern auf das Kopfsteinpflaster. Mein Magen krampfte sich zusammen.

Gerade als die Typen vor Schmerz zu schreien begannen, drehte ich mich um ... und da war, wie ich es erwartet hatte, der Herr des Chaos. Er schwebte über der dunklen Straße. Mein Herz setzte einen Schlag aus.

Die Luft fühlte sich warm und elektrisiert an. Ein hoher Schrei erscholl. Ich fuhr herum, um in Jacks schmerzverzerrtes Gesicht zu sehen.

So sehr ich diese Kerle auch hasste, ich wollte nicht dastehen und zusehen, wie ihre Köpfe explodierten. Das war Sadismus, und die gequälten Geräusche, die sie von sich gaben, ließen mein Blut zu Eis werden.

„Stopp", flüsterte ich. Dann noch lauter: *„Stopp!"*

Der Herr des Chaos schnippte mit den Fingern, und seine blassen Augen glitten zu mir. „Was war das?", fragte er in einem spöttischen Ton. „Soll ich etwa glauben, dass du Gnade empfindest?" Die Fäden der dunklen Magie rasten zurück in seinen Körper. „Witzig. Ich mag es, wenn du neue Dinge ausprobierst, auch wenn sie absurd sind."

Ich wandte meinen Blick von ihm ab und sah zu den Jungs, die sich stöhnend aufrappelten. Mindestens zwei von ihnen schluchzten, das Blut floss noch immer aus ihren Nasen. Sie begannen zu stolpern – erst langsam, dann versuchten sie zu rennen.

Mein Körper zitterte vor Entsetzen über das, was auch immer *das* gewesen sein mochte.

Als ich den Dämon wieder ansah, bemerkte ich ein amüsiertes Funkeln in seinen Augen. „Ich dachte, das würde dir gefallen."

„Danke für deine Hilfe … schätze ich?", sagte ich.

Sein Lächeln verblasste und er kam mit übernatürlicher Geschwindigkeit auf mich zu. Als er auf mich herabblickte, jagten seine stechenden Augen einen Schauer über meinen Rücken. „Oh, ich glaube nicht, dass du dich bei mir bedanken willst", murmelte er. „Du musst wissen, welche exquisite Strafe dich jetzt erwartet, Liebes."

Ich konnte kaum atmen.

Was sollte der Mist?

Ich *musste* von ihm wegkommen, aber es wäre ein Fehler, einem Raubtier den Rücken zu kehren und vor ihm wegzulaufen. Es wäre ein Fehler, sich wie Beute zu verhalten. Im Moment kämpfte ich gegen den übermächtigen Instinkt an, meine Augen zu senken und mich zu unterwerfen. „Hä?“, sagte ich. „Keine Ahnung, wovon du redest.“

Seine heiße Kraft strömte über meine feuchte Haut. Die
Haare auf meinem Arm stellten sich auf. „Du musst wissen, warum ich hier bin.“ Er beugte sich zu mir herunter und flüsterte: „Ich bin hier, um mich zu rächen.“

Seine sengende Magie schlängelte sich um mich herum, ein langsames Streichen heißer Macht über meine Haut. Er ließ mich an Ort und Stelle erstarren und übernahm die vollständige Kontrolle über meinen Körper. Alle meine Muskeln erstarrten.

„Hör auf“, zischte ich.

Aber ich konnte bereits spüren, wie seine Magie in meinen Geist eindrang und meine Sicht nachließ. Ich war jetzt ganz in seinen Händen.

KAPITEL 6

Ich erwachte in völliger Dunkelheit vom Geräusch tropfenden Wassers. Mein Rücken war gegen den kalten Steinboden gepresst, mein Kleid um die Hüften hochgerutscht. Es entblößte meine Beine, und mein rechter Oberschenkel lag in eiskaltem Wasser. Meine Zähne klapperten.

Hier unten roch die Luft muffig und schimmelig, aber nicht viel anders als in dem Keller, in dem ich wohnte.

Zitternd setzte ich mich auf. Meine Gedanken überschlugen sich.

Soweit ich wusste, hatte mich der Herr des Chaos entführt und in einen Keller gesperrt. Ich hatte mir keinen tollen Geburtstag erhofft, aber das hier blieb selbst hinter meinen schlimmsten Erwartungen weit zurück.

Mein Herz klopfte in meiner Brust. Ich sprang auf die Beine und suchte nach meinem Handy. Erst dann fiel mir ein, dass es mir einer der Typen aus der Hand geschlagen hatte.

Ich schluckte schwer und schlang meine Arme um mich. „Hallo?"

Nur der Hall meiner eigenen Stimme antwortete mir. Das einzige andere Geräusch war das Geräusch von tropfendem Wasser.

Nach ein paar Minuten begann ich in der Dunkelheit herumzutasten. Meine Fingerspitzen strichen über eine schleimige Wand, Moos, Efeu und dann Eisenstangen.

Okay, ich war nicht in einem Keller. Ich war in einer Gefängniszelle. Oder vielleicht in einem Kerker.

„Hallo?“, rief ich wieder.

Als ich in die Dunkelheit starrte, leuchteten Fackeln an der Steinmauer gegenüber von mir auf und ließen mich zusammenzucken. Da niemand in der Nähe war, konnte ich mir nur vorstellen, dass Magie die Fackeln entzündet hatte. Jetzt flackerte warmes Licht in meine Zelle und beleuchtete die Eisenstäbe, die mich einsperrten.

Ich betrachtete den schummrigen Raum. An dreien der Wände um mich herum wuchsen Ranken und gegenüber meiner Zelle war eine grobe Steinmauer mit Fackeln. Das war's.

Während mein Herz raste, ging ich zu den Gitterstäben und hielt mich daran fest, um zu warten. Hier unten war es so kalt, dass mir der Atem stockte.

Wenige Augenblicke später hörte ich Schritte.

Plötzlich erschien der Herr des Chaos vor meiner Zelle. Seine perfekten Gesichtszüge schimmerten im Fackellicht. Es war zu schade, dass er ein Dämon und ein unerbittlicher Mistkerl war, denn er war herzzerreißend schön. Mit einer unheimlichen, dämonischen Stille stand er da, die mir eine Gänsehaut verursachte. Meine Amygdala – der Teil des Gehirns, der Bedrohungen einschätzte – stufte ihn sofort als Raubtier ein, nicht als Mensch. Mein Gehirn sagte mir, ich sollte sofort verschwinden, und es schien sich nicht darum zu scheren, dass mir Gitterstäbe den Weg versperrten.

„Da bist du ja, mein Schatz“, sagte er.

Ich starrte ihn an und versuchte mich daran zu erinnern, wie man Sätze bildete. „Man sperrt jemanden nicht in einen Kerker und nennt ihn dann *Schatz*.“

Er grinste spöttisch. „Ich schätze, das ist mir komplett egal, Mortana."

„Warum bin ich hier?"

„Weil ich dich mehr verabscheue als jede andere lebende Person und weil ich dich schon immer auf der anderen Seite dieser Gitterstäbe sehen wollte." Sein grausamer Blick wanderte langsam an meinem Körper entlang. „Ich liebe deinen Anblick hier. Vor allem liebe ich, was für ein trauriges kleines Leben du unter den Sterblichen geführt hast. Oh, wie die Mächtigen doch gefallen sind."

Ich zeigte auf ihn. „Du irrst dich gewaltig."

Er trat näher heran. Seine Augen durchbohrten die Dunkelheit und er ergriff die Gitterstäbe der Zelle. „Diese Nacht ist herrlich. Ich hätte nie gedacht, dass sie so gut sein würde." Obwohl er furchtbare Dinge sagte, fühlte sich seine Stimme wie eine sanfte, verführerische Liebkosung an. Sie strich über meine nackte Haut und ließ mich heiß erschaudern – ein zutiefst verwirrendes Gefühl. „Das könnte der größte Nervenkitzel sein, den ich je erlebt habe. Weißt du nicht mehr, wie es war, wenn du zu mir gekommen bist?"

Die Panik raubte mir den Atem. „Ich bin nicht die, für die du mich hältst. Was soll ich machen, damit du es endlich kapierst?"

Ein eiskaltes Lächeln. „Ach? Hast du in den letzten Jahrhunderten einen Sinneswandel gehabt? Bist du jetzt *nett*?" Seine Stimme triefte vor Sarkasmus. „Sollen wir etwa einen Kuchenverkauf veranstalten, um Sport für unterprivilegierte sterbliche Kinder zu finanzieren?"

„Ich bin nicht Jahrhunderte alt. Ich bin *sterblich*. Erkennst du den Unterschied etwa nicht? Ich stamme aus

Osborne. Ich war auf der Osborne Highschool. Ich war Lady Macbeth in einem der Theaterstücke im ersten Schuljahr und bin von der Bühne gefallen. Jared Halverson hat mich aus Spaß zum Abschlussball eingeladen und ich habe mir extra ein schwarzes Kleid gekauft, aber er ist nicht aufgetaucht." Mit diesen letzten Informationen versuchte ich verzweifelt, ihm klarzumachen, wie wenig bedrohlich ich war.

Sein Lächeln wurde noch breiter und seine Schönheit ließ meine Brust schmerzen. „Nun, das *ist* eine ziemlich traurige Vorstellung. Willst du das wirklich so durchziehen? In der Nacht vor deiner Hinrichtung, Mortana, willst du so tun, als wärst du eine Sterbliche, die selbst für einen Menschen erbärmlich ist?"

Ich ignorierte, wie sehr er mich beleidigt hatte, und konzentrierte mich auf ein Wort: *Mortana.* Ich zeigte auf ihn. „Okay. Fangen wir damit an. Mortana. Mein Name ist Rowan Morgenstern. Wenn du in meinem Geldbeutel nachschaust, siehst du meinen Ausweis. Ich bin zweiundzwanzig Jahre alt. Heute ist mein Geburtstag. Ich habe heute einen Vortrag über verdrängte Erinnerungen gehalten und es richtig vermasselt. Ich wohne in einem Keller mit Spinnen." Es schien, als könnte ich nicht aufhören, irrelevante Informationen auszuspucken.

Wie hoch waren die Chancen, dass ein alter, furchterregender Dämon einen Führerschein aus Massachusetts als Identitätsnachweis akzeptieren würde? Nicht hoch, befürchtete ich.

Mein Herz geriet außer Kontrolle. „Wie kann ich dir beweisen, dass ich nicht diese Mortana bin?" Noch nie hatte ich mich so sehr danach gesehnt, wieder in meinem Spinnenkeller zu sein.

Er lachte bitter auf. „Ich habe gehofft, dass du Reue zeigen würdest. Ich dachte, du würdest dich vielleicht vor deinem Tod von deiner Schuld befreien wollen. Aber wie ich sehe, wird mir dieses Vergnügen nicht zuteil."

Mein Mund wurde trocken. „Vor meinem Tod?"

„Du musst dich doch an den Gefängnisgalgen erinnern", sagte er leise. „Ich tue es auf jeden Fall."

Ich schüttelte den Kopf und mein Herz klopfte wie wild. „Nein, tu ich nicht!", rief ich. „Zum letzten Mal: Ich bin nicht Mortana!"

Schattenhafte Magie umgab ihn, dann verschob sie sich in der Luft. „Du warst lange genug außerhalb der Stadttore, dass du schnell sterben wirst. Du wirst wie ein Mensch sterben, wenn ich dich morgen früh töte, bevor deine Magie zurückkehrt. Das ist vielleicht nicht der Tod, den du verdienst, aber so wird es eben sein. Du kannst mir morgen für die Gnade eines schnellen Todes danken. Vorausgesetzt, du bist jetzt noch nicht bereit dazu." Mit diesen Worten drehte er sich um und schlenderte davon, während sich die Schatten um ihn schlängelten.

Als ich ihm durch die Gitterstäbe der Zelle hinterher sah, flackerten die Fackeln und erloschen, und der Kerker wurde wieder dunkel.

Ich zwang mich tief durchzuatmen und versuchte zwischen meinen rasenden Gedanken einen Plan zu fassen. Schreien und Betteln würde nichts nützen. In der Dunkelheit suchte ich mir einen trockenen Platz und ließ mich in eine Ecke fallen. Und während ich in der Stille saß, wurde mir mein erster Fehler bewusst. Dr. Omer hätte mich sofort zur Rede gestellt. Man konnte jemandem nicht einfach *sagen,* dass er im Unrecht war – er würde es niemals zugeben. Man musste ihn behutsam zu der Schlussfolgerung führen, damit er selbst darauf kommen konnte.

Ich stützte mein Gesicht in die Hände. Meine Brust schnürte sich zusammen.

Auf dem kalten Zellenboden fühlte ich mich einsam und ausgehöhlt. Wollte ich wirklich an diesem Ort sterben? Mit all meinen Geheimnissen begraben werden? Es gab so viele Dinge, die ich nie jemandem erzählt hatte. Dinge, die zu dunkel waren, zu beängstigend.

Ich hatte nie jemandem erzählt, dass ich in der Nacht, in der Mom gestorben war, mit Asche bedeckt gewesen war. In meinem letzten Jahr an der Highschool hatte die Polizei Moms verkohlten Körper im Wald von Osborne gefunden – und mich eine halbe Meile entfernt am Straßenrand, zitternd und rußverschmiert. Immer wenn ich über ihre Ermordung sprach, konnte ich die Veränderung in der Luft spüren. Ich spürte, wie sich meine Muskeln anspannten, meine Kehle enger wurde. Niemand wollte den absoluten Horror einer im Wald verbrannten Mutter mehr hören. Die Leute sahen mich anders an, sobald sie erfahren hatten, was passiert war, als ob die Tragödie mich verflucht hätte. Und das hatte sie auch.

Ich hatte nie jemandem erzählt, dass ich fast bewegungslos gewesen war und nur verwirrte Erinnerungen an die Nacht hatte. Ich hatte Shai nicht erzählt, dass ich bei der Befragung der Polizei zusammenhangsloses Zeug von mir gegeben hatte und sogar eine Zeit lang verdächtigt worden war. Ich konnte mich nur daran erinnern, dass Mom sich den Knöchel verletzt hatte. Sie hatte mir zugerufen, ich sollte schnell weglaufen, um Hilfe zu holen. Ich wusste, dass wir in Gefahr waren, und lief in den dunklen Wald. Aber dann hörte ich ein unmenschliches Geräusch, wie ein Knurren. Der Geruch von verbranntem Fleisch und ihre Schreie. In diesem Moment verdunkelten sich meine Erinnerungen, aber ich erinnerte mich an einen fünfzackigen Stern, der hell in der Dunkelheit leuchtete.

Das Einzige, was mir danach noch in Erinnerung geblieben war, war der tiefe Schrecken.

Nachdem die Polizei mich befragt hatte, kam sie zu dem Schluss, dass ich Wahnvorstellungen hatte. Dämonen hatten seit Jahrhunderten keine Sterblichen mehr getötet. Sie waren sich sicher, dass das gar nicht möglich war. *Hast du den Verstand verloren, Rowan?*

Schließlich kamen sie auf die halbgare Theorie, dass der Mord wahrscheinlich mit Drogen zu tun hatte. Aber Mom hätte niemals Drogen genommen.

In der Schule waren die Gerüchte wie ein Lauffeuer herumgegangen. Leute, die nichts über Mom wussten, sagten, sie wäre eine Prostituierte oder drogenabhängig gewesen. Manche sagten, ich hätte sie in einem Wutanfall umgebracht – ich hätte sie mit Benzin übergossen und ein Streichholz angezündet.

Nur wenn ich den wahren Mörder fand, würde ich endlich erfahren, was wirklich passiert war.

„Mist“, murmelte ich. Dann, lauter: „Ich bin nicht Mortana!“

Ein Seufzen ertönte aus der nächsten Zelle. War da jemand?

„Hallo?“ Ich versuchte es noch einmal, diesmal etwas leiser. Ich fühlte mich seltsam erleichtert, Gesellschaft zu haben. „Ich wusste nicht, dass noch jemand hier ist.“

Die einzige Antwort war ein weiterer Seufzer. Es war *definitiv* jemand hier.

Ich schlang meine Arme um mich und schluckte schwer.

„Ich sollte nicht hier sein. Ich weiß, das sagen wahrscheinlich alle, aber ich bin sterblich. Ich glaube nicht, dass Dämonen Sterbliche gefangen halten sollten. Ich nehme an, du weißt nicht, wie man hier rauskommt?“

Keine Antwort.

„Ich schätze, sonst wärst du nicht hier. Hast du schon mal von jemandem namens Mortana gehört?“

Wasser tropfte in die Pfütze neben mir.

Ich ließ meinen Kopf in die Hände sinken. Panik summte noch immer durch meinen Körper. „Ich bin nicht sie. Ich bin keine Dämonin und ich bin auch nicht Jahrhunderte alt.“

Irgendwie brachte mich das Schweigen meines neuen Gefängnisfreundes nur dazu, ihm noch mehr zu erzählen. Denn der Herr des Chaos hatte Recht. Ich wollte mich von der Last befreien, aber nicht aus Schuldgefühlen. Meine Geheimnisse belasteten mich, raubten mir den Atem.

„Ich will dir mal was sagen, Knastkumpel“, begann ich. „Ich bin zweiundzwanzig. Und ich kann morgen nicht sterben. Ich *weigere* mich, morgen zu sterben. Willst du wissen, warum? Ich war noch nie verliebt. In meinem ersten Jahr auf dem College hatte ich einen Freund. Er hat sich für Comics interessiert und Klavier gespielt, er war groß und süß. Aber er hat mir immer gesagt, ich soll mehr Sport treiben, und ich habe angefangen, ihn zu hassen. Und als wir dann endlich Sex hatten, war es ... so langweilig. Ich erinnere mich, wie ich die Buchrücken in seinem Regal gelesen und darauf gewartet habe, dass es zu Ende geht. Ich erinnere mich, dass mich eine Mücke in die Pobacke gestochen hat. Dann hat er mit mir wegen eines Mädchens aus seiner Stadt Schluss gemacht und das war's. Das war meine einzige Beziehung."

Meine Gedanken rasten. Ich hatte das noch nie jemandem erzählt und es fühlte sich gut an, es loszuwerden. Außerdem war es mir komplett egal, was dieser Fremde dachte, also war er die perfekte Person, um mich anzuvertrauen.

Es war *befreiend.*

„Ich glaube, wir müssen über Jack reden", fuhr ich fort. „Du bist ein guter Zuhörer, weißt du das?"

Ich begann eine Tirade über Jack in der Highschool, den Spitznamen *Home Run Rowan* und darüber, dass Jared Halverson meine irritierten Nachrichten in der Nacht, in der er mich versetzt hatte, in den sozialen Medien veröffentlicht hatte. Dann redete ich über jede Indiskretion, jede peinliche oder schreckliche Sache, die ich je getan hatte. Einmal hatte ich einer Freundin eine fiese E-Mail über die Schweißflecken meines Mathelehrers geschrieben und sie versehentlich an ihn geschickt. Mein seltsamer Snack aus Tortillas mit Zucker und Butter aus der Mikrowelle. Das eine Mal, als ich mich nach zu viel Tequila wiederholt in einen Mülleimer in der Harvard Square Station übergeben hatte. Der Taxifahrer mit den Hammelkoteletts, den ich in Cambridge anzumachen versucht hatte. Wie ich vor einem Dunkin' Donuts gepinkelt hatte, weil man mich nicht auf die Toilette lassen wollte. Dass ich noch nie einen Orgasmus gehabt hatte und auch nicht davon überzeugt war, dass es ihn wirklich gab – die Idee kam mir wie ein ausgeklügelter Schwindel vor. Ich erklärte, dass ich Männer aufgegeben hatte und nur noch Oma-Schlüpfer trug, denn was machte das schon für einen Unterschied?

Mindestens eine Stunde lang redete ich mir alle peinlichen Dinge von der Seele, die ich je getan hatte.

„... und kannst du mir erklären, warum der *einzige* Kerl, der so aussieht, als könnte er mich sexuell befriedigen, ein Dämon ist und mich außerdem entführt und in ein Gefängnis geworfen hat? Daher weiß ich, dass es keinen Gott gibt. Das ist zu grausam. Der sexieste Mann, den ich je gesehen habe, der Typ, der mich dazu bringen könnte, Spitzenunterwäsche zu tragen – er ist der verdammte Hannibal Lecter der übernatürlichen Welt. Wenn es einen Gott gibt, macht er sich doch über mich lustig."

Stille erfüllte den Kerker und ich merkte, wie meine Augen schwer wurden.

Eine Männerstimme kam aus der nächsten Zelle, kaum ein Flüstern: „Bist du fertig?"

Ich seufzte und merkte erst jetzt, dass mir ziemlich der Stoff ausgegangen war. „Ja, ich glaube, damit ist mein Leben so ziemlich abgedeckt", sagte ich und ließ meinen Kopf erschöpft in die Hände fallen.

Es gab nur eine Sache, die ich nicht erwähnt hatte – den Tod meiner Mutter. Denn ich war immer noch fest dazu entschlossen, einen Ausweg aus dieser Situation zu finden und meine Mutter zu rächen. Und bei der Suche nach dem Täter würde ich niemanden ausschließen. Nicht den Herrn des Chaos und auch nicht meinen stillen Gefängnisfreund.

Jeder Dämon könnte schuldig sein.

Während ich auf dem kalten Boden saß, war ich mir bei drei Dingen sicher.

Erstens: Ich würde einen Weg hier raus finden.

Zweitens: Ich würde eine Möglichkeit finden, in der City of Thorns zu bleiben.

Und drittens würde ich mich an dem Dämon rächen, der meine Mutter getötet hatte.

KAPITEL 7

Normalerweise konnte ich nicht schlafen, wenn ich wegen irgendetwas Angst hatte. Und in der Nacht vor meiner geplanten Hinrichtung in einem Dämonengefängnis zu liegen, *hätte* mich eigentlich ängstlich machen müssen.

Aber seltsamerweise schloss ich meine Augen mit einem Gefühl des Friedens.

Vielleicht war es die Gewissheit, dass ich es schaffen konnte. Oder vielleicht war es die Freiheit, die ich fühlte, nachdem ich endlich meine Geheimnisse vor dem Dämon nebenan preisgegeben hatte. Was auch immer der Grund war, ich wachte auf und stützte meinen Kopf auf meine Arme. Ich stank nach Schweiß und Schimmel, und ich musste dringend pinkeln. Aber ich hatte geschlafen.

Ein paar Lichtflecken strömten durch Risse in der Decke herein. Ich setzte mich aufrecht hin und schlang die Arme um mich.

„Bist du noch da?“, fragte ich.

Stille begrüßte mich.

Abgesehen von dem wenigen Sonnenlicht war es hier drinnen immer noch dunkel wie die Nacht. Und kalt. Ich drückte meine Knie an die Brust. Meine Zähne klapperten. Als ich die dunkle Zelle um mich herum betrachtete, fiel mein Blick auf einen Punkt an einer der Wände, genau zwischen den Ranken. Ein dünner Lichtstrahl beleuchtete eine Stelle, die hinter den Blättern versteckt war, wo etwas in Stein gemeißelt war.

Ich rutschte hinüber und begann an den Pflanzensträngen zu ziehen, aber in der Dunkelheit war es immer noch schwer zu lesen. Also zeichnete ich die Buchstaben mit meinen Fingern nach und fühlte ihre Konturen.

L ... U ... C ... I ... F ... E ... R ...

Schaudernd machte ich weiter. Ich brauchte eine Minute, weil die gemeißelten Worte alt und uneben waren, aber schließlich hatte mir ich einen Satz im Kopf zusammengebastelt.

Lucifer urbem spinarum libarab ...

Der Rest war nicht mehr zu ertasten. Aber wenn meine Lateinübersetzung aus der Schule richtig war, stand dort so etwas wie: *„Luzifer wird die City of Thorns befreien."*

Interessant. Aber nicht hilfreich in meiner aktuellen Situation, oder?

Ich schob mich von der Wand weg und umarmte wieder meine Knie.

In der Stille konnte ich mich auf meinen Plan konzentrieren, wie ich aus dieser Situation herauskommen würde. Es ging darum, den Herrn des Chaos davon zu überzeugen, dass ich nicht diejenige war, für die er mich hielt. Alles, was ich tun musste, war, Zweifel in ihm zu säen. Sobald ich mir etwas Zeit verschafft hatte und die Hinrichtung hinauszögern konnte, würde ich ihn davon überzeugen, dass ich nicht Mortana war. Was auch immer er vorhatte, ich war mir sicher, dass er keinen Krieg anzetteln wollte, indem er eine Sterbliche tötete. Unsere beiden Spezies hatten es geschafft, den Frieden für Hunderte von Jahren zu bewahren.

Als ich die Schritte hörte, die durch die Gefängniszellen hallten, wurde mein Körper hellwach und mein Puls begann zu rasen. Ich schoss auf die Beine, bereit, ihn zu überzeugen. Als der Besucher näher kam, wurden die Fackeln wieder zum Leben erweckt, und warmes Licht tanzte über die Steinmauer.

Der Herr des Chaos ging langsam an meiner Zelle vorbei, mit eisblauen Augen. Er trug ein weißes Button-Down-Hemd, dessen Ärmel bis zu den Ellbogen hochgekrempelt waren und eine verstörende Tätowierung in Form einer Schlange enthüllten.

Die warme Kraft, die von ihm ausging, ließ meinen Atem schneller werden. Ich war noch nie einem Dämon so nahe gewesen. Alles an ihm war beunruhigend. Er sah einem Menschen ähnlich, aber er war zu groß, zu perfekt und zu unheimlich still.

Und jetzt musste ich ihm wieder erklären, dass ich nicht Mortana war.

„Ich nehme an, dass ich keine Probezeit bekomme?“, fragte ich.

Er schüttelte langsam den Kopf.

„Du hast erwähnt, dass sie seit hunderten von Jahren nicht gealtert ist“, begann ich. „Wie lange ist es her, dass du Mortana gesehen hast?“

Neugierde funkelte in seinen Augen auf. „Ist das deine Verteidigung?“

Bring ihn dazu, selbst zu dem Schluss zu kommen. Das Problem war, dass das schwer war, wenn er kaum etwas sagte. Ich musste seine eigenen Worte benutzen. „Wofür willst du dich rächen? Warum hat Mortana den Tod verdient? Und wie kannst du sicher sein, dass deine Erinnerung nach all der Zeit nicht falsch ist?“

Er starrte mich einen Moment lang nur an. Ich war mir nicht sicher, ob das alles gut ausgehen würde.

Dann antwortete er: „Wenn ich sage, du siehst aus wie sie, dann meine ich, dass du *genauso* aussiehst wie sie. Mein Gedächtnis macht keine Fehler. Ich habe nicht eine einzige Kontur ihres Gesichts vergessen. Ich vergesse nichts“, sagte er knapp.

Mein Herz begann zu klopfen, aber vor Hoffnung. Er bezog sich jetzt auf sie als eine andere Person. „Du hast nicht eine Kontur *ihres* Gesichts vergessen. Hast du bemerkt, wie du von ihr in der dritten Person gesprochen hast?“

Ohne ein weiteres Wort zog er einen Schlüssel aus seiner Tasche und schloss meine Zelle auf. Mit einem Zauber, der über meine Haut strich, trat er ein.

Ich ertappte mich dabei, wie ich mich wegbewegte und mir ein kalter Schauder über den Rücken lief. In den Zeiten, bevor die Sterblichen Waffen hatten, um sich zu wehren, waren wir einfach die Beute der Dämonen gewesen. Wenn sie nicht gerade Sterbliche verführten, tranken sie unser Blut. Zehntausende von Jahren der Evolution sagten mir, dass ich mich verdammt noch mal von ihm fernhalten sollte.

Eine Million schrecklicher Gedanken schossen mir durch den Kopf, und ich stand mit dem Rücken an die Wand gepresst. „Die Polizei in Osborne ist sehr gut“, log ich. „Wenn du mich umbringst, werden sie es herausfinden.“

Er legte den Kopf schief. Seine nächsten Worte waren ein samtenes Gemurmel. „Oh, das bezweifle ich sehr.“

KAPITEL 8

Mein Atem blieb mir in der Kehle stecken. „Hältst du mich immer noch für Mortana?"

Er musterte mich so intensiv, dass ich das Gefühl hatte, er würde mir direkt in die Seele starren. „Ich habe alles gehört, was du gestern Abend gesagt hast."

Ich starrte ihn an. Gott, was hatte ich ihm erzählt? „Das warst du in der Zelle nebenan?"

„Du hast es geschafft, Zweifel in mir zu säen. Mortana hat viel zu viel Würde, um sich auf so eine Scharade einzulassen. Die Situation beim Abschlussball. Nachts allein in deiner Kellerwohnung zu weinen. Die Angst vor Marienkäfern. Einen Glücksstift zu haben, den man in der Hand hält, um sich sicher zu fühlen."

„Ich möchte bitte meinen Stift zurück", flüsterte ich.

„Allein in deinem Zimmer Karaoke-Lieder zu singen. Ich habe den Wunsch mancher Sterblicher, ihr Leben zu beenden, nie verstanden, bis ich dich gestern Abend reden gehört habe."

Ich verengte meine Augen. „Ich bin vielleicht ein bisschen verrückt, aber ich wollte noch nie mein Leben beenden."

„Nicht du. Ich meine mich. Ich habe Dunkelheit gesehen, die du dir nicht vorstellen kannst, Schrecken, die deine Seele sterben lassen würden. Und doch war ich in den mehreren hundert Jahren meines Lebens noch nie so bereit, mich von dieser sterblichen Hülle zu lösen, wie beim Zuhören deines traurigen Monologs." Er presste einen Finger an seine Lippen. „Ich glaube, es war der Teil über die Mini-Joghurtbecher, die du in deiner Handtasche aufbewahrst, weil du niemanden hast, mit dem du zu Mittag essen kannst. Joghurtbecher, die eigentlich für Kleinkinder gedacht sind."

Das war einfach beleidigend. „Wenigstens entführe ich keine Leute wie ein Psychopath. Ich würde sagen, das ist schlimmer als Joghurt. Übrigens, die haben Probiotika, also ist mein Mikrobiom verdammt gut."

Er starrte mich an und die Schatten um ihn herum verdichteten sich.

„Ich will damit sagen, dass du auch nicht perfekt bist", fügte ich hinzu. „Und du bist von Mortana besessen."

Ein unbarmherziges Funkeln glitt durch seine Augen. „Ich habe nie gesagt, dass ich perfekt bin. Ehrlich gesagt bin ich ein Bösewicht mit einer ungesunden Rachebesessenheit. Aber ich bin nicht *deprimierend*, und ich habe mein Hemd noch nie als eine Schüssel für trockene Cornflakes benutzt, um Samstagabend allein zu Hause im Stehen zu essen."

Rache. Ich hatte es geschafft, ihn zum Reden zu bringen, und er hatte mich auf das gebracht, was er wollte. Und wie es der Zufall wollte, war eine ungesunde Rachebesessenheit etwas, das ich sehr gut verstand. Es schien, als hätten dieser *Bösewicht* und ich etwas gemeinsam.

Ich spielte Dr. Omers Lehrsätze in meinem Kopf ab. *Bau eine Beziehung auf, indem du die Worte deines Klienten an ihn zurückgibst.*

„Okay, du zweifelst also ein bisschen daran, dass ich Mortana bin", begann ich. Was würde Dr. Omer dazu sagen? „Lass uns das untersuchen.“

Er schüttelte langsam den Kopf. „Ich gebe zu, dass du dich nicht wie ein Dämon verhältst. Aber du siehst genauso aus wie sie. Das ist verwirrend.“

„Vielleicht ist sie eine entfernte Vorfahrin.“

Er schüttelte den Kopf. „Dämonen pflanzen sich selten fort. Und wenn wir es tun, zeugen wir nur andere Dämonen. Du kannst keine Sterbliche und eine Nachfahrin von Mortana sein.“

Ich biss mir auf die Lippe. „Zufall?“

Er dachte über die Möglichkeit nach. „Ab und zu hat ein Dämon einen sterblichen Doppelgänger. Das ist selten, aber möglich.“

Ich seufzte und die Erleichterung löste etwas in meiner Brust. „Gut. Ja. Das muss es sein.“

„Aber um das zu glauben, brauche ich zwei Beweise.“

Ein kleiner Funke der Hoffnung. „Was immer du brauchst.“

Sein Blick wanderte an meinem Körper hinunter. „Zunächst einmal hatte Mortana eine kleine Narbe am Oberschenkel. Ich werde mir deine Beine ansehen müssen.“

„Du willst, dass ich mein Kleid hochhebe?“

„Ja.“

„Gut.“

Aber in diesem Moment erinnerte ich mich genau an das, was ich ihm gestern Abend gesagt hatte – dass er der einzige Mann war, den ich je gesehen hatte, der mir Lust auf Spitzenunterwäsche machte. Dass er der Einzige war, bei dem ich mir vorstellen konnte, dass er mir einen Orgasmus verschaffen könnte. Beschämt spürte ich, wie mir die Hitze über die Wangen kroch.

„Mach“, sagte er leise.

Meine Nasenflügel blähten sich auf und ich starrte ihn an, während ich den Saum meines Kleides bis knapp unter meine Unterwäsche hochzog.

Der Herr des Chaos legte den Kopf schief. Er starrte auf meine Oberschenkel, während die kalte Kerkerluft eine Gänsehaut auf meiner Haut verursachte. Wie gefesselt betrachtete er mich. Seine Augen wurden immer heller. Dann kam er näher und hob mein rechtes Bein unterhalb des Knies an. Er zog es an seinem Oberschenkel hoch, als würden wir eine Art Kerkertango tanzen. Nur noch wenige Zentimeter von meiner Hüfte entfernt begutachtete er meine Haut. Mit seiner freien Hand strich er mit der Fingerspitze über die Oberseite meines Oberschenkels. Mir wurde heiß.

Mein Gott, lenkte mich das ab. Der magische Puls, der von ihm ausging, war verführerisch, berauschend. Wärme strahlte von der Stelle, an der er mich berührte. Ich hatte noch nie jemanden gesehen, der von einem kleinen Stück Haut so fasziniert war wie er, und ich hatte auch noch nie erlebt, dass eine einzige Berührung so mächtig sein konnte.

„Siehst du?“ Meine Stimme war ein Flüstern. „Keine Narbe.“

Er ließ meinen Oberschenkel fallen. Als er zurücktrat, fühlte ich mich wieder kalt.

Er runzelte die Stirn. „Interessant.“

Ich atmete aus. „Und was ist der zweite Beweis?“

Er kräuselte seine Lippen und entblößte zwei scharfe, weiße Reißzähne, dann leckte er über einen.

Ich zitterte. „Was?“

„Sterbliches Blut schmeckt anders als Dämonenblut.“

Uralte Angst glitt durch meine Knochen. „Du willst mein Blut trinken? Wie in alten Zeiten?“

„Alles, was ich brauche, ist eine kleine Kostprobe.“

Mein Herz pochte heftig. „Dir ist klar, dass das erschreckend klingt. Gibt es keine moderne Methode, um das zu tun? Mit einer Spritze vielleicht?“

„Ich habe keine Spritze. Aber du wirst sehen, dass es nicht so schlimm ist, wie du es dir vorstellst. Sterbliche Frauen sind einst in Scharen zu uns gekommen, um ihre Hälse den Dämonenmännern anzubieten“, murmelte er. „Sie haben es geliebt.“

„Klar.“

Er zuckte langsam und ärgerlich mit den Schultern. „Ich habe dir doch gesagt, dass ich ein Bösewicht bin, oder? Es ist mir also egal, wenn ich eine unschuldige Person einsperre, und ehrlich gesagt glaube ich nicht, dass dein Leben hier viel schlimmer wäre als im Keller in Osborne. Ich werde kein schlechtes Gewissen haben, wenn ich dich hier einsperre. Du kannst dich also von mir in den Hals beißen lassen oder für immer hier im Kerker bleiben. Das sind deine Optionen.“

Vielleicht war es an der Zeit, zu verhandeln. „Okay. Ich lasse dich mein Blut kosten. Aber wenn du damit fertig bist, gehe ich nicht zurück nach Osborne. Ich will in der City of Thorns bleiben.“

Er runzelte die Stirn. „Das kannst du nicht. Wenn du sterblich bist, dann gehörst du nicht hierher. Die einzigen Sterblichen, die bleiben dürfen, sind Schüler und Diener, die die Rolle geerbt haben.“

Ich verschränkte meine Arme. „Ich bin sicher, dass jemand, der sich Herr des *Chaos* nennt, einen Weg findet, die Regeln zu umgehen.“

Er schenkte mir ein schiefes Lächeln. „Was genau lässt dich glauben, dass du ein Druckmittel hast, um irgendwelche Forderungen zu stellen?“

Ich kannte jetzt seine Schwäche – seine Rachebesessenheit. Das verstand ich sofort. Und die Sache mit einem so brennenden Rachegefühl wie seinem war, dass es sich wie ein Lauffeuer verbreiten konnte. Man wollte dann nicht nur das Leben einer Person beenden – man wollte jeden töten, der ihr geholfen hatte, jeden, der es zugelassen hatte. Man wollte die Erde verbrennen, auf der sie gegangen waren.

„Du willst Rache, ja?“, fragte ich. „Du hast gesagt, Mortana verfolgt dich in deinen Albträumen. Das ist eine ziemlich starke … Abneigung. Ist sie die Einzige, oder gibt es noch jemanden, den du tot sehen willst?“

Seine Augen leuchteten heller, und ich hatte das Gefühl, dass er verstand, worauf ich hinauswollte. „Sie hat nicht allein gearbeitet.“

Ich trat einen Schritt näher und neigte meinen Kopf zurück, um zu ihm aufzuschauen. „Ich könnte vorgeben, sie zu sein. Informationen von den anderen Leuten bekommen, die du hasst. Ich könnte deine Spionin sein.“

Sein Körper war so still geworden wie die Steine um uns herum, und mir lief ein kalter Schauder über den Rücken. Schließlich sagte er: „Angenommen, das ist nicht alles nur gespielt, dann glaube ich nicht, dass du einen überzeugenden Sukkubus abgeben würdest. Du bist nicht verführerisch.“

Ich zuckte zusammen. *Autsch.* „Man kann alles lernen. Sogar verführerisch zu sein wie ein Sukkubus.“ Was auch immer das war.

Er schaute wie gebannt zu mir herab. „Ich werde es mir

überlegen, wenn ich dein Blut gekostet habe. Ich muss sicher sein, dass du sterblich bist, bevor wir weitermachen."

Ich öffnete meine Arme. „Okay. Los. *Beiß mich.*"

Sofort glitt seine warme Magie wie eine verbotene Liebkosung um mich und erhitzte mein Blut. Sein durchdringender Blick ließ mich nicht mehr los und ich spürte, wie meine Brustspitzen unter meinem Kleid hart wurden. Zu meinem Entsetzen stellte ich fest, dass er Recht hatte. Ich *wollte,* dass er mich biss. Ich wollte, dass er mich packte, mich gegen die Wand drückte und seine Zähne in meinen Hals stieß. Eigentlich wollte ich, dass er alle möglichen schmutzigen Dinge mit mir machte.

Er starrte mir in die Augen, und Dominanz ging von ihm aus. Sein verführerischer Duft umhüllte mich, erdig wie brennendes Zedernholz. Etwas Stärkeres als die Angst schlängelte sich um meine Rippen: der Instinkt, sich zu unterwerfen. Dieser Instinkt, der durch Tausende von Jahren der Evolution geformt worden war, sagte mir, dass ich ihm nachgeben sollte, wenn ich leben wollte.

Er griff nach meiner Taille und zog mich näher heran. Das Nächste, was ich wusste, war, dass ich gegen seinen Körper gepresst wurde. Seine Muskeln waren so unnachgiebig wie die Steinmauern um uns herum. Dann überkam mich Ehrfurcht, als ich sah, wie seine blassen Augen dunkel wurden. Er bewegte sich so geschmeidig, dass ich fast nicht mitbekam, wie er mich gegen die Wand drückte. Ich spürte den kalten Stein an meiner Wirbelsäule und wie meine Haut durch mein Kleid hindurch kühl wurde. Sein Knie schob sich zwischen meine Beine.

Es war schwer zu ignorieren, wie gefährlich er war. Wie er mein Leben in einem einzigen Herzschlag beenden und
zu seinem nächsten Opfer weiterziehen konnte.

„Neig deinen Kopf“, sagte er mit samtener Stimme.

Ich konnte dem Drang nicht widerstehen, mich seinem Befehl zu unterwerfen. Mit geschlossenen Augen neigte ich den Kopf, um ihm Zugang zu meinem Hals zu gewähren. Ich spürte seinen Atem und eine pochende Hitze strömte durch meinen Körper. Ich wollte nicht von meinem höchst arroganten, dämonischen Entführer erregt werden, und doch passierte es. *Das Herz will, was es will.*

Als ich seine Eckzähne an meiner Kehle spürte, stockte mir der Atem. Flüssiges Verlangen glitt zwischen meine Schenkel. Gegen meinen Willen schlangen sich meine Arme um seinen Hals. Sie hießen ihn in meinem Körper willkommen. Er fühlte sich so fest an wie die Wand hinter mir. Mein Puls pochte und ich wartete auf das scharfe Stechen seiner Zähne. Stattdessen spürte ich nur einen warmen Kuss.

Oh Gott, war das ein gutes Gefühl.

Eine pulsierende, sinnliche Hitze breitete sich an der Stelle aus, an der sein Mund auf meine Kehle traf, und seine Zunge leckte über meinen Hals. Dann durchfuhr mich ein scharfer Schmerz und ließ mein Herz gegen meine Rippen schlagen. Seine Finger krallten sich in meine Taille, als seine Reißzähne in mich eindrangen und mich eroberten. Der Schmerz wurde von der Lust überlagert, bis ich nur noch die sexuelle Erregung in mir spürte.

Ich neigte meinen Kopf nur noch mehr zurück. Mein Verlangen überwältigte mich und ich kämpfte gegen den Drang an, den Saum meines Kleides wieder hochzuziehen.

Nach einem Moment zog er seine Eckzähne aus meinem Hals und ich ließ mich gegen seine Brust fallen, die Arme immer noch um seinen Nacken geschlungen. Ich hatte noch nie in meinem Leben jemanden so sehr begehrt. Offensichtlich hatte mein Körper einen schrecklichen Geschmack bei Männern. Wirklich, einfach den *schrecklichsten* Geschmack. Er war arrogant, beleidigend, ein selbsternannter Bösewicht, der mich buchstäblich in einen Kerker gesperrt hatte. Oh, und er war ein jahrhundertealter, bluttrinkender Dämon.

„Also doch“, flüsterte er und strich mit einer Hand über mein Haar. „Sterblich.“

Ich lehnte mich an die harte, muskulöse Wand seiner Brust und als ich zu ihm aufblickte, sah er fast genauso benommen aus, wie ich mich fühlte.

„Das war schrecklich“, log ich.

Er beugte sich herunter und flüsterte: „Ich glaube dir nicht. Aber eventuell tut mir die Entführung leid.“

Ich blickte auf den kräftigen Arm, der sich um meine Taille gelegt hatte, auf das unheimliche Schlangentattoo. Dann stieß ich ihn weg. „Okay. Lass uns darüber reden, wie ich als deine Spionin in der City of Thorns bleiben kann.“

„Meine Spionin? Ich verabscheue Sterbliche fast so sehr wie Mortana.“ Er legte den Kopf schief. „Aber du schmeckst verdammt gut, das mildert den Hass ein wenig."

Ich berührte meinen Hals und stellte überrascht fest, dass die Bisswunde bereits verheilt war. Nur ein feiner Tropfen Blut blieb an meinen Fingerspitzen zurück.

„Aber mein Plan reizt dich, nicht wahr?" Ich lächelte ihn an. „Weil du der Herr des Chaos bist und weißt, dass der sterbliche Zwilling eines Sukkubus diese Stadt auf den Kopf stellen kann."

„Und warum willst du unbedingt hierbleiben?"

Ich zuckte mit den Schultern. „Du hast es selbst gut zusammengefasst. Mein Leben ist traurig. Die Mini-Joghurtbecher, der Spinnenkeller. Ich kann nicht dahin zurück."

„Du musst Folgendes verstehen. Es gibt tatsächlich einen Fall, in dem es Dämonen erlaubt ist, Sterbliche zu töten. Und zwar, wenn sie die City of Thorns ohne Erlaubnis betreten. Wenn der König oder seine Soldaten feststellen, dass du sterblich bist, werden sie dich zum Tode verurteilen, und wahrscheinlich auf qualvolle Art und Weise. Bist du dir wirklich sicher?"

Ganz und gar nicht. „Ja."

Er zog eine Augenbraue hoch. „Und wenn ich dich erst einmal in die Geheimnisse der City of Thorns eingeweiht habe, wenn ich dir sage, was ich will, gibt es kein Zurück mehr. Ich werde nicht zulassen, dass du die Stadt mit meinen Geheimnissen verlässt und herumläufst und anderen davon erzählst. Ich müsste dich vorher töten."

Ich biss mir auf die Lippe. „Willst du damit sagen, dass ich die City nie wieder verlassen kann?"

„Du kannst sie jedenfalls nicht verlassen, bevor du mir geholfen hast, meine Mission zu erfüllen."

„Und die wäre?"

Er schüttelte langsam den Kopf. „Das kann ich dir noch nicht sagen. Du bist entweder dabei oder nicht. Und du musst deine Entscheidung jetzt treffen. Wenn ich dich zu mir nach Hause mitnehme und dir erzähle, was ich vorhabe, gibt es kein Zurück mehr."

Die Angst kroch mir in den Nacken. Aber ich wusste, dass es schon jetzt kein Zurück mehr gab. Denn ich musste wissen, was mit Mom passiert war, und ich würde keine weitere Chance mehr bekommen.

Jetzt oder nie.

Und die Wahrheit war, dass ich nicht nur Rache wollte. Ich wollte auch den Verdacht loswerden, der die ganze Zeit über mir schwebte: dass ich etwas mit ihrem Mord zu tun haben könnte.

Angespannt nickte ich. „Ich bin dabei. Aber da ich mein Leben für dich riskiere, musst du meine Studienkredite abbezahlen. Und ich würde gern auf die Belial Universität wechseln."

Er zuckte mit den Schultern. „Ich kann deine Kredite leicht bezahlen. Ich kann dir einen Abschluss kaufen, wenn du willst. Aber du kannst nicht an der Belial Universität studieren, weil *Mortana* nicht an der Universität studieren würde."

Meine Augenbrauen schossen hoch. „Du kannst nicht einfach einen Abschluss *kaufen.*"

Er sah mich an, als wäre ich verrückt. „Natürlich kannst du das. Du kannst alles kaufen."

Ich musste mir eingestehen, dass er wahrscheinlich Recht hatte. Mein Magen verdrehte sich, als mir klar wurde, dass ich im Begriff war, etwas extrem Gefährliches zu tun. „Okay. Lass uns gehen." Ich klatschte die

Hände zusammen. „Und jetzt musst du mir zeigen, wo die Toilette ist, bevor deine Meinung über meine Würde noch weiter sinkt.“

KAPITEL 9

Mit verbundenen Augen lief ich durch etwas, von dem ich annahm, dass es eine Reihe von Tunneln war. Der Herr des Chaos hielt meine Hand, um mich zu führen, und es fühlte sich an, als wären wir auf dem merkwürdigsten Date der Welt.

Nach einer Minute des Gehens flüsterte ich: „Wie heißt du eigentlich?"

„Orion", sagte er leise.

Ich fand den Klang seines Namens dunkel und berauschend.

Während wir schweigend weitergingen, spürte ich nur ein wildes Hochgefühl. Ich bekam tatsächlich, was ich wollte. *Vergiss das Geldsparen. Vergiss den Einbruch.*

Jetzt konnte ich in der City of Thorns bleiben.

Nachdem wir ein paar Minuten in der kühlen Luft gelaufen waren, erreichten wir Stufen. Mit meiner Hand in seiner führte mich Orion die Treppe hinauf, bis ich das Knarren einer Tür hörte.

Als er mir die Augenbinde abnahm, stand ich in einem säulenreichen, mediterranen Palast. Alles schien aus blassem, goldenem Marmor zu sein. In einer elfenbeinfarbenen Vase an einem der offenen Fenster blühten blutrote Mohnblumen. Als ich einen Blick auf die Decke warf, sah ich, dass sie in einem dunklen Blau gestrichen und mit Sternen übersät war, die in einem magischen Licht leuchteten. Auf zwei Seiten des Raumes blickten

Fenster auf ein Meer, das wie blauer Topas glitzerte. Dieser Ort sah nicht aus wie der düstere Atlantik. Dieser Ort war das *Paradies*.

Auf der letzten Seite war der Raum offen und ein überdachter Balkon bot einen Blick auf das Meer. Dort beschattete ein Baldachin ein weißes Bett. Auf der anderen Seite des Balkons standen ein Tisch und zwei Stühle. Eine warme, salzige Brise strömte in den Raum.

Wow, er wohnte unglaublich.

Ich schaffte es, meinen offenen Mund zu schließen, und drehte mich zu Orion um. Er war gerade am Telefonieren. „Morgan? Bring bitte Frühstück und Kaffee für zwei." Er legte auf und wies dann auf den Balkon. „Lass uns meinen Vorschlag hier draußen besprechen."

Bevor ich ihm in das butterweiche Morgenlicht folgte, verweilte ich noch einen Moment, um den Rest des Raumes zu begutachten – die Bücher an den Wänden, die cremefarbenen Sofas. Würde ich hier bleiben können?

Ich folgte ihm auf den Balkon und ein zarter Wind strich durch mein Haar. Hier draußen glitzerte die Sonne auf dem Meer.

Als ich am Tisch Platz nahm, erschien ein Mann mit einem Bart und einem weißen Hemd. Er sah aus, als wäre er um die fünfzig, in bester Form und mit perfekt aufgetragenem Eyeliner.

Orion lächelte. „Morgan."

„Orion, mein Schatz! Du bist schon früh auf." Er sprach mit einem melodischen walisischen Akzent.

Ich lächelte ihn an, als er ein Tablett mit Obst, Joghurt und Kaffee auf den Balkontisch schob. Doch bevor ich den Mund aufmachen konnte, stellte Orion mich vor.

„Ich habe Lady Mortana bei mir. Eine ehemalige Beraterin von König Nergal. Sie hat in der City of Serpents gelebt und ist nach langer Abwesenheit hierher zurückgekehrt."

Morgan lächelte mich an. „Willkommen, mein Schatz. Ich kann verstehen, warum du in die schönste Stadt der Welt zurückkehrst. Keine Frage." Morgan schob Orion eine Schale mit Obst vor die Nase. „Du bekommst heute keine Donuts. Du kannst nicht ewig Junkfood essen und gut aussehen, selbst wenn du ein alter und mächtiger Dämon bist."

Orion legte seine Arme über die Rückenlehne seines Stuhls. „Ich mag Donuts. Sie sind die Krönung der menschlichen Zivilisation. Besonders die mit Himbeermarmelade in der Mitte."

„Das ist *nicht* die Krönung der menschlichen Zivilisation." Morgan sah mich an und schüttelte den Kopf. „Er kann manchmal so herablassend sein. Die Menschheit hat großartige Errungenschaften. Die Große Bibliothek von Alexandria fällt mir da ein."

Orion pflückte eine Erdbeere aus der Schale. „Und weißt du, was mit der Großen Bibliothek von Alexandria passiert ist? Ein sterblicher Mob hat sie niedergebrannt, ihren Inhalt zerstört und dann die Gelehrte Hypatia bei lebendigem Leib gehäutet, weil Frauen, die etwas wussten, angeblich Hexen waren. Ja, das ist ein großartiges Beispiel für die sterbliche Zivilisation, würde ich sagen."

Wenn ich genug Zeit mit Orion verbringen würde, befürchtete ich, dass ich die Sterblichen auch irgendwann hassen würde. Er hatte wirklich ein Händchen dafür, uns schrecklich klingen zu lassen.

Morgan hielt seine Digitaluhr hoch. „Okay, lassen wir

die Antike beiseite. Seitdem haben wir uns gebessert. Wir haben jetzt Apple-Uhren. Ich weiß genau, wie viele Schritte ich heute gegangen bin und dass ich bisher zwölfmal aufgestanden bin."

Orion schwieg und starrte Morgan einfach nur an. *Das* war die Dr.-Omer-Technik.

Morgan sah zunehmend unbehaglich aus und rückte seine Hemdsärmel zurecht. „Hör zu, ich muss mich auf eine bessere Antwort vorbereiten, nachdem ich ein bisschen recherchiert habe. Den Höhepunkt der menschlichen Zivilisation kann man nicht einfach so aus dem Hut zaubern. Da gibt es eine Menge zur Auswahl. Eine *ganze* Menge."

„Während du darüber nachdenkst, muss ich dich um einen anderen Gefallen bitten." Orion sah mich an. „Ich bin mir sicher, dass unser neuer König Lady Mortana bald sehen will, aber sie kann ihn natürlich nicht als Bäuerin verkleidet treffen."

Ich trug das beste Outfit, das ich besaß.

Morgan nickte mir besorgt zu. „Dolce e Malvagia macht um zehn Uhr auf. Wunderschöne Kleider. Soll ich ein paar Sachen aussuchen und sie hochschicken?"

Er nickte. „Such ein paar Kleider für Mortana aus, die sie anprobieren kann, Bademäntel, Pyjamas, alles, was sie brauchen könnte. Du kannst es auf mein Konto setzen."

„Genau." Er sah mich von oben bis unten an. „Hübsche Sanduhrfigur. Lieblingsfarbe?"

Ich hatte keine Ahnung, was Mortanas Lieblingsfarbe war. Aber wenn sie schon mehrere hundert Jahre nicht mehr in der City gewesen war, wie groß war dann die Chance, dass es jemand anderes wusste? „Schwarz." Für einen Dämon schien das eine sichere Antwort zu sein.

Orion verschränkte seine Finger und schaute zwischen uns beiden hin und her. „Morgan, es gibt noch etwas Wichtiges, das ich dir über Mortana sagen sollte. Sie ist ein Sukkubus. Du kannst die anderen warnen.“

Ich sah, wie die Farbe aus Morgans Gesicht wich. „Ein Sukkubus?“

An seiner Reaktion erkannte ich, dass es eine große Sache war. Ich lächelte ihn an und zuckte mit den Schultern. Ich beschloss, dass es wahrscheinlich das Beste war, so wenig wie möglich zu sagen – vor allem, weil ich keine Ahnung hatte, was los war.

„Der letzte verbliebene Sukkubus“, fügte Orion hinzu. „Sie wird sich im Asmodean Bezirk niederlassen, nachdem sie den König getroffen hat.“

Morgans Blick huschte nervös zwischen uns beiden hin und her. „Kann sie mich töten?“

„Sie wird dich nicht töten“, sagte Orion in einem beruhigenden Ton. „Das ist doch gegen die Regeln, oder?“

Morgan sah immer noch entsetzt aus. „Aber der ganze Asmodean Bezirk ist verlassen. Ich dachte, die Lilu wären ausgerottet. Mir wurde gesagt, dass sie sehr gefährlich sind.“

Orion hob die Kaffeekanne und goss zwei dampfende Tassen ein. Eine Strähne seines silbernen Haares fiel ihm vor die Augen. „*Beinahe* ausgerottet.“

Morgan nickte und wich zurück, dann eilte er aus dem Zimmer, als wäre ihm ein Gespenst auf den Fersen. Die Tür knallte hinter ihm zu.

Ich starrte ihm nach. „Ein sterblicher Diener, nehme ich an?“

„Ja, und er hat den falschen Eindruck, dass ich mich für seine Ansichten über Ernährung interessiere. Aber ich schätze seine Hilfe sehr.“ Orion nippte an seinem Kaffee. „Ich muss dich über ein paar Dinge aufklären.“

„Stimmt. Was hat es damit auf sich, der *letzte* Sukkubus zu sein? Was ist mit den anderen passiert?“

Er schüttete ein wenig Sahne in seinen Kaffee. „Die Lilu wurden vor Hunderten von Jahren bis zur Ausrottung gejagt.“

Ich löffelte ein paar Beeren in eine Schüssel mit Joghurt. „Warum?“

Jedes Mal, wenn seine Augen meine trafen, spürte ich einen nervösen Ruck, wie einen elektrischen Impuls in meiner Brust. Ich hoffte, dass er keine Ahnung hatte, welche Wirkung er auf mich hatte – er war so schon arrogant genug.

„Die Lilu wurden aus zwei Gründen getötet“, sagte er. „Du hast von dem Krieg zwischen den Dämonen und den Puritanern gehört?“

Ich nickte. „Der Krieg von 1680, ja.“ So waren die Dämonen überhaupt erst in diese Stadt gekommen.

„Als Teil ihrer Kapitulationsbedingungen“, sagte Orion, „stimmte König Nergal zu, die Lilu zu töten. Die Puritaner hassten alle Dämonen, aber die Lilu hassten sie besonders. Mehr als vor allem anderen fürchteten sie sich davor, von einem Dämon verführt zu werden.“ Er starrte auf das glitzernde Meer hinaus. „Und Nergal stimmte zu, weil auch andere Dämonen die Lilu hassten. Die Lilu hatten eine Macht, die alle anderen bedrohte – die Fähigkeit, andere durch Verführung zu kontrollieren. Außerdem sind sie die einzigen Dämonen mit Flügeln. Sie waren einfach zu mächtig.“

Ich blinzelte in das Sonnenlicht. „Und wie hat Mortana es geschafft, zu überleben?“

„Indem sie gerissen, berechnend und böse wie die Sünde ist. König Nergal war ein langweiliger, langweiliger Mann, und Mortana war das genaue Gegenteil. Sie war witzig und fesselnd, und fast jeder hat sich in sie verliebt. Auch der König. Sie hat einen Pakt mit ihm geschlossen – sie würde ihm helfen, alle Lilu zusammenzutreiben und abzuschlachten, und im Gegenzug würde er sie am Leben lassen. Er hat sie in einem Zimmer im Turm von Baal gefangen gehalten, und sie wurde zur Seneschallin ernannt, ein Amt am Hof des Königs.“

Ich fragte mich, was sie Orion angetan hatte. „Der König war also in sie verliebt.“

„Ja. Wie viele andere auch.“ Er starrte mich über seine Kaffeetasse hinweg an. „Ich gebe zu, ich wundere mich über das schlechte Urteilsvermögen all der menschlichen Männer, die deine Schönheit nicht sehen. Dämonen haben da einen besseren Geschmack.“

KAPITEL 10

War das ein Kompliment? Ich spürte, wie ich rot wurde, aber ich hatte keine Ahnung, wie ich darauf reagieren sollte.

„Mortana verlangte“, fuhr er fort, „dass der König einen Blutschwur leistete. Sie ließ ihn versprechen, dass die Krone sie immer beschützen würde.“

„Was ist ein Blutschwur?“, fragte ich.

„Es ist ein Schwur, der durch die Vermischung des Blutes zweier Dämonen besiegelt wird. Wenn jemand einen Blutschwur bricht, führt das zu einem qualvollen Tod, der auf der Magie eines Fluches beruht. Das Problem ist, dass nur der Monarch diesen Schwur geleistet hat. Der Rest der Dämonen in dieser Stadt wird dich wahrscheinlich trotzdem umbringen wollen, weil du ein Sukkubus bist.“

Mir verging der Appetit auf die Beeren und den Joghurt und ich hatte das Gefühl, dass mir das Ganze etwas über den Kopf wuchs. Es schien, als gäbe es hier in der City of Thorns so viele Möglichkeiten zu sterben. Aber ich hatte meine Wahl getroffen, und wie Orion gesagt hatte, es gab jetzt kein Zurück mehr. „Wie groß ist die Gefahr, in der ich mich befinde?“

„Sie wäre deutlich größer, wenn du nicht bei mir wärst. Wir werden sehr viel Zeit miteinander verbringen.“ Ein Lächeln umspielte seinen sinnlichen Mund, aber es erreichte nicht seine Augen. „Ich werde dich gut bewachen müssen."

Ich schluckte schwer. „Wen soll ich denn ausspionieren?"

„König Cambriel."

Oh, gut. Ich würde einen mörderischen König ausspionieren. Mein Magen zog sich zusammen, aber es war ja schließlich meine Idee gewesen. „Cambriel hat seinem Vater den Kopf abgeschlagen und ihn auf ein Tor gesteckt, richtig?" Ich hielt mit meinem Löffel in der Luft inne. „Du willst, dass ich ihn ausspioniere?"

Der Dampf des Kaffees kräuselte sich vor Orions Gesicht. „Er sucht eine Frau. Wenn die echte Mortana hier wäre, wäre sie eine gute Kandidatin. Sie ist die Herzogin von einem der Bezirke. Manche meinen, sie hätte Anspruch auf den Thron. Immerhin war sie die Mätresse seines Vaters. Es gibt auch das Gerücht, dass sie seine Mutter, Königin Adele, vor Jahrhunderten getötet hat, aber ich bin mir nicht sicher, ob er ihr das übel nimmt."

Ich starrte ihn an. „Okay, mach mal langsam. Mortana hat wahrscheinlich die Mutter des Königs getötet, und ich soll ihn überzeugen, mich zu heiraten?"

Orion zuckte mit den Schultern. „Es wurde nie bewiesen. Nur Gerüchte. Es heißt, Mortana hat gehofft, den Platz der Königin einzunehmen, und eines Tages hat man die Leiche von Königin Adele mit herausgeschnittenem Herzen in einem Fass Wein gefunden."

Ich runzelte die Stirn. „Glaubst du, es war Mortana?"

„Wahrscheinlich. Das war ihr Stil. Königin Adele trank keinen Alkohol, und das hat Mortana geärgert, also war der Wein ein nettes Detail. Wie auch immer, das ist jetzt sicher Schnee von gestern. Bezauber den König, flirte, komm in seine Nähe. Wenn ich dir beibringen kann, dich wie Mortana zu verhalten, hast du die Chance, ihm seine Geheimnisse zu entlocken."

Meine Brust fühlte sich eng an. „Wonach genau suchst du?"

„Ich möchte, dass du herausfindest, was ihn schwach macht." Das Sonnenlicht glitzerte in seinen blassen Augen. „Denn jeder hat eine Schwäche."

Es war, als hätte er den Satz aus meinen eigenen Gedanken geklaut.

Ich hob die Augenbrauen. „Willst du mir sagen, dass du den König töten willst? Ich dachte, dass nur ein Erbe des Throns den König töten kann. Wenn Cambriel also kein Kind hat, das seinen Tod will, kann er nicht getötet werden, richtig?"

„Hat dir das deine Freundin Shai erzählt?"

Meine Kehle schnürte sich zu. Ich wollte Shai nicht in die Sache hineinziehen. „Was meinst du? Nein."

Er blickte auf das glitzernde Meer hinaus. „Ich habe sie mit dir in der Bar gesehen und das Abzeichen der Belial Universität auf ihrer Handtasche bemerkt. Während du in der Gefängniszelle geschlafen hast, habe ich sie in Osborne gefunden und befragt."

Oh, verdammt. Ich schlug eine Hand auf den Tisch und lehnte mich vor. „Du hast Shai verhört?"

„Befragt. Ich wollte hören, was sie über dich weiß." Er nippte an seinem Kaffee. „Und was den König und seine Schwäche angeht: Es stimmt, dass nur ein Erbe den Monarchen töten kann, aber der König kann auch gefangen genommen werden. Es gibt mehr als einen Weg, sich zu rächen."

Der Kaffee fing an, mir einen Energieschub zu geben.

„Okay. Du willst den König loswerden. Und ich nehme an, das erfordert ein hohes Maß an Geheimhaltung, damit dein Kopf nicht neben dem seines Vaters auf dem Tor landet."

Sein eisiger Blick durchbohrte mich. „Ganz genau. Ein hohes Maß an Geheimhaltung. Du bist die Einzige, die weiß, was ich vorhabe." Er lehnte sich über den Tisch. „Und jetzt weißt du, warum es kein Zurück mehr gibt. Ich kann dir nicht erlauben, von hier wegzugehen, bevor ich mein Ziel erreicht habe. Denn wenn dieses Geheimnis herauskäme, wäre es für mich vorbei. Solange ich den König nicht los bin, gehörst du mir. Und wenn du mir in die Quere kommst und jemandem von meinen Plänen erzählst, werde ich deine liebe Freundin Shai ermorden."

Eis glitt durch mein Blut. In Gedanken versuchte ich, das Moralische in dieser Situation zu entwirren. Ich wollte einem Dämon helfen, einen König gefangen zu nehmen, aber er würde ihn nicht töten können. Und der König hatte seinen eigenen Vater ermordet ... Man könnte wirklich sagen, dass ich das Richtige tat. Das Einzige, was ich zu diesem Zeitpunkt sehr bedauerte, war, dass diese Situation Shais Leben in Gefahr brachte.

Ich trank meinen Kaffee aus. „Ich glaube, ich bin ziemlich gut darin, die Schwächen von jemandem zu finden."

„Das glaube ich." Er verengte die Augen über seinem Kaffee und ich spürte, wie die Luft um uns herum heißer wurde. „Weißt du, es ist zermürbend, in das Gesicht meiner schlimmsten Feindin zu schauen, auch wenn du nur eine Doppelgängerin bist. Es ist schwer, nicht über den Tisch zu greifen, dir das Herz aus der Brust zu reißen und es ins Meer zu werfen."

Igitt. Jetzt war mir definitiv der Appetit vergangen. „Bitte versuche, das nicht zu tun."

„Ich werde mein Bestes geben."

Ich biss mir auf die Lippe. „Wirst du mir erzählen, was sie dir angetan hat?"

„Ich glaube nicht, dass das nötig ist." Einen Moment lang sah ich einen Hauch von Verletzlichkeit in seinen blassen Augen. „Aber ich werde alles tun, um mich zu rächen. Ich werde töten, wen auch immer ich töten muss, um das zu erreichen. Ich habe keinen Moralkodex, nur diese brennende Lust auf Rache. Verstehst du das?" Seine Worte ließen mein Herz einen Schlag aussetzen und die Luft wurde heißer.

Ich hatte es verstanden. Kein Moralkodex. Er war ein Psychopath.

Er stützte seine Arme auf dem Tisch ab. „Wenn das funktionieren soll, musst du etwas über Dämonen und die City of Thorns wissen. Du musst ein bisschen darüber wissen, wie Mortana war, als sie hier lebte, aber nicht, was sie in den letzten zweihundert Jahren getan hat. Es ist uns untersagt, Informationen zwischen Dämonenstädten auszutauschen. Und wenn dieser Plan funktionieren soll, ist deine Freundin Shai ein Problem. Sie könnte dich identifizieren."

Ich holte tief Luft. Er würde doch nicht vorschlagen, sie zu töten, oder? „Ich bin sicher, dass sie damit einverstanden ist, ein Geheimnis zu bewahren."

„Das reicht mir nicht, fürchte ich. Ich werde einen Blutschwur von ihr brauchen."

Ich schenkte mir noch eine Tasse Kaffee aus der Karaffe ein. „Das scheint ihr gegenüber nicht wirklich fair zu sein, oder? Du bekommst Informationen von uns. Ich darf in der City of Thorns leben und habe dadurch ein weniger erbärmliches Leben. Was bekommt Shai für das Risiko, das sie mit einem Blutschwur eingeht?“

Er zuckte langsam mit den Schultern. „Man kann alles kaufen. Ich bin sicher, sie hat einen Preis.“

„Hast du einfach unbegrenzt Geld?“, fragte ich.

„So ziemlich.“

„Kann ich dann ein neues Handy haben? Meins wurde mir gestern Abend von den Jungs aus der Hand geschlagen.“ Ich hob einen Finger. „Oh! Und ich hätte gern meinen Glücksstift zurück.“

Ein Lächeln spielte um seine Lippen. „Ich habe dir gerade gesagt, dass ich unbegrenzt Geld habe, und das ist alles, was du verlangst?“

„Ich möchte, dass meine Studienkredite abbezahlt werden, wie wir es besprochen haben. Und ich will meinen Bachelor-Abschluss machen. Und wenn ich schon dabei bin, hunderttausend Dollar.“ Warum nicht?

„Ah, so ist es schon besser.“

Ich rührte Sahne in meinen Kaffee. „Aber wirst du einen Blutschwur von mir brauchen?“

Er zuckte mit den Schultern. „Ja. Ich brauche einen Blutschwur, dass du mein Geheimnis wahrst.“

Ich blies einen langen Atemzug aus. „Okay.“

„Aber nur für den Fall, dass du dein eigenes Leben nicht ausreichend schätzt – und ehrlich gesagt, warum solltest du? Wenn man bedenkt, wie traurig dein Leben ist ...“

„Kannst du auf den Punkt kommen?“

Er schenkte mir ein böses Lächeln. „Bitte denke auch an Shais Leben. Ich möchte, dass du alles für mich gibst. Für Shai.“

Ich stützte meinen Kopf in die Hände und mir wurde schwindelig. „Müssen wir Shai da wirklich mit reinziehen? Ich will sie nicht in Gefahr bringen."

Er sah mich wieder an, als wäre ich eine Idiotin. „Dann vermassel es nicht. Es ist wirklich so einfach."

Ich nahm meine Hände vom Gesicht. „Und wenn das hier vorbei ist, gibt es keinerlei Gefahr mehr für Shai?"

„Ja. Aber du solltest so schnell wie möglich versuchen, die Schwäche des Königs zu erfahren. Das ist der beste Weg, um Shai zu beschützen und sicherzustellen, dass dich keiner der Dämonen tötet. Wenn du zu lange hier bleibst, wirst du einen Fehler begehen und auffliegen, und dann wirst du getötet."

Meine Brust zog sich zusammen. Das war's mit meiner Hoffnung, in einer Wohnung wie dieser zu bleiben. Aber was noch wichtiger war: Wenn ich hier nicht lange bleiben konnte, musste ich mich von der Hoffnung verabschieden, den Mörder meiner Mutter zu finden. Das würde ich nicht von einem Tag auf den anderen schaffen.

Ich seufzte. Ich musste so viel wie möglich herausfinden. „Ich werde mich anstrengen."

Er strich sich mit der Hand über den Kiefer. „Wenn du zurückkehrst, willst du vielleicht nicht in Osborne bleiben. Es ist zu nah an der City of Thorns und du könntest dort wiedererkannt werden."

Meine Gedanken wirbelten durcheinander. „Nun, es gibt nicht wirklich viel, was mich dort hält."

„Ja, diesen Eindruck hatte ich auch."

Ich warf ihm einen scharfen Blick zu. „Aber woher weiß ich, dass du deinen Teil der Abmachung einhältst und meine Kredite und meinen Abschluss bezahlst?"

„Ich würde nicht erwarten, dass du dich auf mein Wort verlässt. Du kannst die Kreditgesellschaft heute anrufen, um es zu bestätigen, nachdem ich die Zahlung getätigt habe."

Oh Gott. Aufregender als alles, was hier sonst passierte,
war die Vorstellung, dass fünfundsiebzigtausend Dollar Schulden auf einen Schlag getilgt sein könnten. Keine monatlichen Zahlungen mehr. Keine Zinsen mehr. Keine lebenslangen Schulden mehr.

Wilde Euphorie durchströmte mich und ich grinste. „Ich will dabei sein, wenn du bei dem Kreditinstitut anrufst. Ich will mithören. Ich will *alles* hören."

Ich merkte, dass ich seinen Arm umklammert hatte, und ich musste wohl ein bisschen wahnsinnig ausgesehen haben, denn er starrte mich an, als hätte ich den Verstand verloren. Offensichtlich hatte Orion keinen blassen Schimmer vom Terror von Studienkreditzinsen, sonst hätte er dieses Hochgefühl sofort verstanden.

Ich löste meinen Griff um seinen Arm, immer noch unfähig zu glauben, dass all das wirklich geschah. „Bevor ich vor Freude durchdrehte, kannst du mir grob erklären, was genau passiert, wenn König Cambriel herausfindet, dass ich eine Betrügerin bin?"

Seine Augenbrauen hoben sich. „Nun, sagen wir einfach, es wäre nicht sehr angenehm. Es wäre sogar noch schlimmer als dein Leben in Osborne, wenn du dir so etwas vorstellen kannst. Folter, ein langsamer Tod im Feuer und dann wird deine Asche ins Meer geworfen. Lass uns versuchen, das zu vermeiden."

Ein Schauder lief mir über den Rücken. Aber nachdem ich vier Jahre lang davon geträumt hatte, durch die Tore der City of Thorns zu treten, war dies meine einzige Chance, *irgendetwas* über Moms Tod herauszufinden

Orion stand auf und zog einen Dolch aus einer Scheide. Mit funkelnden Augen streckte er seine Hand nach meiner aus. Ich erhob mich vom Tisch und hielt ihm meine Hand hin. Als er das Messer ergriff, sah er mir in die Augen. „Du musst mir nachsprechen. Bei Todesstrafe schwöre ich einen heiligen Bluteid, meine Mission vor anderen Dämonen geheim zu halten."

Ich atmete tief ein und wiederholte dann den Schwur. Sobald ich das letzte Wort des Schwurs gesprochen hatte, verstärkte Orion seinen Griff um meine Hand. Er zog die Klinge über meine Handfläche, und der scharfe Schnitt ließ mich zusammenzucken. Eine rote Linie schimmerte auf meiner Haut, und mein Blut tropfte auf den Tisch.

Dann schnitt er in seine eigene Handfläche und drückte unsere Hände zusammen.

Ich war mir nicht sicher, ob es der Anblick des Blutes oder die Magie des Schwurs war, aber als sich unsere Hände berührten, schwirrte mein Kopf. Vor meinem geistigen Auge sah ich eine kristallklare Vision: Steinmauern, durch deren Risse die Sterne zu sehen waren. Dann glitt ein Schatten über die Steinmauern – die blutverschmierten, schwankenden Füße eines erhängten Körpers. Das Holz darüber knarrte und ein Schmerz durchbohrte mein Herz bis ins Innerste.

Geschockt zog ich meine Hand wieder weg, und meine Sicht wurde wieder klar. Ich starrte Orion an. Mein Blut tropfte immer noch auf den Tisch.

Er runzelte die Stirn. „Was?"

Ich schüttelte den Kopf. „Nichts. Ich habe nur ... Schmerz gespürt.“

Er streckte erneut seine Hand aus. „Lass mich dich heilen.“

Als ich ihn wieder berührte, spürte ich sofort seine Magie auf meiner Haut, ein warmes und angenehmes Kribbeln.

Aber ich hatte nicht von den Schmerzen durch das Messer gesprochen. Ich hatte die absolut herzzerreißende Traurigkeit der Vision gemeint – die Füße, die in der Luft schwangen.

Hatte ich irgendwie in Orions Geist gesehen? Er hatte eine unergründliche Dunkelheit in sich. Aber im Moment war er mein Verbündeter. Und wie Orion würde ich alles tun, um meine Rache zu bekommen.

KAPITEL 11

Orions Badewanne befand sich auf einem zweiten Balkon ein Stockwerk höher, eingebettet in goldverzierten Marmorboden. Die Decke wurde von Säulen getragen, und die Sonne schien auf meinen nackten Körper.

Es fühlte sich total seltsam an, hier draußen im Licht nackt zu sein. Ich konnte mit einiger Sicherheit sagen, dass noch nie Sonnenstrahlen meine Brustspitzen getroffen hatten. Aber als ich auf das Meer hinausschaute, konnte ich keine einzige Person sehen, die schwamm oder surfte. Es gab nur mich, das sanft sprudelnde Badewasser und die Sonne.

Ich liebte es hier draußen, aber ich konnte nicht allzu lange bleiben. Ich schätzte, dass Sukkubi keinen Sonnenbrand bekamen, und ich hatte etwa zehn Minuten Zeit, bevor meine blasse Haut unweigerlich verbrennen würde.

Der Plan für heute war, dass ich mir neue Kleidung besorgte und Orion mich dann über Mortana und die City of Thorns unterrichtete.

Ich schnappte mir die Seife vom Badewannenrand und strich damit über meine Beine, um den Schmutz aus der schrecklichen Gefängniszelle zu entfernen. In gewisser Weise konnte ich mein Glück kaum fassen. Was ich für die schlimmste Nacht meines Lebens gehalten hatte, entpuppte sich jetzt als die Antwort auf viele meiner Probleme – vorausgesetzt, ich schaffte das, was Orion von mir wollte. Ohne Shai in Todesgefahr zu bringen. Und natürlich mich selbst.

Bevor ich nach oben ins Bad gegangen war, hatten wir gemeinsam bei dem Kreditinstitut angerufen, um meine Schulden abzubezahlen. Das war wirklich einer der besten Momente meines Lebens gewesen. Ich hatte meine Kontodaten und meine PIN eingegeben und dann Orion das Telefon gereicht, damit er seine Bankdaten eingeben konnte. Dann hatte er den Hörer an mich zurückgegeben, damit ich erklären konnte, wie viel ich abzahlen wollte – alles. Der Mann am anderen Ende der Leitung hatte noch nie einen solchen Anruf entgegengenommen, was mich nur noch mehr freute.

Aber nun konnte ich meine volle Aufmerksamkeit auf die City of Thorns richten. Bis jetzt hatte ich noch nicht gesehen, wie die Stadt aussah, nur den hellblauen Ozean. Nachdem ich so viele Jahre von diesem Ort besessen gewesen war, würde ich nun endlich seine Geheimnisse kennenlernen. Sobald wir die Wohnung verlassen hatten, wollte ich so viele Informationen wie möglich über jeden Dämon in der Stadt sammeln und den Ort nach jemandem mit einem fünfzackigen Stern auf der Stirn absuchen.

Als ich mich vollständig gewaschen hatte, stieg ich aus dem Bad und nahm ein weiches weißes Handtuch vom Regal. Ich trocknete mich ab und zog mir dann einen Bademantel an. Er gehörte eindeutig nicht Orion, denn er war aus schwarzer Seide mit durchsichtigen Spitzenärmeln und einem Schlitz an den Oberschenkeln. Das Etikett war sogar noch dran. Er war von *La Perla* – fünfzehnhundert Dollar.

Morgan hatte einen teuren Geschmack. Ich riss das

Etikett ab, während ich den Bademantel zurechtzog. Die Seide fühlte sich herrlich auf meiner nackten Haut an, und ich band den Gürtel um meine Taille.

Ich war so überwältigt von dem Luxus, dass mir plötzlich auffiel, dass ich den Bademantel zuvor nicht gesehen hatte. Meine Haut prickelte vor Hitze, als ich mich fragte, ob Orion mich beim Baden gesehen hatte, und ich fegte durch sein Gästezimmer ins Marmortreppenhaus. Zurück in seinem Wohnzimmer fand ich Shai, die sich die Handfläche verband. Sie sah in ihrer Latzhose und den Zöpfen so erfrischend normal aus, dass ich erleichtert aufatmete.

Orion starrte einfach auf seine eigene Hand, die vor meinen Augen heilte.

Ich grinste. „Shai!"

Sie strahlte mich an. „Weißt du was?"

In den seidigen Bademantel gehüllt, ließ ich mich in einen cremefarbenen Sessel fallen. „Bitte sag mir, dass du etwas Gutes ausgehandelt hast, denn er hat fast unbegrenzt Geld."

„Alle meine Kosten bei Belial sind gedeckt, solange ich studieren will, und das könnte für den Rest meines Lebens sein."

Sie *war* gut im Verhandeln.

Orion begegnete ihrem Blick. „Und dir ist klar, dass der Blutschwur bedeutet, dass du einen schrecklichen Tod durch Magie sterben wirst, wenn du mit jemandem über Rowans wahre Identität sprichst?"

Sie rümpfte die Nase. „Ja. Verstehe. Ich werde niemandem verraten, dass sie ein Mensch ist oder dass ich sie kenne. Und ehrlich gesagt habe ich keine Ahnung, worum es hier geht, also könnte ich keine anderen Geheimnisse ausplaudern, selbst wenn ich es wollte."

„Am besten, du weißt so wenig wie möglich." Seine Augen funkelten. „Um deiner selbst willen."

Sie schenkte mir ein zaghaftes Lächeln. „Ich muss jetzt zu meinem Katzenheilkurs. Aber schreib mir, wenn du kannst, okay? Ich will wissen, dass alles in Ordnung ist mit ... was auch immer du hier tust."

„Ich komme schon klar", sagte ich mit viel mehr Selbstvertrauen, als ich verspürte.

Als sie aus der Tür eilte, lehnte sich Orion auf dem Sofa zurück. Er war ein Mistkerl, aber in seinem Kaschmirpullover war es schwer, nicht zu bemerken, wie herrlich stark er aussah.

„Wir haben eine Woche Zeit", begann er, „um dich auf deine Vorstellung beim König vorzubereiten. Dann wirst du in den Asmodean Bezirk umziehen."

Ich holte tief Luft. „Nur eine Woche? Reicht das?"

„Die Stadt ist bereits in heller Aufregung wegen der Nachricht über den einzigen verbliebenen Sukkubus. Der König hat heute Abend eine Vorstellung verlangt. Ich musste verhandeln." Er runzelte die Stirn. „Aber wir haben eine Menge Arbeit vor uns, wenn du sie täuschen willst."

Als ich meine Beine übereinander schlug, kam ein nackter Oberschenkel zum Vorschein, und Orions Blick glitt dorthin. Das Gefühl, dass meine Schenkel aneinander rieben, erinnerte mich auch daran, dass ich immer noch keine Unterwäsche trug, was mich daran erinnerte, dass Orion mich vielleicht schon nackt gesehen hatte. Und *das* erinnerte mich an das beunruhigend angenehme Gefühl von Orions Mund an meinem Hals. Und daran, wie mein Körper darauf reagiert hatte, von ihm beherrscht zu werden. Während diese Gedanken in mir herumschwirrten, raste mein Puls. Ich zog den seidigen Bademantel über meinen Oberschenkel und hoffte, dass er meinen pochenden Puls nicht hören konnte.

Er hob eine Augenbraue. „Warum rast dein Herz, als würdest du gleich sterben?“

So viel zu meiner Hoffnung.

Ich zog den Bademantel fest zu. „Hast du mich nackt in der Badewanne gesehen?“

Sein Körper war so ruhig, dass ich spürte, wie sich die Haare in meinem Nacken aufstellten. So schön er auch war, diese unheimlichen Unterschiede zwischen unserer Körpersprache wiesen ihn als Raubtier aus. „Dein Herz rast, wenn du daran denkst, dass ich dich nackt gesehen haben könnte?“

Damit lag er richtig, aber ich verdrehte trotzdem die Augen. „Du musst es nicht so ausdrücken. Ich war nur verärgert, das ist alles. Wusstest du, dass dein Herz auch rasen kann, wenn du verärgert bist? Das ist der erhöhte Cortisolspiegel. Wut.“

Erinner dich daran, Rowan: Er ist eine andere Spezies mit Reißzähnen, tödlicher Magie und Augen, die schwarz werden. Vergiss das nicht.

„Nun, du brauchst dich nicht zu ärgern“, sagte er leise. „Morgan hat den Bademantel und mehrere Taschen mit Kleidung im Gästezimmer für dich deponiert. Ich weiß sehr wohl, wie verklemmt die Sterblichen mit ihrem Körper sind. Ich habe zu Zeiten der Puritaner gelebt. Aber da Morgan sich nicht für Frauen interessiert, fand ich es in Ordnung, dass er das Bad betritt.“

Ich widerstand der Versuchung, zu behaupten, dass ich

nicht verklemmt war, denn ehrlich gesagt war ich es. Vor allem bei Orion war ich verklemmt, denn er brachte mich dazu, dass ich meinen Bademantel vor ihm öffnen wollte.

Ich runzelte die Stirn und versuchte das Thema zu wechseln. „Du hast zur Zeit der Puritaner gelebt? Ich dachte, du stammst nicht aus dieser Gegend."

Er schenkte mir ein schiefes Lächeln. „In England gab es auch Puritaner. Ich kannte einen namens Praisegod Barebones, der ihr Parlament geleitet hat. Bei unserer ersten Begegnung hat mich dein Outfit tatsächlich an seine Kleidung erinnert."

„Goth-Puritaner ist mein Look", sagte ich abwehrend und hielt die Robe immer noch geschlossen.

„Du bist sehr rot."

Ich räusperte mich. „Es ist heiß hier drin."

„Morgan wird bald mit mehr neuer Kleidung zurückkommen. Mortana hat sich immer exquisit gekleidet."

Ich hielt immer noch meinen Bademantel zusammen, als würde ich in Flammen aufgehen, wenn Orion auch nur einen Zentimeter mehr von meiner Haut sah. „Okay. Ich schätze, ich muss anfangen, so viel wie möglich über Mortana und diese Welt zu lernen."

„Du musst lernen, weniger verklemmt aufzutreten, sonst wirst du ins Feuer geworfen. Sie ist ein *Sukkubus*."

Ich hob mein Kinn. „Ich schaffe das schon." Das musste ich schließlich. „Werde ich heute die Stadt besichtigen können?"

„Sobald du angezogen bist. Aber jetzt fange ich erst einmal mit dem Hintergrund der City of Thorns an. Was weißt du?"

Ich schloss meine Augen und versuchte, mich an meinen Geschichtsunterricht zu erinnern. „Die Stadttore wurden nach dem Höllenkrieg von 1680 errichtet, als die Puritaner und die Dämonen versucht haben, sich in den Wäldern von Massachusetts gegenseitig umzubringen. Ich dachte immer, der Sinn der Tore sei es, die Dämonen drinnen zu halten, aber anscheinend kann man die Stadt auch wieder verlassen."

Eine heiße Brise strömte vom offenen Balkon in den Raum. Orion funkelte mich an. „Das stimmt. König Nergal hat die Bedingungen ausgehandelt, nachdem er den Krieg verloren hat. Dämonen können die Stadt kurzzeitig verlassen, aber unsere Magie schwindet nach ein paar Tagen. Wir werden verwundbar, wenn wir außerhalb der Stadt leben. Schwach, langsam und träge. Nicht besser als Sterbliche, wirklich." Ein scharfer, kleiner Widerhaken war in seinem samtigen Ton.

Meine Lippen kräuselten sich. „Müssen diese ständigen Spitzen sein? Das könnte unserer professionellen Beziehung in die Quere kommen."

„Du musst verstehen, wie wir denken. Wir betrachten uns als den Sterblichen überlegen, weil ..." Er hob einen Finger an die Lippen, als ob er nachdenken würde. „Oh, weil wir es sind. Dämonen sind schlauer, schneller und anmutiger. Jahrtausendelang habt ihr uns wie Götter verehrt. Ihr habt uns Opfer dargebracht. Vieh, manchmal sogar eure Kinder. Wir sind im Grunde göttlich. Selbst die langweiligen amerikanischen Dämonen sind den Sterblichen überlegen."

Ich legte den Kopf schief. „Und doch seid ihr alle hier, eingesperrt hinter Stadtmauern, weil ihr einen Krieg gegen uns verloren habt. Seltsam."

Seine Mundwinkel zuckten. „Ich gebe zu, dass die Sterblichen über eine beeindruckende Militärtechnologie verfügen. Sie haben Waffen entwickelt und Magie gelernt, mit der sie uns hier binden können. Aber vor allem gibt es einfach mehr von euch, weil ihr euch wie Moskitos vermehrt." Er schenkte mir ein charmantes Lächeln. „Ihr bevölkert den Planeten mit eurem kreischenden, joghurtfressenden Nachwuchs, nehmt jedes Jahr mehr Platz ein und vertreibt alle anderen Arten wie eine Heuschreckenplage."

Ich verengte die Augen. „Ich bin fasziniert, dass ihr einen Krieg gegen uns verlieren, euch vollständig ergeben und immer noch von eurer Überlegenheit überzeugt sein könnt." Ich lächelte ihn an. „Hast du schon mal den Begriff ‚kognitive Dissonanz' gehört?"

„In einem Einer-gegen-Einen-Kampf ohne Waffen würde ein Dämon jedes Mal gegen einen Sterblichen gewinnen. Hast du eine Ahnung, wie leicht es für mich wäre, dich zu töten?"

Mein Lächeln verblasste. „Nun, wir haben jetzt Waffen", sagte ich schroff.

Er zog eine Augenbraue hoch und lehnte sich näher vor. „Aber du spürst es auch. Kein sterblicher Mann hat dich jemals sexuell befriedigt. Wann immer ich in deiner Nähe bin, spürst du meine Überlegenheit gegenüber deinen Männern. Du hast gesagt, ich sei der einzige Mann, von dem du glaubst, dass er dieser Aufgabe gewachsen ist." Seine seidige Stimme war wie eine sündige Liebkosung auf meiner Haut. Jetzt war er so nah an mich herangekommen, dass sein Mund direkt an meinem Ohr war. „Und ich glaube, du hast Recht, Rowan."

Eine verbotene Hitze durchzitterte meinen Körper und meine Schenkel spannten sich unter dem Bademantel an.

Oh Gott.

Solange ich in der Nähe von Orion war, steckte ich in Schwierigkeiten.

KAPITEL 12

Ich konnte nicht sagen, ob er mich anbaggerte oder versuchte, mich zu provozieren. Aber falls er flirtete, war er sich offenbar nicht bewusst, wie herablassend er klang. Das Überlegenheitsgefühl dieses Mannes brannte so heiß, dass es den Sauerstoff aus dem Raum saugte.

„Kennst du den sterblichen Ausdruck ‚Bierbrille'? Die hatte ich auf, als ich dich das erste Mal sah, nur mit Mojitos." Ich fragte mich, ob er merken würde, dass ich log. „Ich fühle mich nicht wirklich von dir angezogen. Jetzt, wo ich nüchtern bin, betrachte ich dich einfach als eine andere, groteske Spezies."

Er lehnte sich zurück, wurde dann wieder ganz still und starrte mich an, und ich hatte das Gefühl, dass er einen von Dr. Omers Tricks anwandte – er wartete darauf, dass ich zugab, etwas Dummes gesagt zu haben. Sein Gesicht war eine Maske der Gleichgültigkeit.

Nun, er konnte den ganzen Tag warten, denn ich konnte mit meinen offensichtlichen Lügen leben. Ich hob die Augenbrauen. „Wolltest du mir nicht Sachen beibringen? Bisher hast du mir nur die schwindelerregenden Dimensionen deines Egos gezeigt."

Er breitete seine Arme über die Rückenlehne des Sofas aus und ignorierte meinen Tiefschlag. „Fangen wir mit den Lilu an, den Inkubi und Sukkubi. Sie sind die Lustdämonen, die Verführer unserer Welt. Sie ernähren sich von der Lust. Bevor die Dämonen hier in der City of

Thorns eingesperrt wurden, streiften die Lilu frei durch die puritanischen Städte und verführten verklemmte Sterbliche. Sie haben auch Dämonen verführt. Aber für einen Sterblichen bedeutet der Sex mit einer Lilu den Tod. Das war einer der Hauptgründe für den Krieg 1680, denn die lüsternen Puritaner starben vor Lust in ihren Betten."

Was für eine Art zu sterben. „Mortana würde also bei jeder Gelegenheit versuchen, Sterbliche zu verführen?"

Er schüttelte den Kopf. „Es ist uns nicht mehr erlaubt, Sterbliche zu töten, ohne dass das Konsequenzen hat. Sie kann genauso gut Macht von Dämonen beziehen, ohne einen Krieg zu beginnen."

Ich umklammerte meinen Bademantel immer noch wie einen Keuschheitsgürtel. „Ich muss also verführerisch wirken."

„Flirten. Sinnlich sein. Verlocken. Als ob du dich in deinem eigenen Körper wohlfühlst." Er fixierte mich mit seinem Blick. „An diesen Dingen müssen wir eindeutig arbeiten."

„Wann wurden die Lilu hingerichtet? Nach dem Krieg?"

Er schüttelte den Kopf. „Nicht sofort. Etwa zehn Jahre lang lebten sie im Asmodean Bezirk. Jeder Bezirk verehrt einen dämonischen Gott, und für die Lilu war es Asmodeus, der Gott der Lust."

„In welchem Bezirk sind wir jetzt?"

„Dem Luziferischen. Er ist der Gott des Stolzes."

Orion lebte also im Bezirk für die arrogantesten Dämonen. „Ja, das passt."

„In einer dicht besiedelten Stadt war es für die anderen Dämonen schwieriger, die Lilu zu tolerieren. Sie ruinierten Ehen und manipulierten Leute. Andere Dämonenfrauen verabscheuten die Sukkubi und Dämonenmänner hassten die Inkubi. Ihre Gedankenkontrollkräfte waren verboten, aber sie nutzten sie trotzdem. Und das war eine Bedrohung für die Herrschaft von König Nergal. Was, wenn sie seine Gedanken kontrollierten? Als Cotton Mather 1690 Opfer aus der City of Thorns einforderte, kam König Nergal dem gern nach. Die anderen Dämonen waren froh, die Stadt von den Lilu zu befreien, und Nergal opferte sie in den Kerkern. Sie wurden gehängt und ihre Herzen herausgeschnitten."

Ein Schauder überlief mich. Ich war gerade in diesem Kerker *gewesen*, ohne zu wissen, dass es ein Ort unvorstellbaren Grauens gewesen war. „Und Mortana konnte wegen ihres Blutschwurs überleben."

„Genau. Sie war schon immer beeindruckend gerissen. Aber sie ist vor ein paar hundert Jahren verschwunden, und seitdem hat sie niemand mehr gesehen."

Ich biss mir auf die Lippe. „Ist es eigentlich ein Problem, dass ich keine Magie habe? Ich kann die Gedanken von niemandem kontrollieren."

Er schüttelte den Kopf. „Nein, du wirst den Leuten nur sagen, dass du im Laufe der Jahrhunderte deine Meinung geändert hast. Du wirst nichts tun, was von König Cambriel verboten wurde. Aber die sexuelle Magie ... du musst die Leute glauben lassen, dass du dich von Lust ernährst."

Ich schloss meine Augen und schüttelte den Kopf. „Entschuldigung, wie genau soll ich das machen?"

„Das ist ganz einfach, Rowan." In seiner tiefen, heiseren Stimme lag ein verführerisches Versprechen. „Du und ich werden unsere Körpersprache so einsetzen, dass die Leute denken, wir würden miteinander schlafen." Er schenkte mir ein Lächeln. „Vorausgesetzt, du kannst so tun, als würdest du dich zu einer grotesken Spezies hingezogen fühlen."

Ich verschränkte die Arme vor der Brust. „Ich werde mein Bestes tun, um es vorzutäuschen, aber wenn ich mich dem König nähern soll, ist es dann nicht ein Problem, wenn er denkt, dass ich mit dir zusammen bin?"

Er schüttelte den Kopf. „Ganz und gar nicht. Cambriel will immer das, was jemand anderes hat."

„Ich nehme an, deshalb hat er seinen eigenen Vater umgebracht."

„Er stammt aus der Beelzebub-Linie. Neid. Er beneidet mich bereits um die Aufmerksamkeit, die mir zuteil wurde, weil ich so viele in der Höllenprüfung getötet habe. Und wenn du mich zu wollen scheinst, wird er seine Position als König nutzen, um dich zu erobern. Wir müssen es nur echt aussehen lassen."

Eine heiße elektrische Spannung schwirrte in der Luft. „Du spielst also auch bei dieser Scharade mit. Du tust so, als würdest du mich wollen."

Er zuckte mit den Schultern. „Ich werde mein Bestes tun, um es vorzutäuschen."

„Gibt es hier jemanden, der Mortana gut kennt?"

Ein verschmitztes Lächeln. „Alle haben Mortana *gehasst*. Sie haben sie die Hure des Königs genannt. Ihr einziger Verbündeter war Nergal selbst. Ich vermute, dass sie von hier weggegangen ist, weil er sich schließlich gelangweilt und geweigert hat, sie zu heiraten, und sie gemerkt hat, dass sie keinen Beschützer mehr hatte."

„Verspürst du kein Mitleid mit ihr? Vielleicht hat sie nur versucht zu überleben, während ihre Artgenossen abgeschlachtet wurden."

Er zog die Augenbrauen zusammen, als hätte ich gerade etwas Verrücktes gesagt. „Nein. Ich habe kein Mitgefühl. Und wenn ich welches hätte, dann sicher nicht mit Mortana."

„Richtig."

Die Tür öffnete sich und ich drehte mich um. Morgan rauschte mit prall gefüllten Taschen voller Kleidung in den Raum. Er schaute nervös zwischen uns beiden hin und her und ließ die Beute fallen. „Alles, was du brauchst, ist hier drin. Ich muss leider los." Er wich zurück und starrte mich an. „Bitte sei vorsichtig. Nichts für ungut, aber ich will nicht, dass du Orion den Kopf verdrehst."

Noch nie hatte jemand Angst vor mir gehabt. War es … war es schlecht, dass ich das mochte?

Ich ließ meinen Bademantel los und zeigte ich ihm ein selbstgefälliges Lächeln – das Lächeln, das ich mir bei Orion abgeschaut hatte. „Ich werde versuchen, sanft mit ihm umzugehen, Morgan, aber ich verspreche nichts." Meine Stimme klang grausam.

Sein Gesicht wurde blass und er zeigte auf mich, als wollte er sagen: *Ich beobachte dich.* Damit verschwand er durch die Tür und ließ sie hinter sich zuschlagen.

Ich drehte mich um und sah, wie Orion mich anstarrte. Seine Augen waren blass und himmelblau. „Das war beunruhigend überzeugend. Es war, als würde die echte Mortana vor mir zum Leben erwachen."

Es war für mich einfach, mich so zu verhalten, wie es von mir erwartet wurde. Wenn die Leute mich für verrückt hielten wie während meiner Präsentation, wurde ich nervös und verzweifelt – und begann mich tatsächlich verrückt zu verhalten. Als ich an der Osborne High wie eine Außenseiterin behandelt worden war, hatte ich nicht anders gekonnt, als mich seltsam zu benehmen.

Und wenn die Leute dachten, ich wäre furchteinflößend – nun, dann fiel es mir offenbar leicht, auch diese Erwartung zu erfüllen.

Aber anstatt all das zu erklären, zuckte ich nur mit den Schultern und sagte: „Ich kann eine Menge."

Sein Blick durchbohrte mich und er wartete darauf, dass ich eine bessere Erklärung abgeben würde.

Ich seufzte und wurde akademisch, wie so oft, wenn ich entnervt war. „In der Welt der Sozialpsychologie gibt es etwas, das man selbsterfüllende Prophezeiung oder Verhaltensbestätigung nennt. Das bedeutet, dass sich das Verhalten der Menschen ändert, je nachdem, was von ihnen erwartet wird. Die Erwartungen an eine Person führen tatsächlich zu bestimmten Verhaltensweisen."

„Richtig ..." Er fuhr sich mit dem Finger über die Unterlippe und musterte mich. „Du bist ein ziemlicher Nerd, weißt du das?"

Ich nickte. „Oh, glaub mir, das ist mir bewusst."

„Heißt das, wenn ich dich so behandle, als wärst du verführerisch, kannst du dich plötzlich wie ein Sukkubus verhalten?"

Ich schluckte schwer. „Nun, wir können es auf jeden Fall versuchen."

KAPITEL 13

Ich lag nackt auf dem Bett in Orions Gästezimmer. Obwohl ich eigentlich üben sollte, mich *nicht* zu schämen, auch nicht allein, fühlte ich mich zutiefst unwohl, als der Wind über meine nackte Haut strich. Die Tatsache, dass es draußen dunkel war und ich unter einer Deckenlampe lag, die wie ein Scheinwerfer leuchtete, trug nicht zu meiner Entspannung bei.

Ich würde noch eine Woche hier bleiben, in einem Gästezimmer mit Blick auf das Meer. Das Zimmer war zwar wunderschön, aber zwischen dem bodentiefen Fenster und der *fehlenden* Wand daneben – die zwar durch einen Balkon vor Regen geschützt war, aber trotzdem eine unangenehme Stolperfalle darstellte – fehlte mir ein gewisses Maß an Privatsphäre. Ich sah zwar niemanden auf dem Meer, aber ich hatte trotzdem das Gefühl, nackt vor der Welt zu stehen.

Außerdem konnte ich nicht aufhören mich zu fragen, ob Orion mich vorhin nackt gesehen hatte. Wir hatten den ganzen Tag damit verbracht, an meinen Verführungskünsten zu arbeiten – an meinem Gang, meinem Augenaufschlag, meinen Flirtkünsten.

Ich war in allem mies. Das Problem war, dass Orion verdammt heiß war. Wenn ich mich in seinen verführerischen Bann ziehen ließ, würde ich verbrennen. Als seine Finger beim Frühstück meine berührt hatten, da wir gleichzeitig nach der Sahne gegriffen hatten, war ein

Ruck der Erregung durch meinen Körper gegangen. Leider war ich jemand, der leicht errötete, weshalb Orion zu dem Schluss gekommen war, dass ich verkrampft war und mich in meinem Körper unwohl fühlte. Deshalb lag ich hier und versuchte, es mir nackt bequem zu machen.

Und es stimmte, dass ich angespannt war, aber in seiner Nähe war mein Unbehagen noch viel größer. Er war so gefährlich wie ein Waldbrand.

Als ich meine Augen schloss, konnte ich seine sinnlichen, geschwungenen Lippen sehen.

Ich schaute auf das Meer im Mondlicht, zog die Decke über mich und fragte mich, ob ich tatsächlich als Sukkubus durchgehen würde.

Mit einem tiefen Atemzug durchsuchte ich den Raum und versuchte, mich zu erden. Ich musste aus meinem eigenen Kopf rauskommen.

Die Einrichtung hier war einfach – ein weißes Bett, ein nackter Hartholzboden. Die Schönheit des Ortes lag nicht in der Einrichtung, sondern eher im Blau des Meeres und des Himmels, im Glitzern der Sterne. Eine warme, salzige Brise wehte durch den Raum. Mit der Schönheit der Natur um mich herum fühlte ich mich etwas weniger unsicher, ließ die Decke fallen und kniete mich hin.

Aber ich konnte Orions tiefe, verführerische Worte in meinem Kopf hören. *Du hast gesagt, ich sei der einzige Mann, dem du je zugetraut hättest, der Aufgabe gewachsen zu sein. Und ich glaube, damit hast du recht, Rowan.*

Meine Augen gingen wieder auf und ich rannte zum Lichtschalter, um das Licht zu löschen. In der Dunkelheit kroch ich ins Bett und zog die Decke über mich.

Vielleicht konnte ich nicht nackt herumliegen, aber ich konnte nackt schlafen.

„Wie hast du geschlafen?“, fragte mich Orion beim Kaffee am nächsten Morgen.

Er hatte ein Buch vor sich geöffnet, und seine Augen waren auf die Seiten gerichtet.

Ich räusperte mich. Ich wollte ihm nicht von dem heißen Traum erzählen, in dem er mich als Gefangene an sein Bett gefesselt hatte ... „Gut. Ich habe gut geschlafen.“

Sein Blick hob sich und traf meinen. „Warum hast du das so gesagt?“

„Was meinst du?“

Ein Lächeln umspielte seine Mundwinkel. „Als wolltest du über den Tisch klettern und mich erdrosseln.“

Verdammt noch mal. Er durchschaute mich. Ich spürte, wie ich schon wieder rot wurde, und schüttelte den Kopf. „Es ist alles in Ordnung. Ich habe gut geschlafen, hatte nur ein paar seltsame Träume.“

„Worüber?“

Über dich, wie du mich überall küsst. „Nur, ähm, Monster. Was liest du gerade?“ Ich nahm einen Schluck von meinem Kaffee.

Orions Augen leuchteten und er hob das Buch hoch, damit ich den Einband sehen konnte.

Fifty Shades of Grey.

Ich verschluckte mich und spuckte meinen Kaffee aus, dann wischte ich mir mit dem Handrücken über den Mund.

Er saß mir in seinem Wohnzimmer gegenüber, die Arme verschränkt. Ich hatte den Eindruck, dass er langsam die Geduld verlor. „Du triffst morgen den König, und deine Körperhaltung ist immer noch voller Anspannung und Nervosität. Merkst du, wie du Grimassen schneidest, wenn du nervös bist? Wie verkrampft deine Nackenmuskeln sind?“

Ich seufzte und versuchte mich darauf zu konzentrieren, die Muskeln um meinen Mund zu entspannen. Langsam nahm ich einen tiefen Atemzug. Ich konnte nicht anders, als mich zu fragen, wo Orion die letzten beiden Nächte verbracht hatte und wo er beim Abendessen gewesen war.

„Zeig mir mal den Mortana-Gang, den du geübt hast“, sagte er.

Ich erhob mich von meinem Stuhl.

Es ging mich nichts an, wo er hinging, wenn er nicht hier war. Aber ich kannte seine Gewohnheiten. Bisher war er jeden Tag früh aufgestanden, sobald der Morgen graute. Dann frühstückte er Kaffee und Obst. Manchmal sprang er von seinem Balkon direkt ins Meer, um ein Morgenbad zu nehmen. Er verbrachte den halben Tag damit, mir beizubringen, mich wie Mortana zu verhalten – wie sie zu sprechen, wie sie zu lachen, wie sie Witze zu machen. Eines Nachmittags sagte er mir, ich sollte allein nackt schwimmen und darüber nachdenken, wie es sich anfühlte, durch das Wasser zu gleiten und zu wissen, wie schön ich war.

Die andere Hälfte der Zeit ließ er mich allein. Ich aß alle meine Mahlzeiten, die von Morgan geliefert wurden, allein auf dem Balkon. Nachdem ich gegessen hatte, holte ich Orions Liebesromane hervor. Die Bücher in seinen Regalen reichten von literarischen Klassikern und griechischen Epen bis hin zu modernen Romanen über Fetischpartys mit Peitschen und Spanking und jeder Menge atemberaubender Orgasmen. Die, seien wir ehrlich, im echten Leben nicht so gut sein *konnten.* Um etwas zu lernen, wählte ich die Fetischparty-Bücher, um sie bei meinem Abendessen mit Jakobsmuscheln oder Lachs zu lesen. Und sie waren sehr lehrreich.

Ich fragte mich allerdings, mit wem Orion aß, wenn er nicht bei mir war. Und wo er schlief.

Nicht, dass es mich etwas anging.

Er beäugte mich vom Sofa aus. „Du siehst nicht so aus, als ob du dich konzentrieren würdest."

Ich richtete mich auf, wie er es mir beigebracht hatte, und strich mir die Haare über die Schulter. Dann verzog ich meine Lippen zu einem selbstgefälligen Lächeln.

Er legte den Kopf schief. „Gut. Du hast den richtigen Gesichtsausdruck."

„Ich ahme den selbstgefälligen ‚Ich glaube, ich bin besser als alle' Gesichtsausdruck nach, den du immer machst."

Er zuckte mit den Schultern. „Und jetzt musst du es auch glauben. Du musst daran glauben, dass du die schönste Person in der Stadt bist und dass es für andere ein Privileg ist, in deiner Nähe zu sein. Das würde Mortana auch denken – dass sie andere mit ihrer Anwesenheit segnet. Dass sie ein Geschenk für die Welt ist."

Ich hob mein Kinn ein wenig höher, genau wie Mortana es tun würde. *Ein Geschenk für die Welt.*

„Lass mich sehen, wie du gehst. Versuch diesmal, deine Schritte in einer Linie zu halten, wie eine Katze. Schultern zurück, Hüfte nach vorne."

Ich richtete meinen Rücken auf und verlängerte meinen Nacken. Dann begann ich mich so zu bewegen, wie er befohlen hatte, einen Fuß direkt vor den anderen. Ich merkte, dass meine Hüften beim Gehen wippten, und stolzierte in meinem neuen kleinen schwarzen Sommerkleid durch den Raum. Ich spürte seinen abschätzenden Blick darauf, wie ich mich bewegte – oder besser gesagt, wie Mortana sich bewegte.

„Die Schultern nach hinten“, sagte er leise. „Du musst so aussehen und dich so verhalten, als würdest du die ganze Zeit an Sex denken.“

Ich drehte mich um und ging wieder durch den Raum.

Auf seine Anweisungen hin lief ich wie eine Sexbombe – die Brüste nach vorne gestreckt, die Hüften hin und her schwingend. Vielleicht fühlte ich mich unwohl in meinem Körper, aber Mortana nicht. Mortana hatte all die Dinge getan, von denen ich in den Büchern gelesen hatte – Männer gegen die Wand gedrückt, ihre Fingernägel über ihren Rücken gezogen, in das Kopfteil des Bettes gebissen, während jemand sie von hinten nahm.

Ich wirbelte herum und stellte mir vor, wie Mortana sich fühlen würde, wenn sie nackt im Meer schwamm, oder wenn Orion sie beobachtete. Mortana würde wollen, dass seine Augen auf ihrem nackten Körper ruhten. Sie würde erregt sein und sie würde wollen, dass er genau wusste, wie erregt sie war. Sie würde ihn quälen, ihn necken.

Ich drehte mich wieder und entschied, dass Mortana auf Orions Schoß sitzen wollte. Also tat ich das und schlang meine Beine um seine Taille, wobei der Saum meines Kleides bis zu meinen Hüften hochrutschte. Augenblicklich wurden seine Augen dunkel wie die Nacht.

Mit einem leisen, anerkennenden Knurren wanderte seine Hand von meinem unteren Rücken bis hinauf zu meinen Haaren. Er fuhr mit den Fingern in meine Locken und zog meinen Kopf ein wenig zurück.

„Braves Mädchen", sagte er leise. „Sehr gut." Seine tiefe Stimme grollte über meine Haut.

Das ging zu weit.

Ich räusperte mich und sprang von seinem Schoß auf, glättete mein Kleid und zog den Saum herunter. „So." Ich atmete langsam aus. „Siehst du? Ich kann Mortana sein."

Orions Augen waren immer noch auf mich gerichtet. Ein Schatten hatte sich darüber gelegt, der eine Urangst in mir weckte. „Natürlich."

Morgen Abend würde ich den König treffen, und das sollte im Moment das Beängstigendste in meinem Leben sein. Aber in Wahrheit war es Orion, der mir am meisten Angst machte.

KAPITEL 14

Heute war der große Tag.

Heute würde ich zum ersten Mal öffentlich in der City of Thorns in Erscheinung treten und die Sicherheit von Orions Wohnung verlassen. Und ich würde den Dämonenkönig treffen, der den Kopf seines Vaters abgeschlagen und auf ein Tor gesteckt hatte.

Was für ein Outfit trug man, wenn man einen vatermordenden Dämonenkönig verführen wollte?

Ich runzelte die Stirn über meine neue Unterwäsche, die kaum groß genug aussah, um meine Brustspitzen und meinen Hintern zu bedecken. Aber schließlich war ich ja jetzt ein Sukkubus. Da konnte Kleidung nicht knapp genug sitzen. Und mit einem kleinen Ruck der Befriedigung stellte ich fest, dass ich mich inzwischen eigentlich ganz wohl fühlte, wenn ich splitternackt in diesem gläsernen Raum stand.

Zwischen den Abendkleidern gab es auch lässige Kleidung. Schwarze Lederleggings, schlichte Hosenanzüge, kleine Röcke und Tops. Aber Orion hatte gesagt, dass ich bei meinem großen Auftritt heute in der Stadt die Leute blenden sollte. Offenbar würden alle Augen auf mich gerichtet sein.

Ich nahm ein Mieder vom Bett, eines mit schwarzer Spitze und aufgestickten Schlangen. Der Ausschnitt reichte in der Mitte bis unter die Brüste. Dunkel, sexy, dämonisch. Ich zog es an und wie erwartet bedeckte es kaum meine Brüste.

Ich nahm das winzige passende Höschen und schlüpfte hinein.

Dann ging ich die Kleider durch. Viel Schwarz, Grau und Gold. Alle waren auf irgendeine Weise freizügig – enge Mieder, Schlitze bis zur Hüfte, tiefe Rückenausschnitte, kurze Saumabschlüsse. Als Erstes nahm ich ein hellsilbernes Kleid im griechischen Stil, mit hoher Taille und zarten, sich kreuzenden Seilen drum herum. Aber der Ausschnitt ging bis zum Bauchnabel, und ich war mir nicht sicher, ob ich dazu bereit war.

Stattdessen wählte ich ein kurzes, rotes Seidenkleid mit tailliertem Oberteil und langen Ärmeln, das ich mir nur mit Mühe über die Hüften ziehen konnte. Es hatte einen lockeren Rock, aber die Tatsache, dass der Saum knapp unter meinem Hintern endete, war definitiv neu für mich. Dann schlüpfte ich in ein Paar oberschenkelhohe Stiefel, die bequeme Absätze hatten, sodass ich darin einigermaßen elegant laufen konnte.

Als ich mich umdrehte und mich ansah, musste ich zugeben, dass ich verdammt heiß aussah. Mit den Stiefeln zeigte ich nur wenig Haut – die Oberseiten meiner Oberschenkel und mein Dekolleté. Und doch war dieser Anblick viel sexier, als ich es gewohnt war. Meine Haare hingen in Wellen über meine Schultern, orange auf rot. Es war kein *schlechter* Look, dachte ich.

So hergerichtet ging ich ins Wohnzimmer. Orion saß immer noch auf dem Sofa und lehnte sich zurück, die Arme über der Lehne. Und er war still wie der Tod. Seine Augen brannten, als er mich ansah.

Mit einem tiefen Atemzug ging ich zu ihm hinüber. Er stand langsam auf und sein Blick bohrte sich in mich. Dunkle Magie peitschte die Luft um ihn herum, und ein leises Knurren erklang aus seiner Kehle und glitt über meinen Körper. Ich fragte mich, ob er daran dachte, wie ich gestern rittlings auf ihm gesessen hatte.

Dann geisterte ein verruchtes Lächeln über seine Lippen. „Gut. Du siehst aus wie ein Sukkubus. Lass mich noch ein letztes Mal sehen, wie du dich wie Mortana bewegst. Ich weiß, dass du in gewisser Weise Vertrauen in deinen Körper hast. Du kannst zuschlagen – ich habe gesehen, wie du es mit diesen sterblichen Mistkerlen aufgenommen hast." Seine Augen hatten einen überirdischen Silberglanz. „Der Mann, der dich vor der Brauerei in die Enge getrieben hat, hieß der Jack Corwin?"

Ich hatte vergessen, wie viel er über mich wusste. Schmerzlich rief ich mir in Erinnerung, was ich ihm alles im Kerker erzählt hatte. „Ja, das war Jack."

„Warum hast du mir nach allem, was er dir angetan hat, gesagt, ich soll aufhören, ihm wehzutun?"

Er starrte mich mit diesem dominanten Dämonenblick an, der mich dazu brachte, meinen Blick unterwürfig zu senken. Aber im nächsten Moment blickte ich wieder auf, weil Mortana aufblicken würde. „Ich bin ein normaler Mensch, der nicht zusehen will, wie jemandes Gehirn auf der Straße schmilzt. Das ist, was man Empathie nennt. Selbst wenn man jemanden hasst, sieht man nicht gern zu, wie er gefoltert wird."

„Empathie?" Seine Augen blickten eisig, grausam. „Klingt nutzlos. Ich bin froh, dass ich nicht damit verflucht wurde."

„Wie viele Leute genau hast du getötet?"

Er begann mich zu umrunden. „Ich würde dir gern von jedem einzelnen erzählen, nur um das Entsetzen in deinem hübschen Gesicht zu sehen, aber wir haben nur noch ein paar Stunden Zeit, um an deiner buckligen Haltung zu arbeiten."

Ich runzelte die Stirn. „Hast du *bucklig* gesagt?"

„Wir werden noch eine letzte Sache versuchen. Ich fahre mit meinem Finger deine Wirbelsäule hinauf und ich möchte, dass du dabei deinen Rücken aufrichtest. Lehne dich hinein und zieh deine Schultern runter."

Ich spürte bereits, wie die Macht seiner Magie auf meiner Haut kribbelte. Als er meinen unteren Rücken berührte, schnappte ich fast nach Luft bei dem angenehmen Gefühl. Allein seine Fingerspitze auf meinem Rücken löste eine heiße, elektrische Vibration in meinem Körper aus.

„Schließ deine Augen. Entspann deine Schultern und lass sie nach hinten fallen. Stell dir einen Faden vor, der deinen Kopf zur Decke zieht." Mit erlesener Langsamkeit strich er nach oben. Mein Körper reagierte auf seine Berührung. Meine Wirbelsäule richtete sich auf, mein Puls beschleunigte sich und meine Haut brannte.

Heiliger Strohsack, Rowan. Vergiss nicht, dass ihr zusammenarbeitet. Und dass er ein Dämon ist. Und auch, dass er gedroht hat, Shai zu ermorden.

Als sein Finger über meinen Nacken strich, verlängerte sich mein Hals. Dann strich sein Finger mit einer federleichten Berührung wieder nach unten, und von jedem Berührungspunkt strahlte Wärme aus. Er ließ seinen Finger zwischen meinen Schulterblättern ruhen. „Heb deine Brust. Heb dein Kinn. Du bist stolz auf deine Schönheit. Sie ist ein Teil deiner Kraft."

Mein Atem beschleunigte sich und ich spürte, wie er sich hinter mir bewegte und seine Hände an meine Hüften legte. Ich kämpfte gegen den verrückten Impuls an, mich an seinen starken Körper zurückzulehnen.

„Beweg deine Hüften ein wenig nach vorne“, sagte er leise. „Öffne jetzt deine Augen.“

Ich öffnete die Augen und fühlte mich in meiner neuen Haltung schon ganz anders.

„Perfekt.“

Er stellte sich vor mich. Gott, er war so attraktiv. Sein Blick glitt zu meinem Mund und mit Verlegenheit stellte ich fest, dass ich mir die Lippen geleckt hatte. Schamesröte kroch über meine Wangen.

Er legte den Kopf schief und ein verschmitztes Lächeln kräuselte seine Lippen.

Zum ersten Mal fühlte ich mich wirklich *sexy*. Und jetzt gefiel mir der Gedanke, dass seine Augen auf mich gerichtet waren, auf die nackte Haut meiner Schenkel ... Tatsächlich hatte ich das Verlangen, ihm meinen ganzen Körper zu zeigen.

Ich stolzierte durch den Raum, wie er es mir schon eine Million Mal gezeigt hatte, einen Fuß vor den anderen setzend.

„Gut“, murmelte er. „Jetzt dreh dich zu mir um.“

Ich drehte mich um und meine Locken hüpften. Seine Haltung war lässig, die Hände in den Taschen, die Schultern entspannt. Aber das Brennen in seinen Augen und sein angespannter Kiefer verrieten mir, dass er nicht wirklich ruhig war. Was verbarg sich hinter dieser gelassenen Fassade? Wut? Lust? Versuchte er immer noch, sich davon abzuhalten, mir das Herz herauszureißen?

Und wo hatte er letzte Nacht geschlafen?

„Was nun?“, fragte ich.

„Wenn du jetzt zu mir zurückkommst, stell dir vor, dass ein Wassertropfen langsam von deinem Hals zwischen deinen Brüsten nach unten läuft. Zeichne ihn mit deiner Fingerspitze nach.“

Ich fing wieder an zu laufen, wie eine Katze, und ich bewegte meine Fingerspitze von meiner Kehle hinunter zu meiner Brust. Es war wie beim Kampfsport: Ich fand heraus, wie ich meinen Körper auf die richtige Weise bewegen musste, um die Schwäche meines Gegners auszunutzen.

Ich hörte auf, als ich spürte, wie seine heiße Magie über mich glitt. Näher zu kommen, ihm in die Augen zu schauen, würde sich zu intensiv anfühlen.

Er hob die Augenbrauen. „Sehr gut“, meinte er. „Du musst immer durch deine Körpersprache kommunizieren, dass du jemanden flachlegen willst. Du machst es durch Anspielungen, Augenkontakt und Berührungen deutlich.“

Ich warf meine Haare über meine Schulter.

„Das war niedlich, aber für den Anfang musst du näher als einen Meter herankommen. Du weißt schon, so wie gestern.“

Ich schluckte schwer und ging dann näher zu ihm hin. Ich starrte zu ihm hoch und stellte mir vor, wie es sich anfühlen würde, wenn seine Hände meinen ganzen Körper berührten. *Ihr arbeitet zusammen, Rowan. Mehr ist es nicht.*

Belustigung glitzerte in seinen Augen. „Jetzt musst du nur noch daran arbeiten, nicht mehr wie ein Reh im Scheinwerferlicht aussehen. Versuch es mit einem halben Lächeln.“

Ich verzog mein Gesicht auf einer Seite.

Er machte eine Grimasse. „Oh, nein. Tu das nicht. Denk daran, dass du ein Geschenk bist.“

Ich entspannte mein Gesicht und versuchte es dann mit einem selbstgefälligen Ausdruck.

Sein Blick wanderte meinen Körper hinunter. „Näher. Zeig deine Verletzlichkeit. Neig deinen Kopf zurück und zeig mir deinen Hals, als würdest du mir erlauben, dich wieder zu beißen. Als würdest du es *wollen*.“

So nah bei ihm wurde ich von seiner sinnlichen Kraft wie von einer Welle überrollt. Ich ertappte mich dabei, wie ich in seine endlosen Augen starrte und mein Puls raste. Was ich wirklich wollte, war, dass er sich über mich beugte, mein Höschen herunterzog und mich streichelte.

Hör auf, Rowan. Er ist nicht einmal ein Mensch.

Ich wusste, was passiert war. Mein Es übernahm die Kontrolle – der dumme, animalische Teil meines Gehirns, der mir alles vermasseln würde, wenn ich ihn ließ. Aber vielleicht war es mein Es, das ich hier brauchte.

„Gut“, sagte er leise. „Du hast den Augenkontakt drauf, jetzt versuch Berührungen einzusetzen, während du mit mir sprichst.“

Ich streckte die Hand aus und berührte seine Brust. Ich biss mir auf die Lippe, als ich mit den Fingerspitzen über den weichen Stoff fuhr und die harten Muskeln darunter spürte.

„Du hast vergessen zu reden“, sagte er leise.

Ah. Das lag daran, dass mein Kopf völlig leer war. Er war *sehr* überzeugend darin, mich anzusehen, als ob er mir das Kleid vom Leib reißen wollte. Aber schließlich hatte er gesagt, dass er so *tun* würde, als wäre ich sexy.

Er griff nach meinen Armen, hob sie hoch und schlang sie um seinen Hals, sodass mein Körper an seinen gedrückt wurde. Dadurch rutschte mein Kleid hoch und die warme Brise strich über meine Oberschenkel und meinen Hintern.

Hitze schoss durch meinen Körper. Das war noch Flirten? Das fühlte sich geradezu unanständig an, und ein heißer Puls schlug durch mein Inneres. Als ich ihm in die Augen sah, hatte ich das Gefühl, in einen gefährlichen Abgrund zu stürzen.

Meine Muskeln verkrampften sich.

Er ist ein Dämon. Zieh dich zurück, Rowan.

Ich nahm meine Arme von seinem Hals. Mein Kiefer krampfte sich zusammen und ich sah weg. Mein Herz klopfte unkontrolliert, was schade war, denn jetzt wusste ich, dass er es hören konnte.

„Okay." Ich schluckte schwer. „Ich glaube, ich habe bewiesen, dass ich die Mortana-Nummer durchziehen kann." Ich zwang mir ein Lächeln auf das Gesicht. „Warum zeigst du mir nicht die Stadt?"

„Du musst erst mal aufhören, rot zu werden."

Ich strich mir die Haare glatt. „Gut."

„Hast du dir die Karte eingeprägt?"

Ich nickte. „Ich glaube schon."

„Denk daran, wenn du auffliegst", warnte er, „landest du in einer Feuergrube."

„Eine tolle Art, mich zu beruhigen."

Aber trotz der Nervosität und der Angst war ich eigentlich positiv aufgeregt. Heute würde ich zum ersten Mal die City of Thorns sehen.

Den Ort, an dem sich vermutlich irgendwo der Mörder meiner Mutter herumtrieb.

KAPITEL 15

Orion hatte mich in einen Raum geführt, den ich für einen Schrank gehalten hatte, der aber in Wirklichkeit ein Aufzug war. Während wir nach unten fuhren, studierte ich die Karte weiter.

„Du musst die weglegen, wenn wir unten ankommen."

„Ich weiß." Ich hatte die Tore der Stadt schon so oft gezeichnet, aber ich hatte mir nie vorgestellt, was sich dahinter befand. Das war eine verbotene Information und sehr faszinierend.

Die Karte zeigte, dass die Stadt in sieben Bezirke unterteilt war – acht, wenn man die elysische Wildnis südlich des Flusses Acheron mitzählte.

Der Luziferische Bezirk und das Leviathan-Hotel, in dem Orion lebte, befanden sich auf der Ostseite mit Blick auf den Ozean. Südlich von Luziferian befand sich der königliche Beelzebub Bezirk und der große Baal-Turm, in dem der König lebte. Sobald ich die Zustimmung des Königs hatte, würde ich im Asmodean Bezirk wohnen – westlich von hier, am Fluss. Es war der kleinste Bezirk und ich vermutete, dass er im Laufe der Jahre immer kleiner geworden war, weil die benachbarten Bezirke ihn immer mehr einnahmen.

Die Neugierde brannte hell in mir. Ich wollte alles sehen – das alte Gefängnis, die alten Dämonentempel, die Dämonenbank. Nicht nur, um den Mörder meiner Mutter zu finden, sondern auch, weil die Magie mich faszinierte.

Als wir das Erdgeschoss erreichten, öffnete sich der Aufzug in eine Lobby und ich steckte die Karte in meine neue rote Handtasche, neben mein neues Handy.

Ich trat in das helle Sonnenlicht der Lobby. Von oben strömte Licht durch eine Fensterkuppel wie in einem viktorianischen Gewächshaus. Die Böden waren aus elfenbeinfarbenem Marmor und schwarzen Fliesen im Art-déco-Stil. Eine geschwungene Treppe führte zu einem Zwischengeschoss mit einem schwarzen Geländer, das irgendwie wie sexy Spitze aussah.

Ich war noch nie an einem Ort wie diesem gewesen und musste mich daran erinnern, meinen Mund geschlossen zu halten und nicht ehrfürchtig vor der Pracht zu stehen. Mortana würde von diesem Ort nicht beeindruckt sein. Sie würde sich bei all dem hier langweilen. Also lenkte ich meinen Blick von der Schönheit des Gebäudes ab und konzentrierte mich auf meinen katzenhaften Gang, auf meine schwingenden Hüften.

Auf dem Weg zur Tür kamen wir an einer Handvoll Leuten vorbei, die mich anstarrten. Zwei wunderschöne Dämonenfrauen mit roten Augen und geschwungenen elfenbeinfarbenen Hörnern – eine blond, die andere mit rabenschwarzem Haar – steckten die Köpfe zusammen und flüsterten, als ich zur Tür ging. Ich hatte das Gefühl, dass meine Ankunft sich bereits herumgesprochen hatte, und schenkte ihnen ein zuversichtliches Lächeln.

Ganz richtig. Die Sukkubus-Tussi ist zurück.

Orion schob die große Glastür auf und hielt sie dann für mich auf. Mit schwingenden Hüften trat ich hinaus in eine Stadt aus goldenem Stein. In der Sonne schimmerte die Welt um mich herum, und mir stockte der Atem angesichts ihrer Schönheit.

Mit ihren engen Straßen, die eindeutig aus der Zeit vor dem Auto stammen, sah die Stadt mittelalterlich aus. Das Hotel öffnete sich zu einer Art Piazza, wo Cafés und Geschäfte einen großen steinernen Innenhof säumten. Gewölbte Durchgänge zweigten vom Platz ab. In der Mitte des Platzes bildeten die Steine eine geometrische Form, die an ein auf dem Kopf stehendes Dreieck erinnerte, mit geschwungenen Linien und einem *V* am unteren Rand.

Orion zeigte auf das Symbol. „Wie du siehst, Mortana, sind der Luziferische Schutzwall und das große Symbol Luzifers unverändert."

Ich seufzte. „Entzückend." Als ich den Platz überblickte, bemerkte ich, dass alle Augen in meine Richtung gingen. Ein Schauer überkam mich, aber Mortana sah nicht überwältigt aus. Mortana legte ihren Arm um Orion und lächelte süffisant.

Mit seinem Körper dicht an meinem strahlte seine warme Magie auf mich aus, beruhigend und verführerisch zugleich.

Arm in Arm gingen wir in einen der gewölbten Gänge. Hier, wo es leer war, lehnte sich Orion herunter und flüsterte: „Ich glaube nicht, dass die Leute von deiner Rückkehr begeistert sind."

„Liegt das daran, dass ich ein Sukkubus bin?", flüsterte ich zurück.

„Teilweise. Außerdem bist du mit mir zusammen. Der König und ich sind jetzt die beiden reichsten Junggesellen der Stadt, und die unverheirateten Dämonenfrauen sind es gewohnt, um unsere Aufmerksamkeit zu wetteifern. Debütantinnen präsentieren sich bei Hofe in einer Reihe von Bällen und Soirées, jede von ihnen in der Hoffnung, eine Königin oder Herzogin zu werden. Dämonenfrauen warten Jahre, ja sogar Jahrhunderte, in der Hoffnung, die vorteilhafteste Partie zu machen."

Ich sah zu ihm auf. „Warum bist du nicht verheiratet?"

„Ich sehe keinen Grund zu heiraten."

„Und der König?", fragte ich. „Er ist Jahrhunderte alt. Warum jetzt heiraten?"

Orion zuckte mit den Schultern. „Früher konnte er jede Frau in der Stadt haben, und das hatte er wahrscheinlich auch. Niemand hatte einen Anspruch auf ihn. Aber von einem König wird erwartet, dass er heiratet, also muss er sich eine Frau suchen."

Wir gingen durch eine Reihe von engen Straßen und Steintreppen, vorbei an Geschäften und Hotels. Wir kamen an einer runden Bibliothek vorbei, die zur Belial Universität gehörte.

Orion erklärte mir leise, dass Luzifer, der Leuchtende, in alten Zeiten der oberste Dämonengott gewesen war. Auch jetzt noch durchdrang Luzifers Macht die Stadt. Die Tempel waren größtenteils verlassen, aber einige Dämonen brachten den alten Göttern immer noch Opfergaben dar.

„Glaubst du an sie?", flüsterte ich.

Er schaute mich an. „Ich weiß nicht, ob es Götter gibt. Aber es ist mir auch komplett egal."

Ah, natürlich. Seine Arroganz kannte keine Grenzen – nicht einmal, wenn es um seine Götter ging.

Im Mammon Bezirk hielten wir zum Mittagessen in einem Restaurant an einem der Nebenflüsse des Erebus.

Er plätscherte an uns vorbei und glänzte in der Sonne. Wir saßen an einer Fußgängerzone aus bernsteinfarbenem Marmor. Ich beobachtete die Dämonen, die in ihren eleganten Kleidern vorbeischritten, einige von ihnen mit metallischen glänzenden Hörnern, die in der Nachmittagssonne funkelten.

Auf der anderen Seite des Platzes erhob sich die Bank of Thorns mit ihren hohen Säulen, die sie wie einen alten Tempel aussehen ließen. Schwarze Brombeerranken wuchsen über den Stein.

Ein paar Sterbliche liefen vorbei, lässig gekleidet in Sweatshirts und Leggings der Belial Universität. Sie bewegten sich anders als die Dämonen und ihr Gesichtsausdruck war sorglos, in Ehrfurcht vor der schönen Welt um sie herum. Im Gegensatz dazu kam mir jeder Dämon wie ein Raubtier vor. Die Dämonen hielten ihre Gesichtszüge stets ruhig.

Keiner von ihnen trug den Stern, den ich suchte.

Ich lehnte mich in meinem Stuhl zurück und nippte an dem Rotwein, den Orion für uns bestellt hatte. Ich war keine Weinexpertin, aber dieser Wein war *unglaublich.* Ich ließ den trockenen Geschmack über meine Zunge laufen. „Köstlich."

Er erwiderte mein Lächeln. „Claret von den Trauben auf den Feldern von Elysium. Einer meiner Lieblingsweine."

Die Kellnerin kam zurück und starrte fast ausschließlich Orion an. Und wer konnte es ihr verdenken? Die Frau hatte funktionierende Augen, und er sah aus wie ein Gott. Ihre Wangen erröteten, als sie seine Bestellung aufnahm und dabei ihr langes braunes Haar über die Schulter warf.

Mit einem Grinsen sagte er: „Ich nehme die Entenbrust."

Ich war mir ziemlich sicher, dass sie bei dem Wort *Brust* zusammenzuckte. Sie biss sich auf die Lippe und legte den Kopf schief, als hätte er gerade vorgeschlagen, ihr den Hintern zu versohlen.

„Ja?", sagte sie. „Noch ein Wunsch?"

Orion hatte gesagt, beim Flirten ging es darum, deutlich zu machen, dass man jemanden wollte, und diese Kellnerin ließ daran keinen Zweifel. Ehrlich gesagt wäre sie in der Rolle des Sukkubus viel besser als ich.

Ich musste zugeben, dass ich das ein bisschen irritierend fand. Zum einen war ich am Verhungern, und sie hatte meine Bestellung noch nicht aufgenommen. Zum anderen, was wäre, wenn das hier ein richtiges Date wäre? Das war es natürlich nicht. Ich hatte keinen Grund, eifersüchtig zu sein, also war ich es auch nicht.

Aber das wusste *sie* nicht.

Die eigentliche Frage war, wie Mortana mit dieser Situation umgehen würde. Ich persönlich dachte, dass sie stinksauer sein würde. Mortana mochte es, im Mittelpunkt der Aufmerksamkeit zu stehen, und die bekam sie im Moment nicht. Ich glaubte auch nicht, dass sie diese Art von Respektlosigkeit tolerieren würde.

Ich räusperte mich. Als die Kellnerin sich schließlich zu mir umdrehte, kniff ich die Augen zusammen und machte meinen Körper so ruhig wie möglich. Da ich das schon ein paar Mal bei Orion erlebt hatte, wusste ich, wie nervenaufreibend das war. Außerdem war das im Grunde eine noch fiesere Version von Dr. Omers *Ich werde schweigen, bis du merkst, was du getan hast* Technik.

Ich beobachtete, wie ihre rosigen Wangen blass wurden, und trommelte dann langsam mit den Fingernägeln auf den Tisch. „Bist du jetzt fertig mit deiner kleinen Vorführung?“ Meine Stimme hörte sich kalt und distanziert an.

„Tut mir leid“, stammelte sie. „Ich habe nur seine Bestellung aufgenommen.“

„Oh, das glaube ich nicht, Sterbliche.“ Ich gluckste. „Aber weißt du, dein Wunsch gibt mir Kraft.“ Noch nie in meinem Leben hatte ich so gebieterisch geklungen. Um die Wahrheit zu sagen, war ich mir nicht ganz sicher, woher das kam. „Deine Lust macht mich regelrecht hungrig.“

Ich beobachtete, wie sie schluckte. „Darf es etwas zum Mittagessen sein?“

Orion bezahlte die Rechnung, also konnte ich auch etwas Teures bestellen. „Hummer Fra Diavolo.“ Ein passender Name, wenn ich darüber nachdachte. „Ich fühle mich ein bisschen … teuflisch.“ Ich fletschte meine Zähne. „Wenn das nicht reicht, muss ich etwas Frischeres essen, also sag dem Koch, er soll dafür sorgen, dass es gut ist.“

Sie stolperte vor mir zurück und drehte sich dann um, um in die Küche zu eilen.

Mist! War es das, was mein Ich unter all meiner Verdrängung war? Hatte ich eine böse Seite?

Als ich mich wieder zu Orion umdrehte, musterte er mich genau. „Mortana, du hast dich wirklich nicht verändert.“

Ich lehnte mich näher zu ihm und flüsterte ihm ins Ohr: „Ich bin gern zurück.“

Er hob seinen Wein zu einem Toast auf mich. „Auf die

bösartigste, übelste Dämonin, die diese Stadt je beehrt hat."

Jedes Mal, wenn ich mich umsah, bemerkte ich, dass die Leute ihre Hälse reckten und versuchten, uns zu belauschen.

Ich seufzte und blickte über den Fluss Acheron zum Südufer. „Die elysischen Felder. Ich erinnere mich gern an sie. Stimmt es, dass du während deines Höllenrituals fünfzig Dämonen getötet hast?"

Er drehte den Stiel seines Weinglases zwischen den Fingerspitzen, und die purpurne Flüssigkeit glitzerte im Sonnenlicht. „Nun, ich gebe nicht gern an ..."

„Lügner."

Belustigung kräuselte seine Lippen. „Gut. Ich liebe es zu prahlen. Ja, ich habe fünfzig Dämonen getötet. Und ja, ich glaube, die anderen finden mich schrecklich."

Fand der König ihn auch so schrecklich?

Ich seufzte und versuchte in meiner Rolle zu bleiben. „Es ist schon so lange her, dass ich König Nergal gesehen habe."

„Mach dir keine Sorgen." Er schenkte mir ein strahlendes Lächeln. „Du wirst seinen *Kopf* bald sehen. Aber jetzt bist du unerschütterlich loyal gegenüber dem neuen König, nicht wahr? Du weißt, wie es hier ist. *Vae Victis*."

Wehe dem, der besiegt wird. Erwarte eine brutale Behandlung durch die Sieger. Eine weitere Erinnerung, dass ich hier nicht in die Hände des Feindes fallen durfte.

Ich hob mein Weinglas, lächelte und wiederholte: „*Vae Victis*."

KAPITEL 16

Als wir mit dem Essen fertig waren, ging die Tour weiter – ein Bezirk nach dem anderen aus honigfarbenem Stein. Die Mauern zogen sich um die Grenzen der Stadt und wurden von Türmen unterbrochen, die über Osborne hinausblickten.

Ich war froh, dass ich in weiser Voraussicht die bequemsten Stiefel gewählt hatte, denn wir liefen kilometerweit – durch den Belphagor Bezirk mit der Halle der Zünfte und das alte Parlament am Fluss. Wir sahen die Spukgefängnisse im Sathanas Bezirk und den Galgen, an dem Hinrichtungen stattfanden. Ein dreiköpfiger Wachhund knurrte uns vor den Eisentoren an. Die Stadt war viel größer, als sie von außen aussah.

Mir fiel auf, dass die Mode in jedem Bezirk etwas anders aussah. Im Luziferischen Bezirk gab es viele Seidenkleider und große Gürtel mit tiefen Ausschnitten. In Sathanas sah ich Bustiers und Männer in Anzügen mit dünnen Krawatten.

Aber der Asmodean Bezirk war etwas ganz anderes. Hier gab es keine Straßen, sondern Kanäle, die durch die Stadt führten, und verlassene Boote schwammen im türkisfarbenen Wasser. Die Straßen waren eng und leer und öffneten sich gelegentlich zu Plätzen von verfallender Pracht. Die klassischen Gebäude waren mit Säulen und hohen Fenstern geschmückt, und der verblasste Stein sah aus, als wäre er einst in leuchtenden Farben gestrichen gewesen. Viele der Fassaden bröckelten, die

Fenster waren mit Brettern vernagelt. In der Mitte stand ein leerer Brunnen mit Statuen, deren Gesichter zertrümmert worden waren.

Mein Herz krampfte sich zusammen. Traurigkeit durchdrang die Luft hier wie ein dunkler Gestank. Ich spürte den Verlust dieses Ortes förmlich.

Gegenüber von uns stand ein palastartiges Gebäude mit gewölbten Sprossenfenstern. An einer Seite floss ein Kanal entlang. Arbeiter eilten umher, trugen Möbel hinein und ersetzten zerbrochene Fensterscheiben.

Orion zeigte darauf. „Da. Das ist vorerst dein Zuhause. Seit Jahrhunderten hat niemand mehr im Asmodean Bezirk gelebt, aber sie stellen sicher, dass es für Mortana geeignet ist."

Ich drehte mich um und sah entsetzt, dass uns drei weibliche Dämonen in den verlassenen Bezirk gefolgt waren. Hier gab es nichts für sie – keine Restaurants, keine Geschäfte. Niemand lebte hier. Sie beobachteten uns einfach und schienen nicht darauf bedacht zu sein, dabei subtil vorzugehen.

Eine große, brünette Dämonin mit saphirblauen Augen und schwarzen Hörnern starrte mich mit verschränkten Armen an. Der Blick in ihren Augen war purer Zorn, der mir einen Schauder über den Rücken jagte. In ihren Ledershorts und ihrem Korsett sah sie ebenso sexy wie furchterregend aus. Zwei Blondinen flankierten die Gehörnte, und sie alle waren statuenhaft. Aber das Interessanteste an diesem Trio war, dass die Gehörnte Tätowierungen in Form von Flammen auf ihren Armen hatte. Besaß sie Feuermagie?

Ich musste herausfinden, wie verbreitet Feuermagie unter Dämonen war.

Ich rückte näher an Orion heran, schlang meine Arme um seinen Hals und schenkte dem Trio ein Lächeln. Im Gegenzug schlang Orion seine Hände um meine Taille. Seine intensive Magie zischte über meinen Körper und erhitzte mich.

Ich griff nach oben und zog seinen Kopf näher an meinen Mund heran. „Orion", flüsterte ich, „ich sehe schon, dass die Leute mich töten wollen. Ich muss wissen, was für Kräfte sie haben."

„Was willst du wissen, Schatz?"

„Haben sie Feuermagie?", flüsterte ich.

Sein Arm strich über meinen Rücken und er schaute mir über die Schulter. Dann griff er nach meiner Hand und führte mich zu einem Gebäude, das wie eine verlassene Backsteinvilla aussah, deren Fenster mit Holz vernagelt waren. Er trat durch die alten Holztüren in eine staubige Halle.

Ich hustete in der abgestandenen Luft. Dieser Ort musste einst wirklich atemberaubend gewesen sein. Büsten in Nischen säumten die Halle, geschnitzt mit wallendem Haar und Kronen. Aber auch ihre Gesichter waren zertrümmert. Ein paar der Statuen waren zu Boden gestoßen worden und lagen zerbrochen auf dem Marmor. Ein altes, verstaubtes Tagebuch war auf dem Boden vergessen worden, ebenso wie ein mottenzerfressener Umhang. Zwei Kristallgläser und eine Karaffe standen auf einem Tisch. Ein Fleck verdunkelte einen Teil des Fußbodens, der die Farbe von getrocknetem Blut hatte.

Es war schwer, nicht neugierig auf eine verlassene Dämonenvilla zu sein, also spähte ich durch eine der Türen und sah etwas, das wie ein Ballsaal aussah, bedeckt mit Staub und Spinnweben. In einer Ecke stand ein

Cembalo, und auf den Tischen waren noch mehr Kristallgläser und Teller. Es sah so aus, als hätten die Lilu, die einst hier gelebt hatten, ihr Ende nicht kommen sehen. Als wären sie während des Essens überrascht worden. Bei diesem Anblick drehte sich mein Magen um.

„Warum ist niemand in den Bezirk gezogen, nachdem die Lilu … verschwunden sind?“, fragte ich.

Orion drehte sich zu einer der zertrümmerten Büsten um und fuhr mit den Fingerspitzen über die rauen Konturen, wo früher ein Gesicht gewesen war. „Dämonen sind abergläubisch. Wenn etwas Schreckliches passiert, wird ein Ort als verflucht angesehen. Es spukt.“

„Glaubst du das?“

Er schüttelte den Kopf. „Nein. Zum Spuken braucht man eine Seele, und ich glaube nicht, dass wir eine haben.“

Aber aus irgendeinem Grund schienen sich die Schatten zu verdichten, seit wir hier hereingekommen waren, als ob dieser Ort ihn erschrecken würde. Heiße Magie erwärmte die Luft um ihn herum.

„Glaubst du, dass Sterbliche Seelen haben?“, fragte ich.

Seine Augen glitten zu mir, sein Ausdruck war distanziert. „Ich habe mir noch nie Gedanken über Sterbliche gemacht. Vielleicht habt ihr ja Seelen. Es ist ehrlich gesagt schwierig, sich für zerbrechliche kleine Kreaturen zu interessieren, die nur ein paar Jahre leben.“

Ich würde mich einfach an seine Herablassung gewöhnen müssen. „Richtig. Okay. Ich nehme an, das ist im Moment nicht wichtig.“

„Du wolltest mehr über Feuermagie wissen. Warum gerade Feuermagie?“

Ich zuckte mit den Schultern. „Draußen war eine Dämonin mit Feuer-Tattoos. Ich habe das Gerücht gehört, dass Dämonen Menschen anzünden können, und ich habe mehr als nur ein bisschen Angst davor."

„Das ist Lydia – Herzogin des Luziferischen Bezirks, Haus Shalem. Feuermagie ist selten. Die meisten von uns besitzen nur Stärke und Geschwindigkeit im Vergleich zu Sterblichen. Einige wenige haben Eismagie. Die Fähigkeit, Wasser zu beschwören oder einen Sturm heraufzubeschwören – das sind einige Beispiele für Elementarmagie. Aber Feuer … nur die Mächtigsten können Feuer beschwören. Diejenigen, die aus einem Zweig der königlichen Familie stammen. Manche sagen, es bedeutet, dass du von Luzifer selbst berührt wurdest."

Das war das Wichtigste, was ich seit meiner Ankunft erfahren hatte. „Also, wer steht auf dieser exklusiven Liste?"

„Der König, Lydia und Mortana."

Und jetzt hatte ich drei Verdächtige.

Orion hob seine Hand, und Flammen züngelten aus seinen Fingerspitzen wie Kerzen. Das Feuer tanzte in seinen Augen. „Und ich."

Mit klopfendem Herzen trat ich von ihm zurück, und die Flammen verschwanden.

Er sah mich neugierig an. „Du hast wirklich Angst vor Feuer."

Ich atmete langsam aus. „Ja. Das tue ich."

Er trat einen Schritt näher. „Du bist hier bei mir und arbeitest mit mir. Ich werde dafür sorgen, dass dir niemand wehtut. Verstanden?"

Entweder sagte er die Wahrheit oder er war ein sehr überzeugender Lügner.

Er drehte sich um und ging zurück zur Tür. „Lass uns gehen. Mir gefällt es hier drin nicht."

Das setzte Orion auf die Liste der Verdächtigen.

Verdammt.

KAPITEL 17

Wir erreichten unser Ziel im Beelzebub Bezirk, wo wir in einem Restaurant am Flussufer namens Valacs zu Abend aßen. Die untergehende Sonne warf leuchtend rote und orangefarbene Strahlen auf den Fluss.

Im königlichen Beelzebub Bezirk, wo der Neid regierte, sah alles aus, als wäre es vergoldet. Straßen aus Sandstein, Bäume, die mit gelben Blumen blühten, Frauen in metallisch glänzenden Kleidern, deren Wangenknochen mit Goldstaub hervorgehoben waren. Die untergehende Sonne tauchte alles in Bernstein.

Orion hatte mich zum Abendessen allein gelassen. Er meinte, er wollte vor meiner Ankunft mit dem König sprechen. Und da er immer noch die Rechnung bezahlte, bestellte ich Krabben mit Butter und den teuersten Rotwein auf der Speisekarte. Ich fragte mich, welchen Wein Mortana ausgewählt hatte, um die Königin zu ertränken, und ehrlich gesagt schien mir das eine echte Verschwendung zu sein.

Bei der Aufgabe, die heute Abend vor mir lag, drehte sich mir der Magen um: einen König davon überzeugen, dass ich ein Sukkubus war. Wenn ich versagte, würde meine beste Freundin ermordet werden. Und ich würde buchstäblich in einem Feuer sterben.

Ich atmete tief durch und schaute mich um. Von hier aus konnte ich die Brücke sehen, die den Fluss Acheron überspannte – die Brücke der Qualen, wie es auf der

Karte hieß. Auf der anderen Seite des Flusses verdichteten sich die Schatten in den dunkler werdenden Wäldern. Eine warme Brise wehte heran und trug den moosigen Duft der wilden Wälder mit sich.

Nirgendwo hatte ich den Stern gesehen, den ich suchte, und ich wollte unbedingt danach fragen. Aber ich konnte ihn nicht einfach so erwähnen. Nicht, wenn Orion selbst ein Verdächtiger war.

In der City of Thorns war ich eine verdeckte Ermittlerin.

Ich hatte mal einen alten Film von Keanu Reeves mit dem Titel *Point Break* gesehen, in dem er einen Polizisten spielte, der eine Bande von Surfer-Bankräubern infiltrierte. In dem Film hatte er sich unter sie gemischt, ihre Kultur kennengelernt und darauf gewartet, dass er Informationen erhielt. Er hatte nicht einfach damit angefangen, die anderen Surfer zu verhören. Erst als er sie dazu gebracht hatte, ihm zu vertrauen, gaben sie ihre Geheimnisse preis.

Während ich an meinem Wein nippte und auf den Acheron starrte, dachte ich über die schreckliche, aber reale Möglichkeit nach, dass Orion der Mörder war. Was, wenn er genau wusste, wer ich war, als er mich im Cirque de la Mer gefunden hatte? Was wäre, wenn er mich unter falschem Vorwand hierhergeschleppt hätte, um *mich* auszuspionieren, nachdem er vor vier Jahren meine Mutter umgebracht hatte?

Aber die Theorie war nicht wirklich stichhaltig. Warum sollte er mir nachspionieren? Er verfügte über tödliche Magie und hatte keinerlei Empathie. Er konnte Antworten aus mir herausfoltern, wenn ihm danach war.

Mein Herz schlug schneller, als ich bemerkte, dass Lydia, die tätowierte Frau, an dem Tisch gegenüber saß. Ihre Lippen kräuselten sich, während sie mich anstarrte, und mein Blut wurde zu Eis.

Ich konnte ihr nicht zeigen, dass ich nervös war, also blieb ich ausdruckslos und starrte auf den fließenden Fluss.

„Mortana?“ Orions tiefe Stimme riss mich aus meinen Grübeleien, und ich drehte mich zu ihm um. Im Sonnenuntergang war sein schönes Gesicht in rosige Töne getaucht. „Es ist Zeit, dich für dein Treffen mit dem König vorzubereiten. Und ich fürchte, heute Abend könnte es schwieriger werden, als ich es mir vorgestellt habe.“

Mein Magen drehte sich um.

Orion und ich näherten uns Arm in Arm den äußeren Toren des Turms von Baal. Der Palast sah uralt aus. Ein Sandsteinpfad führte zu einem gewölbten Eingangstor. Von hier aus konnte ich gerade noch den Kopf des ehemaligen Königs sehen, der auf dem äußeren Tor über dem ersten Eingang aufgespießt war. Mein Blut wurde kalt, als meine Absätze auf dem Stein widerhallten.

In der letzten Stunde waren wir mit dem Taxi zu Orions Wohnung im Luziferischen Bezirk gefahren, und ich hatte mich fertig gemacht. Ich hatte mir ein wunderschönes schwarzes Spitzenkleid mit einem Schlitz an den Oberschenkeln und einem so tiefen Ausschnitt ausgesucht, dass ein BH nicht in Frage kam. Ich würde so etwas nie tragen, aber Mortana schon. Und Mortana sah verdammt heiß aus.

Während ich mir die Haare machte, ließ Orion die Bombe platzen. Es gab so viele Kontroversen über die

Rückkehr des Sukkubus, dass ich den König nicht allein treffen würde. Vielmehr würde ich einen ganzen Rat von Dämonen treffen, der über mein Schicksal entscheiden würde. Das gesamte Infernal Quorum würde anwesend sein – ein Rat aus den Herzögen oder Herzoginnen aus jedem Bezirk der Stadt.

Auch Lydia.

Und wenn einer von ihnen wüsste, dass ich eine Hochstaplerin war, würde er mich gleich im Turm von Baal in eine Feuergrube werfen.

Als wir uns dem äußersten Tor näherten, überlegte ich, warum der König die Hilfe eines Quorums brauchte. Er hatte hier die ultimative Macht. Ich vermutete, er wollte anderen die Schuld geben können, wenn Mortana sich als königliches Desaster entpuppte. Denn dann wäre es auch ihre Entscheidung gewesen.

Mächtige Personen – selbst wenn sie die totale Kontrolle hatten – waren gut darin, anderen die Schuld zu geben.

Meine Absätze klapperten über die Steine und ich versuchte nicht an Feuergruben zu denken. Von allen Hinrichtungsmethoden war *das* die, die mir am meisten Angst einjagte. Aber ich tat das für Mom und jetzt für Shai. Ich durfte nicht versagen.

Als wir näherkamen, konnte ich sehen, dass der Kopf des alten Königs bemerkenswert gut erhalten war, mit vollem schwarzen Haar und glatter Haut. Aber seine Augen waren geschlossen und seine Gesichtsmuskeln wirkten schlaff. Die Fackeln, die an den Wänden befestigt waren, warfen ein schwankendes Licht auf die Sandsteinwände. Die tanzenden Schatten ließen König Nergals Kopf fast so aussehen, als würde er sich bewegen und auf den toten Lippen kauen. Ich stieß einen langen, langsamen Atemzug aus.

Ich legte meinen Arm um Orion und flüsterte ihm zu: „Ist das normal für Dämonen? Einen abgetrennten Kopf zur Schau zu stellen?“

Er sah mich verwirrt an. „Natürlich nicht.“

Gott sei Dank. Sie waren also nicht alle Soziopathen.

Dann fügte er hinzu: „Es gäbe keinen Grund für andere Dämonen, einen abgetrennten Kopf über ihrem Tor zu behalten. Dieser hier soll aber die Welt daran erinnern, dass König Nergal von jemand Stärkerem besiegt wurde und dass Cambriel der rechtmäßige König ist. *Vae Victis*, erinnerst du dich?“

„Stört der abgetrennte Kopf nicht die Leute, die hier wohnen?“, flüsterte ich. „Es ist ein bisschen … makaber.“

Er zuckte mit den Schultern. „Der alte König war nicht sehr beliebt.“

Ich starrte Orion an und versuchte ihn zu verstehen. Der Kopf machte ihm offensichtlich nichts aus. Ich fragte mich, ob es allen Dämonen an Empathie mangelte.

Jemand, der kein Einfühlungsvermögen hatte, wurde im Volksmund als Psychopath bezeichnet. Soweit ich wusste, hatten Psychopathen eine verminderte Aktivität in ihrer Amygdala, dem Teil des Gehirns, der Angst erzeugte. Psychopathen empfanden also keine Angst oder andere Emotionen so intensiv wie der Rest von uns. Das bedeutete, dass sie manchmal beunruhigende Dinge taten, um etwas zu fühlen. Wenn sie in der Mittelschicht aufwuchsen, konnten sie mit dem Kauf und Verkauf von Aktien ein Vermögen machen oder in die Politik gehen. Wenn sie in einer gewalttätigen Umgebung aufwuchsen, trennten sie vielleicht den Kopf ihres Vaters ab und hingen ihn an ein Tor.

Wir durchquerten einen steinernen Innenhof und ich bemerkte, dass es noch eine weitere Mauer gab, die den Turm umschloss. Offenbar war nicht an Sicherheitsvorkehrungen gespart worden.

„Orion“, flüsterte ich, „hast du jemals Angst?“

Er runzelte die Stirn. „Wovor sollte ich Angst haben? Ich könnte fast jeden töten.“

Oh je. „Hast du jemals Mitleid mit jemandem? Ich versuche nur zu verstehen, wie jemand tickt, der einen enthaupteten Kopf für eine gute Idee hält.“

Seine Lippen kräuselten sich zu einem spöttischen Lächeln. „Wenn du das verstehen willst, kannst du über die Geschichte der Sterblichen lesen. Von euch haben wir den Brauch nämlich übernommen. Die Sterblichen haben genau dasselbe getan, als wir im 17. Jahrhundert die Stadttore schlossen. In den Jahren um 1670 ragten die Köpfe der besiegten Feinde aus dem Boston Common.“ Er zuckte mit den Schultern. „Die Dämonenkultur verändert sich einfach langsamer.“

Er hatte nicht ganz Unrecht. Sowohl Dämonen als auch Sterbliche waren manchmal ziemlich schrecklich.

Auf der anderen Seite des Hofes standen zwei große, muskulöse Dämonen vor einer Tür, in die ein Siegel eingeritzt war. Es sah fast aus wie ein Insekt mit langen Beinen und musste das Symbol des Beelzebub sein.

Die elfenbeinfarbenen Hörner der Wachen krümmten sich auf ihren Köpfen. Die Farbe passte zu ihrer blassen, wächsernen Haut. Sie starrten uns an und umklammerten ihre Speere. Silberne Magie floss von ihren Körpern herab und ein leises Knurren grollte über die Steine unter unseren Füßen. Das Geräusch steigerte sich zu einer Art tiefem, düsterem Gesang, der die Luft erfüllte.

Ein Schauder kroch mir in den Nacken. Aber ich schaffte es, meinen sexy, katzenhaften Gang beizubehalten. Es war schon seltsam, denn ich hatte Mortana noch nie getroffen. Ich wusste kaum etwas über sie. Und doch hatte ich das Gefühl, dass ich intuitiv wusste, wie sie dachte. Ihr Selbstvertrauen, ihre Verachtung für andere, ihre Fähigkeit, eine Situation zu kontrollieren. Sie war wie mein rücksichtsloses Schattenselbst, das an die Oberfläche kam. Mein Es. Sie war der ursprüngliche Teil des Gehirns, unbelastet von Selbstwertkomplexen oder Ängsten. Das Es war voller Begierde und Aggression, und vielleicht machte es auch ein wenig Spaß, es an die Oberfläche kommen zu lassen.

Als wir am Tor ankamen, wichen die beiden Wachen aus dem Weg. Jetzt öffnete sich das Tor zu einem Feld mit Wildblumen in prächtigen, feurigen Tönen – bernsteinfarben, kürbisfarben und kirschrot. Ein steinerner Weg schlängelte sich durch das Feld und führte zu einem vergoldeten Turm mit kreisförmigen Etagen, die sich nach oben hin verengten. In der Nähe des Turms war ein roter Teppich für unsere Ankunft ausgelegt worden.

Es war das Prunkvollste, was ich je gesehen hatte, und es diente eindeutig der Einschüchterung. Um den Turm herum tummelten sich Dämonen in prächtigen Ballkleidern und Anzügen. Es gab rote Kleider mit langen Schleppen, die über das Gras schleiften, Männer in Nadelstreifenanzügen oder Uniformen aus Samt mit riesigen Schärpen. Das Ganze hätte auch eine royale Hochzeit sein können, wenn nicht die Hälfte der Anwesenden Hörner gehabt hätte.

Der heutige Abend war offenbar ein großes Ereignis. Alle wollten hier sein, um vielleicht einen Sukkubus im Feuer braten zu sehen.

Ich warf einen Blick auf Orion und achtete darauf, meine ruhige Miene beizubehalten. Sein silbernes Haar schimmerte im Mondlicht, und als er sich zu mir umdrehte, spürte ich ein Flattern in meinem Herzen. Verdammt. Ich begann mich bei ihm sicher zu fühlen, als ob er mein Beschützer wäre. Und das war absolut dumm, wenn man bedachte, dass er einer meiner Verdächtigen war.

Als wir uns dem roten Teppich näherten, spürte ich die Augen aller Dämonen auf mir. Die Menge rückte immer näher. Ich tat mein Bestes, um gelangweilt auszusehen, auch wenn ich alles andere als das war.

Mit meinem schwarzen Kleid war ich hier geradezu unscheinbar angezogen, aber das passte vielleicht. Mortana war ein knallhartes Miststück und hatte das Selbstvertrauen, sich nicht durch ein Kleid in den Vordergrund zu rücken.

Spürte ich ihr Selbstvertrauen? Ganz bestimmt nicht. Aber ich würde mein Bestes tun, um es vorzutäuschen.

Die Dämonen starrten uns an, als wir die Stufen zum Turm hinaufstiegen. Oben an der Treppe standen zwei weitere Wachen, die die Türen aufrissen.

Das Erste, was mir auffiel, war die Feuergrube, über der Flammen tanzten wie ein Portal zur Hölle.

KAPITEL 18

Die Feuerstelle befand sich in der Mitte der Halle. Übelkeit stieg in meiner Kehle auf und mein Atem wurde flacher.

Bleib ruhig. Bleib ruhig. Bleib ruhig.

Das wäre ein guter Zeitpunkt für meine feuerhemmende Kleidung, meine Löschdecken und Gels, aber selbst diese Dinge würden nur eine gewisse Zeit lang halten. Die Panik grub ihre Krallen tiefer in mein Herz. Ich durfte mir das bloß nicht anmerken lassen.

Ich musste meine Atmung kontrollieren, damit mein Körper nicht in Panik geriet. Ich hatte die Kontrolle über das, was passierte – solange ich überzeugend vortäuschen konnte, Mortana zu sein, würde ich hier mit meiner Haut am Körper rauskommen. Und auch Shai würde am Leben bleiben.

Langsam wurde ich ruhiger und nahm den Raum um mich herum in Augenschein. Ich hatte nicht erwartet, dass der Ort so elegant und modern aussehen würde. Er glänzte mit poliertem sandfarbenem Marmor. Über uns reichten Bögen bis zu einem Rundfenster, durch das ich den Mond sehen konnte. In der Mitte befand sich eine Feuerstelle, aber zu meiner Rechten war ein Bankett mit zivilisierten Canapés und Häppchen aufgebaut. Hinter dem Bankett gab es Fenster mit Blick auf einen Garten, der in Mondlicht getaucht war. Auf der linken Seite befand sich ein geschwungener Pool mit einer Swim-up-

Cocktailbar. Sterbliche Kellnerinnen in kurzen Kleidern glitten mit Tabletts mit Getränken herum. *Alles ganz zivilisiert.*

Fünf Dämonen standen um die Feuergrube herum und tranken Champagner und Cocktails – Lydia mit den Feuertätowierungen und vier Männer. Jeder von ihnen repräsentierte einen Bezirk, und der König repräsentierte den sechsten.

Nach Shais Beschreibung erkannte ich Legion – langes schwarzes Haar, goldbraune Haut, die Ärmel hochgekrempelt, sodass bösartige schwarze Tattoos zum Vorschein kamen. Der Anführer des Sathanas Bezirks, Legion. Shai hatte Recht. Er war heiß, aber auch furchterregend.

Vielleicht aber nicht ganz so furchterregend wie Lydia, deren Augen glühten, als sie mich anstarrte. Das Feuerlicht warf tanzende Schatten auf ihre Gesichtszüge und ein bedrohliches Lächeln umspielte ihre Lippen. Wie eine Katze, die eine Maus fangen wollte.

Als eine menschliche Frau mit einem Tablett mit knallroten Cocktails an mir vorbeiging, nahm ich mir einen und trank hastig einen Schluck. Der Alkohol würde mir helfen, mich zu beruhigen. Hoffentlich.

Der König selbst saß auf einem vergoldeten Thron gegenüber der Feuerstelle. Sein langes blondes Haar hing ihm über die breiten Schultern. Silberne Hörner ragten aus seinem Kopf, und seine Augen waren dunkel wie die Nacht. Der Schein des Feuers flackerte über ihm und verstärkte sein jenseitiges Aussehen noch. Sein Gesichtsausdruck war unleserlich, sein Körper so still wie die Steinmauern um uns herum. Wie Orion strahlte er pure Kraft aus.

„Mortana, Dame des Hauses Lilitu.“ Seine tiefe Stimme dröhnte durch die Halle. „Der letzte Sukkubus. Du kehrst zu uns zurück.“

Irgendwie half es mir, Orion an meiner Seite zu haben. Ich hatte ihn genau beobachtet, sodass ich ein gutes Gespür dafür entwickelt hatte, wie ich sein überwältigendes Selbstvertrauen nachahmen konnte.

Ich lächelte und zuckte dann mit den Schultern, als ob ich mich völlig wohlfühlen würde. „Die City of Serpents begann mich zu langweilen.“ Ich nahm einen Schluck von meinem roten Cocktail, aus dem ich Granatapfelsaft und Wodka herausschmeckte. „Und dann dachte ich an die City of Thorns. Ich hatte so viel Spaß hier.“ Ich hob mein Kinn, wie Orion es mir gesagt hatte, und leerte die Hälfte meines Granatapfel-Martinis. Es war mir völlig *egal*.

Die dunklen Augen des Königs richteten sich auf Orion. „Weißt du, warum sie die City of Serpents verlassen hat?“ Seine Ringe glitzerten im warmen Licht.

„Aber, aber, König Cambriel“, sagte Orion in einem leicht spöttischen Ton, „du weißt, dass ich nicht sagen kann, was dort passiert ist. Unsere Städte sind in Geheimnisse gehüllt.“

Wollte er wirklich so mit dem Dämonenkönig umgehen? Ich hatte Respekt erwartet, aber das war wohl zu viel verlangt von jemandem mit seinem Ego.

„In der Tat“, sagte der König in einem kalten Ton. „Deshalb wissen wir auch immer noch nicht, warum du deinen Bezirk in der City of Serpents zurückgelassen hast, obwohl ich mir sicher bin, dass es einen Skandal gab. Und ich frage mich, ob dieser Skandal etwas mit diesem Sukkubus zu tun hat. Aber ich nehme an, du hast

Recht. Diese Dinge können nicht besprochen werden." Der König richtete seinen dunklen Blick wieder auf mich. „Mein Vater mochte dich sehr, Lady Mortana."

Der abgetrennte Kopf da draußen hatte mich sehr gemocht. Ich klimperte mit den Wimpern und nahm einen weiteren langen Schluck von meinem Getränk. Irgendwie fühlte es sich wie ein Test an. Ich spürte, dass ich versagen würde, wenn ich dem toten König gegenüber Loyalität zeigte.

„Wie du auf deinem Weg hierher gesehen hast", fuhr der König fort, „ist der frühere König besiegt worden. *Vae Victis*. Betrauerst du seinen Tod, Mortana?"

Dies war definitiv ein Test. Wie konnte ich so antworten, dass es König Cambriel schmeichelte? Orion hatte gesagt, König Nergal wäre langweilig gewesen.

Ich riss die Augen auf und schlug mir vor Schreck die Hand vor die Brust. „Ist König Nergal tot? Ehrlich gesagt, bei seiner Persönlichkeit wundert es mich, dass das überhaupt jemand mitbekommen hat."

Leider lächelte König Cambriel kein bisschen, was meinen Magen nur noch fester verdrehte. Ich hatte meinen Cocktail bereits geleert, und der Alkohol stieg mir langsam zu Kopf. Ich ließ mein Glas auf das Tablett einer vorbeigehenden Kellnerin fallen.

Noch immer herrschte eine drückende Stille im Raum und mein Puls raste. Nach endlosen Momenten brach endlich ein Kichern aus, und ich entspannte mich ein wenig.

War ich zu weit gegangen?

Die Sache war die, dass ich das Gefühl hatte, Mortana würde zu weit gehen. Das war ein Teil dessen, was sie interessant machte. Sie hätte sich nicht so viele Feinde gemacht, wenn sie die Leute nicht schockiert und beleidigt hätte. Sie wusste, wie man Aufmerksamkeit erregte und sie behielt.

Die Lippen des Königs kräuselten sich ein wenig. Er mochte Mortanas Grausamkeit. „Du betrauerst also nicht seinen Tod? Er hat dir einmal sehr gefallen."

„Nun, mir gefiel ein Teil von ihm, aber dieser Teil scheint jetzt weg zu sein, denn es ist nur noch der Kopf übrig."

Wow. Es machte Spaß, böse zu sein. Wurde ich zu Orion? *Empathie? Klingt anstrengend.*

Als Orions blasse Augen zu mir glitten, konnte ich die Belustigung in ihnen sehen.

Der König tippte mit einem Finger auf die Armlehne. Die Flammen des Feuers schimmerten auf seiner goldenen Krone. Während Orions Schönheit sinnlich war, hatte der König eine Art von strenger Eleganz. Feine, maskuline Züge und gerade schwarze Augenbrauen.

„Was willst du hier in der City of Thorns?" Die Stimme des Königs dröhnte durch die Halle.

Eine Frage, bei der ich nicht wusste, wie ich sie beantworten sollte. Ein Hauch von Angst durchzuckte meine Nervenenden und ich spürte, wie sich meine Finger an Orions Bizeps zusammenzogen. Vielleicht hätten wir uns auf diese Frage vorbereiten sollen.

Als Antwort darauf griff Orion langsam nach mir und strich mit seinen Fingerspitzen über mein Handgelenk. Seine warme Magie pulsierte in mir und sofort spürte ich, wie sich meine Muskeln entspannten. Das konnte er einfach so *tun*? Die Sterblichen verbrachten Jahre damit, in der Hochschule Beratungstechniken zu erlernen, die den Menschen halfen, mit ihren Ängsten umzugehen, und Orion brauchte einen nur zu berühren. Schon waren die Ängste weg.

Ich musste mir aber immer noch eine Antwort überlegen. Bis jetzt sah es so aus, als würden Dämonen hauptsächlich in schicke Restaurants gehen und Kleider kaufen. Was würde mein Es sagen? Was wollte ich?

Ich klimperte mit den Wimpern, während die Flammen zwischen uns tanzten. „Nun, ich habe vor, Eure Poolbar zu benutzen, wenn Ihr mich lasst. Und vielleicht kann Orion sich mir anschließen.“ Ich wandte mich Orion zu und streichelte seinen großen Bizeps. Der Blick, den er mir zuwarf, war zutiefst lüstern, was gut war, denn ich sollte den König vor Neid erblassen lassen. „Oh, wisst Ihr, was ich noch gern tun würde? Ich möchte, dass Orion mich hart gegen eine Steinmauer nimmt, denn das haben wir noch nicht gemacht.“

Zu viel Es. Zu viel Es.

Mit einem leisen Knurren verfinsterten sich Orions Augen zu Schatten und sein hitziger Gesichtsausdruck versengte mich.

War das eine Warnung, dass ich meinen Mund halten sollte?

In diesem Moment stiegen die Flammen in der Feuergrube höher und versengten fast meine Haut. War das die Feuermagie von Orion oder die des Königs?

„Du hast meine volle Aufmerksamkeit, Mortana“, sagte der König scharf. „Und was genau ist deine Beziehung zu Orion?“

Eine Sache, die ich von Dr. Omer gelernt hatte, war, dass man, wenn man eine Frage über sich selbst nicht beantworten wollte, die Frage auf die andere Person umlenkte. *Mach die Frage zu einer über ihn selbst.*

Ich wippte mit einer Hüfte und lächelte kokett. „Eure Majestät, ich bin erfreut über Euer Interesse an meinem Liebesleben. Ich frage mich, was Euch daran so interessiert? Ist das etwas, das wir vielleicht erforschen sollten?"

Erforschen. Das war Dr. Omers Wort, aber er hatte es noch nie so anzüglich benutzt.

Der König schenkte mir ein schwaches Lächeln. „Du bist die Letzte deiner Art, Mortana. Eine Kuriosität. Das ist alles." Aber jetzt warf er mir den gleichen Blick zu wie Orion, als ob er mich von Kopf bis Fuß ablecken wollte. Wenn man bedachte, dass es schöne Frauen in der City of Thorns zu Dutzenden gab, war es klar, dass Orion Recht hatte, was die Aufmerksamkeit des Königs auf sich zog. Eifersucht war der Schlüssel zu seinem Herzen. Er wollte mich, weil Orion mich hatte.

Ich drehte mich zu Orion um, sodass er einen vollen Blick auf mein Dekolleté hatte, und berührte mit meinem Finger seine Lippen, dann fuhr ich seinen Körper hinunter. Ich spürte, wie seine Muskeln unter meiner Berührung zuckten.

„Die Stadt könnte mal wieder einen Sukkubus gebrauchen, denke ich", sagte ich laut. „Findet Ihr nicht?"

Der Blick in Orions mitternächtlichen Augen ließ mein Herz rasen. Es war schwer, nicht daran zu denken, wie ich mich gefühlt hatte, als er mich an die Wand gedrückt hatte, mit seinen Zähnen in meinem Hals.

Ich atmete tief ein und drehte mich dann zum König um. Er hielt sich an den Armlehnen fest und lehnte sich auf seinem Thron nach vorne. Er sah fast so aus, als wollte er über die Feuergrube springen und mich packen.

Zum ersten Mal stand der König auf, und ich sah genau, wie groß er war – ungefähr so groß wie Orion. Die beiden Männer überragten die anderen Dämonen. Er öffnete seine Arme. „Die Herzöge und die Herzogin werden mich beraten, ob du hier in der City of Thorns bleiben darfst. Aber natürlich werde ich die letzte Entscheidung treffen. Und ich denke, du solltest bleiben."

Ich atmete langsam aus. Das schien ein Sieg zu sein, oder? Egal, was das Quorum sagte, der König würde mich hierbehalten.

„Eure Majestät." Eine heisere, weibliche Stimme erklang hinter uns.

Lydia, die Herzogin von Shalem, war nach vorne getreten. Sie war atemberaubend in einem goldenen Kleid, das ihre feurigen Tattoos enthüllte. Ihre Beine waren lang und athletisch, und ihr dunkles Haar fiel in glänzenden Wellen über ihre nackten Schultern. Einen Moment lang warf sie mir einen vernichtenden Blick zu, dann straffte sie ihre Miene und schaute den König wieder an. „Eure Majestät, Ihr wisst, dass ich als einzige weibliche Anführerin in der Stadt die kleinlichen und trivialen Sorgen der anderen Frauen nicht teile."

Schön. Wollte sie ihre Rede wirklich damit beginnen, zu erklären, dass sie nicht wie andere Frauen war?

Sie hob ihr Kinn an. „Viele Frauen in unserer Stadt mögen Mortanas Anwesenheit ablehnen, weil sie sie als Rivalin betrachten. Es geht ihnen nur um ihre Heiratsaussichten, den Wunsch nach Reichtum und andere oberflächliche Dinge. Sie sehen sie als Bedrohung für die Aufmerksamkeit, die sie von Herzog Orion oder von Euch erhalten könnten. Offen gesagt, ihre Fixierung auf

Berühmtheit und Reichtum ist ein Zeichen für den Niedergang unserer Gesellschaft."

Orion verdrehte die Augen. „Kommst du heute Abend irgendwann mal zum Punkt?"

Sie kräuselte ihre Lippen. „Aber wie Ihr wisst, sehe ich über diese frivolen weiblichen Sorgen hinaus, und ich bin nicht wie andere Frauen. Meine Sorgen sind tiefgründiger. Darf ich darauf hinweisen, dass die Lilu wegen der Gefahr, die sie für andere Dämonen darstellen, vertrieben wurden? Die City of Thorns hat einst beschlossen, ihre Straßen von ihnen zu säubern, weil sie durch Gedankenkontrolle andere manipulierten, um ihre eigenen verdorbenen Bedürfnisse zu befriedigen. Sie sind eine Abscheulichkeit unter den Dämonen."

Nun, die Krallen waren auf jeden Fall ausgefahren, aber die eigentliche Frage war, wie *Mortana* sich bei dieser Bemerkung fühlen würde.

Ich glaubte nicht, dass ihr das gefallen würde. Sie würde bereit sein, sich zu wehren.

KAPITEL 19

Ich drehte mich zu Lydia um, knurrte und fletschte meine Zähne. Das Geräusch kam tief aus meiner Brust und dröhnte durch die Halle.

Hallo, Mortanas Aggression. Ich hatte mich gerade mit meiner animalischen Seite vertraut gemacht.

Als ich den König wieder ansah, lächelte ich erneut. „Ich denke, Ihr werdet feststellen, dass ich keine Gedankenkontrolle brauche, um meine *verdorbenen* Bedürfnisse zu befriedigen."

Der Kiefer des Königs krampfte sich zusammen und ein dunkles Lächeln kräuselte seine Lippen. Seine Knöchel wurden weiß, als er die Armlehnen umklammerte.

Ein Herzog trat vor – ein Mann mit dunklem Haar, kupferfarbener Haut und tiefbraunen Augen. „Wir alle wissen, wie die Lilu in der Vergangenheit waren. Sie haben uns mit ihrer Verführungskunst um unser Geld betrogen. Einige von uns sind alt genug, um sich daran zu erinnern." Er starrte mich an. „Mortana hat meinen Bruder vor Jahrhunderten weggelockt, und ich habe ihn seitdem nicht mehr gesehen. Unmittelbar nach seinem Verschwinden verschwand sein Gold mit ihm."

Okay, Mortana war ätzend. Aber ich musste trotzdem in meiner Rolle bleiben, denn nur so würde ich hier lebend rauskommen.

Ein anderer Herzog verschränkte seine Arme. Er war groß und schlank und hatte dunkle Locken, die ihm vor die Augen fielen. „Wenn es sonst niemand sagen will, dann werde ich es wohl tun. Jeder weiß, dass *sie* Königin Adele getötet hat."

Ich hob einen Finger. „Das weiß *nicht* jeder, denn ich habe die Königin nicht getötet." Ich konnte das sagen, ohne mir Sorgen zu machen, dass es so aussah, als würde ich lügen, denn zum ersten Mal an diesem Abend sagte ich die Wahrheit. Vielleicht hatte Mortana einmal eine Königin getötet, aber ich nicht. „Das waren nur Gerüchte. Nichts wurde je bewiesen."

Das Gesicht von Orion war eine Maske der Ruhe. „Warum solltet ihr euch von Gerüchten von vor vierhundert Jahren beeinflussen lassen?" Er zuckte mit den Schultern. „Mir ist Geschwätz von gestern egal. Aber es hat mir Spaß gemacht, sie zu nehmen, und ich würde es hassen, mein Lieblingsspielzeug zu verlieren." Er zog eine Augenbraue hoch und seine blassen Augen funkelten verrucht. „Ich hatte schon von den Gerüchten über Sukkubi gehört, wie sie auf Knien betteln, aber noch nie habe ich die wilde Verzweiflung der Lilu erlebt."

Ein schockiertes Gemurmel ging durch den Raum und eine heiße Ranke der Wut kroch durch mich hindurch. Musste er es wirklich *so* ausdrücken? Ein absoluter Mistkerl. Es sollte mir egal sein, was die Dämonen dachten, und ich spielte nur eine Rolle. Trotzdem war ich mir nicht sicher, wie viel Demütigung ich an diesem Ort ertragen konnte.

Und doch ...

Ich konnte sehen, dass es funktionierte, denn jetzt blickte der König gierig zu mir.

Lydia verschränkte die Arme vor der Brust. „Du dreckiger Schuft. Herr des Chaos, du warst damals noch nicht hier. Du weißt nicht, wie sie war. Und sie hatte das beste Motiv: Sie wollte unbedingt Königin werden. Nur Mortana wäre so grausam, die Gemahlin des Königs in einem Bottich mit Wein liegen zu lassen. Ich interessiere mich auch nicht für triviale Eheprobleme, aber woher wissen wir, dass Mortana nicht auch den Rest von uns für mehr Macht umbringen wird?"

Ich seufzte. „Du kannst doch nicht glauben, dass ich die einzige grausame Dämonin in der City of Thorns bin. Es hätte jede sein können."

Ein hagerer Herzog mit üppigen braunen Locken legte seine knochigen Finger um sein Weinglas, während er mich anstarrte. Das Feuerlicht schimmerte auf seinen elfenbeinfarbenen Hörnern. „Du erinnerst dich vielleicht nicht an mich, Mortana. Ich war kein Herzog, als du weggegangen bist, aber jetzt bin ich einer." Er schnitt eine Grimasse. „Damals hast du mich kaum beachtet. Ein Sukkubus wie du war zu gut für einen … gefräßigen Dämon."

Nach einem Moment merkte ich, dass sein Getränk gar kein Wein war. Es sah aus wie *Blut.* Er war gefräßig … nach menschlichem Blut.

Sehr beruhigend.

Ich blinzelte ihn an. „Oh, ich denke immer noch, dass ich zu gut für dich bin. Das hat sich nicht geändert."

Ich versuchte, in meiner Rolle zu bleiben. Das Problem war nur, dass ich die Leute verärgern musste, wenn ich in meiner Rolle blieb. Und wie sehr musste ich sie dazu bringen, mich zu mögen, um die Zustimmung des Quorums zu bekommen?

Mit einem wütenden Gesichtsausdruck trank er den Rest des Blutes aus. „Lass mich das klarstellen. Wenn du Herzogin des Asmodean Bezirks wirst, bedeutet das weniger Steuereinnahmen für den Rest von uns."

Herzogin ... *richtig*. Als die letzte Lilu wäre ich automatisch die Anführerin. Sie würden ihre Macht mit mir teilen müssen. Natürlich wollte das keiner von ihnen.

Aber der König traf die letzte Entscheidung. Wenn er etwas genug wollte, war ich mir sicher, dass er einen Weg finden würde, es zu bekommen. Mein Ziel musste es sein, ihn so weit wie möglich ins Boot zu holen, und Eifersucht war der Schlüssel zu seinem Herzen.

Ich drehte mich zu Orion und strich mit den Fingerspitzen über seinen Bauch. Dabei spürte ich, wie sich seine Muskeln anspannten, was ein seltsam köstliches Gefühl war. Meine Wangen wurden noch heißer.

„Wenn ihr mich hier nicht haben wollt, kann ich natürlich gehen. Ich kann überall leben. Und vielleicht kann ich Orion überreden, mit mir zu kommen. Ich glaube, er hat etwas an sich, etwas sehr Großes, an dem ich wirklich sehr hänge. Ich kann mir keinen anderen Mann vorstellen, der an ihn heran kommt."

Orion riss mich von den Füßen. Er bewegte sich schnell, aber anmutig, und das nächste, was ich wusste, war, dass er mich gegen eine Säule hob. Ich starrte in seine hypnotisierenden blauen Augen und schlang meine Beine um seine Taille. Mit einem verruchten, verführerischen Lächeln drückte er mich gegen den Stein.

Als Luft meine Oberschenkel berührte, merkte ich, dass er mein Kleid fast bis zu meinen Hüften hochgezogen hatte.

Whoa. Hallo.

Ich starrte ihm in die Augen. In diesem Moment war ich froh über den Wein *und* den Cocktail, den ich getrunken hatte, denn im normalen Leben war ich nie so ungehemmt. Wie Orion schon gesagt hatte, war ich ein bisschen verkrampft. Aber das lag nicht nur am Alkohol. Orion hatte seine eigene Art von berauschender Kraft. Seine verführerische, samtene Magie streichelte meinen Körper. Als er mich gegen den Stein drückte, sahen seine Augen dunkel und gefährlich aus. Ich starrte in seine perfekten, männlichen Züge, und die Welt um mich herum schien sich zu verdunkeln. Ich wollte, dass er seinen Mund auf meinen drückte und mich tief küsste.

Verdammt noch mal. Schrecklicher Männergeschmack, Rowan. Der absolut schrecklichste.

Ein Windhauch rauschte durch den Flur und strich über meine nackte Haut. Der Träger meines Kleides war heruntergefallen und entblößte fast meine gesamte Brust. Sogar die Hälfte meiner Brustspitze war zu sehen und drückte empfindlich gegen den seidigen Stoff.

In jeder normalen Situation hätte ich nach Luft geschnappt und mich eilig bedeckt. Aber in einer normalen Situation würde ich nicht in eine Feuergrube geworfen werden, weil ich mich unwohl fühlte, also holte ich tief Luft und ließ den Träger noch weiter fallen.

Ich beobachtete Orions Blick, der über meine Brust strich, und hörte, wie er scharf einatmete. Er drängte sich fester zwischen meine Beine. Ich biss mir auf die Lippe. So wie er sich anfühlte, täuschte er sein Verlangen nicht nur vor. Und was ich vorher gesagt hatte, dass ich mir keinen anderen Mann vorstellen konnte, der an ihn heran kam? Heiliger Strohsack, ich hatte mich nicht geirrt.

Orion senkte seinen Mund auf meinen. Seine Augen waren schwarz wie die Nacht.

„Das ist genug!“ Die Stimme des Königs dröhnte durch die Halle.

Ich war entsetzt, wie enttäuscht ich über die Unterbrechung war.

Orion ließ mich herunter, und der Saum meines Kleides fiel wieder über meine Schenkel.

Ich wusste, dass meine Wangen gerötet waren, und meine Brust hob sich, als ich meinen Träger wieder hochzog. Es war schwer für mich, mich zu konzentrieren. Nur der Anblick der aufsteigenden Flammen, die sich jetzt mehrere Meter über uns erhoben, schärfte meine Sinne wieder. Als die Flammen erloschen, konnte ich den König auf der anderen Seite sehen, mit zusammengepresstem Kiefer und angespannten Muskeln.

Wir hatten auf jeden Fall seine Aufmerksamkeit erregt. Das Feuerlicht tanzte über seine gebräunte Haut und sein blondes Haar und ließ ihn wie eine vergoldete Statue aussehen, die aus den Flammen geschmiedet worden war.

Adrenalin raste durch meinen Körper. Hatten wir diese Nummer gerade tatsächlich durchgezogen?

Der König wandte seinen Blick von mir ab und betrachtete das Quorum. Dann umspielte ein Lächeln seine Lippen. „Ich glaube, die City of Thorns könnte wirklich einen Sukkubus gebrauchen.“

Stille senkte sich über den Raum. Genau wie ich vermutet hatte, würde der König die Entscheidung treffen, egal was die anderen dachten. Ihre Gesichter waren grimmig.

Einer der Herzöge, mit platinblondem Haar und goldenen Ringen an den Fingern, trat vor. „Wir können Eurer Weisheit natürlich nicht widersprechen." Er sah wütend aus. Und als ich ihn anstarrte, begann ein goldenes Symbol auf seiner Stirn zu strahlen – eine Mondsichel.

Mein Herz schlug mir bis zum Hals. *Das* war es, woran ich mich aus der Nacht erinnerte, in der Mom getötet worden war. Es war genau so ein Symbol gewesen, das auf der Stirn des Dämons geleuchtet hatte. Nur war es ein Stern statt eines Mondes gewesen.

Mein Blut pulsierte jetzt so stark in meinen Adern, dass ich *fast* aus der Rolle fiel. Ich hatte tatsächlich Fortschritte gemacht.

Aber als Lydia mich anstarrte, sorgte ich dafür, dass mein Gesichtsausdruck gelassen wirkte. Mortana war von nichts hier überrascht.

Der König verschränkte die Finger und starrte auf sein Quorum. „Meint ihr nicht auch, dass die Stadt einen Sukkubus gebrauchen könnte?" Seine Stimme dröhnte auf dem Marmor. „Eine Herzogin für den Asmodean Bezirk?"

Er wollte, dass sie ihm zustimmen. Er *wusste,* dass sie es nicht taten – sie hatten es gerade gesagt –, aber sie würden nicht mit ihrem König streiten. Und solange sie laut zustimmten, hatte er jemanden, dem er die Schuld geben konnte, wenn sich der Sukkubus als totale Katastrophe herausstellte. *Warum habt ihr mir geraten, sie reinzulassen?*

Die fünf Dämonen murmelten und nickten dann.

Nur Lydia machte ein versteinertes Gesicht. „Wir könnten einen Sukkubus gebrauchen. Der König in seiner unendlichen Weisheit kann das sehen. Aber jeder

Dämon, der die Stadt betritt, muss in der Höllenprüfung getestet werden, nicht wahr? So wissen wir, dass die Götter die Anwesenheit von jemandem segnen." Ihre Augen glühten vor Zorn, als sie sich an uns wandte. „Orion, du erinnerst dich an deine Prüfung. Du hast einige gute Freunde von mir getötet. Jetzt ist Mortana an der Reihe."

„Das ist nur für neue Dämonen", antwortete er. „Mortana hat hier schon einmal gelebt. Sie kehrt in ihr altes Zuhause zurück." Er versuchte, lässig zu wirken, aber ich merkte schon an seiner etwas zu schnellen Antwort, dass es *schlimm* war.

Lydia lächelte erfreut. „Ja, aber sie hat die Prüfung nie bestanden, weil sie zur Zeit der Stadtgründung in der Stadt lebte. 1680 gab es noch keine Prüfungen. Das Gesetz besagt, dass jeder Dämon, der die Stadt betritt, die Höllenprüfung bestehen muss, es sei denn, er hat sie schon einmal bestanden. Ich denke, du wirst feststellen, dass es keine Ausnahmen für diejenigen gibt, die schon bei der Gründung der Stadt hier gelebt haben." Ihr Lächeln vertiefte sich, als sie mich ansah. „Du bist doch in der City of Serpents nicht etwa weich geworden, oder, Mortana?"

Angst machte sich in meinem Bauch breit.

Der König stand auf, und warmes Licht tanzte über seine scharfe Kieferpartie. „Es ist also abgemacht. Mortana wird der City of Thorns beitreten, wenn sie unsere Aufnahmeprüfung besteht. Dann werden wir wissen, ob auch die Götter ihre Anwesenheit hier gutheißen." Er drehte sich zu mir um und sah mich an. Seine Krone glänzte. „Deine Prüfung beginnt heute um Mitternacht. Du wurdest formell vorgeladen."

Ich konnte nicht wirklich nein sagen, oder? Mortana würde ja sagen. Sie wäre hundertprozentig zuversichtlich, dass sie das schaffen würde.

Ich konnte entweder aus der Rolle fallen oder mich auf eine lebensbedrohliche Prüfung einlassen.

Also ertappte ich mich dabei, wie ich den Mund aufmachte und sagte: „Ich kann eine Höllenprüfung leicht bestehen. *Natürlich* wollen die Götter mich hier haben." Ich gluckste leise. „Ich glaube, das wissen wir alle."

Lydia warf mir einen wütenden Blick zu. „Aber was ist, wenn Herzog Orion versucht, ihr zu helfen? Es ist klar, dass sie eine Beziehung haben. Wir alle wissen, wie geschickt er im Töten ist. Was, wenn sie *betrügen*?"

Der König warf Orion einen scharfen Blick zu. „Nun, der Herzog wird mit mir auf der anderen Seite des Flusses Acheron bleiben, direkt vor meinem Turm. Wir werden darauf warten, dass du den Fluss überquerst, oder auf den Siegesschrei lauschen, der deinen Tod verkündet. Wir werden Cocktails trinken."

„Und nicht fliegen", sagte Lydia. „Du kannst deine Flügel nicht benutzen."

Jetzt gab es eine Regel, an die ich mich problemlos halten konnte. Ich hatte keine Flügel, keine Magie und auch sonst keine Chance, den Rest der Nacht zu überleben. Außer, ich würde mir *schnell* einen Plan ausdenken. Vielleicht eine heimliche Flucht aus der Stadt, bevor es jemand bemerkte.

Aber der König entließ uns nicht. Nein, er zog einen Dolch aus seinem Gürtel. In meiner Brust machte sich Angst breit, als ich begriff, was jetzt passierte.

Der König streckte seine Handfläche aus und zog den Dolch darüber. Karmesinrotes Blut floss von seiner

Hand auf den Marmorsockel unter ihm. „Gut. Wir werden diese heilige Verpflichtung mit einem Blutschwur besiegeln."

Mist.

Es sah so aus, als bräuchte ich dringend einen Plan B.

KAPITEL 20

Ich lief in Orions Wohnung auf und ab und hielt den Verband um meine Hand fest.

Wir hatten es geschafft, aus dem Turm von Baal zu flüchten, bevor jemand merkte, dass ich nicht wie ein Dämon mit unmenschlicher Geschwindigkeit heilte. Ich umklammerte noch immer meine Hand und ging nervös hin und her. Im Gegensatz dazu bewegte sich Orion kaum, während er mich beobachtete. Dann lehnte er sich zurück und breitete seine Arme auf dem Sofa aus. „Ich glaube langsam, dass das alles ein Fehler war."

Das war nicht gerade das, was ich hören wollte.

„Was ich getan hätte", fuhr er fort, „wenn du dem Blutschwur nicht zugestimmt hättest, wäre dich aus der Stadt zu schleusen. Dann hätte ich dafür gesorgt, dass du versteckt bleibst. Aber du hast dem Blutschwur zugestimmt." Er beugte sich vor und fixierte mich mit seinem Blick. „Warum genau hast du das getan? Du hast gerade dein eigenes Todesurteil unterschrieben."

„Ich bin in meiner Rolle geblieben", schoss ich verärgert zurück. „Wenn ich aus der Rolle gefallen wäre, wäre ich jetzt schon tot, oder? Du erinnerst dich vielleicht an die Sache mit dem Feuer? Mortana würde niemals vor einer Herausforderung zurückschrecken. Bei der Prüfung habe ich immerhin eine Chance, egal wie klein, anders als in einer Feuergrube."

„Mortana würde die Prüfung sofort machen“, bestätigte er, und seine Augen funkelten im schummrigen Licht kalt und unbarmherzig. „Warum sprichst du über sie, als ob du sie kennen würdest?“

Das war eine gute Frage. Warum *hatte* ich das Gefühl, sie zu kennen?

Ich drückte meine verletzte Hand. „Ich weiß es nicht. Sie ist wie mein Es.“

„Hmm.“ Orions Augen verengten sich. „Die Sache ist die, Rowan, Lydia wird dich wahrscheinlich mit ihrer Feuermagie töten. Und ich soll im Turm bleiben. Selbst wenn du es schaffst, die Prüfung zu überleben, indem du dich versteckst, werden die anderen Dämonen schnell merken, dass du keine Kräfte hast. *Dann* wirst du in einer Feuergrube sterben. Und wenn du nicht auftauchst, wirst du durch den Blutschwur sterben.“

Ich hörte auf zu laufen und starrte ihn an. „Willst du mir helfen?“

Er stand auf und griff nach meiner verletzten Hand. „Ich werde dich heilen. Ich hatte ganz vergessen, wie lange es dauert, bis ein Mensch heilt. Lächerlich.“ Er zog mich näher zu sich und setzte sich wieder, und ich ließ mich neben ihn auf die Couch plumpsen. Er wickelte meine bandagierte Handfläche aus. Unsere Köpfe berührten sich, während wir die tiefe Wunde betrachteten. Er strich mit den Fingerspitzen darüber. Dabei strömte warme, heilende Magie über meine Hand. Gebannt sah ich zu, wie sich meine Haut schloss.

„Heilst du mich, weil du Mitgefühl hast, Orion?“, fragte ich.

„Ich will kein Blut auf meinem Boden“, murmelte er.

Als die Haut so gut wie neu aussah, zog ich meine Hand weg. „Was kannst du mir darüber sagen, wie die Prüfung sein wird? Ich muss mir einen guten Plan zurechtlegen."

Unsere Gesichter waren jetzt nah beieinander, und zwischen seinen Augenbrauen bildete sich eine Linie. „Einen guten Plan", wiederholte er und sein Tonfall ließ vermuten, dass es das Absurdeste war, was er je gehört hatte.

Orion musste wahrscheinlich nie etwas planen. Er konnte einfach auftauchen und Leute töten.

„Sag mir einfach, wie die Nacht deiner Meinung nach verlaufen wird", forderte ich ihn auf.

„Die Prüfung beginnt in einem alten Eichenhain in der elysischen Wildnis. Die anderen Dämonen werden sich an verschiedenen Stellen im Wald aufhalten. Sie werden nicht wissen, in welche Richtung du dich bewegst, aber sie werden versuchen, dich anhand deiner Fährte zu jagen. Wenn du dich zu lange an einem Ort aufhältst oder versuchst, dich zu verstecken, werden sie sich zusammenschließen und dich töten. Wenn du versuchst zu fliehen, riechen sie dich und töten dich. Sie sind viel, *viel* schneller als du. Und es sind nicht nur die fünf Dämonen aus dem Quorum, wohlgemerkt. Es könnten hundert Dämonen sein – jeder, der mitmachen will. Um die Prüfung zu bestehen, musst du eine ganze Stunde lang überleben."

Trotz des Schreckens über das, was er mir erzählte, begann sich in meinem Kopf eine Idee zu formen. „Lydia hat Feuermagie. Die anderen nicht. Kann Feuer die anderen also verletzen?"

„Ja. Manche haben nur Kraft und Geschwindigkeit, andere haben Formen der Elementarmagie. Du könntest zu Tode gefroren werden, obwohl Nama nicht gut darin ist, ein bewegliches Ziel zu treffen. Wahrscheinlicher ist es, dass sie dich in einer Eiswand oder etwas anderem einschließt, dich dann zu Tode prügelt und dir mit ihren Klauen das Herz herausschneidet."

Meine Kehle wurde trocken. „Wie dick ist das Eis?"

„Es ist nicht unglaublich dick. Ich könnte mich wahrscheinlich hindurch schlagen. Es ist wie Glas."

Mein Herz klopfte in meiner Brust. „Okay. Ich habe einen Plan. Können wir Shai losschicken, um ein paar Sachen aus meiner Wohnung zu holen?"

Er runzelte die Stirn. „Du kannst keine Waffe benutzen, falls du das denkst."

Ich schüttelte den Kopf. „Nein. Das ist eine Spezialausrüstung. Oh, und denkst du, Morgan wird mir seine Uhr leihen?"

„Ja. Aber was genau brauchst du?"

Ich schloss die Augen und ging die Dinge durch, die ich im Kopf hatte. „Meine feuerhemmenden Gele, Kleidung, eine Gasmaske und eine Löschdecke. Außerdem habe ich ein Messer, mit dem man Glas zerbrechen kann. Oh, und ich werde Benzin oder einen anderen flüssigen Brandbeschleuniger brauchen, aber das wird sie in meiner Wohnung nicht finden. Ich bin nicht wahnsinnig."

Er starrte mich an. „Darf ich fragen, warum du diese Dinge hast?"

„Nun, du hast Magie, und ich habe meine eigene Superkraft. Sie heißt Angst. Sie ist zwar nervig, aber ich bin auf jedes Brandszenario vorbereitet, das du dir vorstellen kannst. Und Facebooks Algorithmen haben mich als ängstlich identifiziert, also haben sie angefangen, für Dinge wie ein Messer zu werben, das Glas durchschneiden kann, wenn du mit deinem Auto von einer Brücke in einen Fluss fällst." Ich runzelte die Stirn. „Ich habe nicht mal ein Auto, aber das Messer habe ich."

Er schaute mich wie gebannt an. „Richtig."

„Ich brauche auch Bleichmittel und Ammoniak. Und einen Werkzeuggürtel."

Sein Körper war völlig ruhig. „Ist das eine willkürliche Liste von Dingen? Verlierst du wie manche Sterbliche vor lauter Stress den Verstand?"

„Oh! Und das ist ganz wichtig: Wir müssen ihr sagen, dass sie den Fuchsurin unter meinem Bett holen soll", fügte ich hinzu, ohne auf ihn einzugehen. „Und einen Super Soaker."

„Ah." Seine Gesichtszüge wurden weicher. „Du *hast* den Verstand verloren."

Ich streckte die Hand aus, um seinen Arm zu berühren. „Das habe ich nicht. Vertrau mir. Ich habe einen Plan."

„Gehört zu diesem Plan auch, Dämonen mit Fuchsurin anzugreifen?"

Ich schüttelte den Kopf. „Nein. Ich habe einen besseren Plan."

Er hatte sich immer noch keinen Zentimeter bewegt. „Es macht mir Sorgen, was du zu Hause hortest."

„Ich will nur auf die Apokalypse vorbereitet sein, Orion. Das ist alles. Und diese Apokalypse ist gekommen, wenn auch nur für mich."

„Das ist nicht das, was *Apokalypse* bedeutet."

Ich hob einen Finger. „Lass uns bei der Sache bleiben. Fuchsurin, Bleiche ..."

„Das klingt verrückt“, unterbrach er mich und fuhr sich mit der Hand über den Kiefer. „Ich blühe im Chaos auf. Ich mag es, Dinge brennen zu sehen. Aber in dieser Situation fühle ich etwas anderes, Unbekanntes. Das gefällt mir nicht“, sagte er in einem knappen Ton. „Das lässt mein Herz schneller schlagen, fast wie eine ... wie eine *Warnung*. Als ob etwas Schlimmes passieren würde.“

Meine Augen weiteten sich. „Ja. Das nennt man Angst. Bist du um meine Sicherheit besorgt oder hast du Angst, dass du erwischt wirst?“

Sein Blick verfinsterte sich. „Mach dich nicht lächerlich. Ich bin ein tödlicher, vierhundert Jahre alter Dämon des Chaos, der mit gottgleichen Kräften ausgestattet ist. Ich fürchte nichts.“

„Ich weiß nicht, ob ich dir noch glaube, Orion.“

Ich wusste vielleicht nichts über Magie, aber ich wusste, wie sich Angst anfühlte.

KAPITEL 21

Dunkelheit umgab mich in dem Eichenhain. Die Luft roch nach Moos und Erde und leicht nach Benzin. Und Fuchspisse.

Seit Jahren hatte ich auf die Dämonenapokalypse gewartet, und jetzt war sie da. Zumindest für mich.

Meine Knie zitterten, während ich darauf wartete, dass das Horn ertönte, das den Beginn der Prüfung ankündigte.

Es gab nur eine Regel: kein Fliegen. Da die Lilu die einzige Dämonenart mit Flügeln waren, hätte ich, wenn ich sie wirklich benutzen könnte, die ganze Zeit über den Bäumen herumflattern können.

Ich schaute zum Himmel auf. Die Wolken verdeckten den Mond, was sowohl gut als auch schlecht war. Der schlechte Teil war, dass ich auf die Nachtsichtbrille angewiesen war, die ich letztes Jahr bei Amazon gekauft hatte (für den Fall der Apokalypse), und die war nicht besonders gut. Aber die Dunkelheit hatte auch etwas Nützliches. Sie gab mir ein wenig Deckung für den lächerlichen Anzug, den ich trug – einen marineblauen, feuerhemmenden Anzug, bei dem die Sicherheitsstreifen verdeckt waren. Die Dämonen würden die Nachtsichtbrille, die Sicherheitshandschuhe oder den Rucksack mit den Vorräten, die ich bei mir trug, nicht bemerken. Sie würden den Glanz des feuerhemmenden Gels auf meinen Wangen und meinem Kinn nicht sehen.

Und wenn das hier zu Ende war, musste ich das Zeug schnell loswerden, bevor jemand es sehen konnte.

Der Schweiß rann mir unter dem Anzug den Körper hinunter. Heute Nacht war die Luft im Wald heiß und feucht und schwer vor Anspannung.

Dämonen dachten nie daran, Werkzeuge oder Waffen zu benutzen. Durch die Evolution zu perfekten Waffen gemacht, brauchten sie keine Technologie. Aber ich? Ich konnte nur hoffen, dass mein kleines Arsenal mir helfen würde. Und ich betete, dass die Fuchspisse meinen Geruch verdecken würde.

Mein Herz klopfte gegen meine Rippen. Jeden Moment würde die Prüfung beginnen.

Mit meiner Schutzbrille suchte ich die Bäume nach Bewegungen ab. Meine Sicht war schwarzweiß, und ich konnte nur die Stämme um mich herum sehen.

Mein Plan war es, so schnell wie möglich an den Fluss zu kommen. Vorhin hatte ich eine Kompass-App auf Morgans Apple Watch installiert, damit ich genau wusste, in welcher Richtung Norden lag, und dass der Fluss etwa vier Meilen entfernt war. Wenn ich dort ankam, würde ich den Rest der Zeit damit verbringen, Angreifer abzuwehren.

Mit klopfendem Herzen schaute ich auf meine geliehene Uhr – zwei Minuten bis Mitternacht.

In der Highschool hatte ich Leichtathletik und Crosslauf gemacht. Ich hatte es sogar bis zu den nationalen Meisterschaften geschafft. Das hier fühlte sich an wie der Start einer dieser Wettkämpfe: Ich war voller Adrenalin und wartete auf den Startschuss ... nur dass ich in diesem Rennen von einer wütenden Meute von Dämonen getötet werden konnte, also stand ein *bisschen* mehr auf dem Spiel als nur der zweite Platz.

Ich beobachtete den Countdown auf meiner Uhr ein paar Sekunden lang und zog dann meine erste Waffe – die Super Soaker.

Als das Horn ertönte, begann ich zu rennen.

Anders als bei den Leichtathletikwettkämpfen in der Highschool trug ich etwa zehn Pfund Gewicht auf dem Rücken, war in einen Metallanzug gehüllt und trug eine Schutzbrille. Ich schwitzte schon in dem Anzug, also war die Geschwindigkeit heute nicht auf meiner Seite. Während ich rannte, atmete ich den beißenden Moschusgeruch der Fuchspisse ein, und meine Augen tränten.

Mit meiner Nachtsichtbrille suchte ich die Bäume nach Anzeichen von Bewegung ab. Ich rannte etwa zehn Minuten lang und sog scharf den Atem ein, ohne einen einzigen Dämon zu sehen. Ich schätzte, dass ich etwa eineinhalb Kilometer geschafft hatte.

Nur noch fünfzig Minuten.

Als mein Fuß lautstark einen Zweig knacken ließ, wurde mir zum ersten Mal bewusst, dass Geschwindigkeit vielleicht *nicht* das Wichtigste war. Wenn sie mich nicht leicht sehen oder riechen konnten, verließen sie sich auf Geräusche. Das knackende Geräusch, das die Stille durchbrach, hätte genauso gut eine Kanone sein können, die abgefeuert wurde.

Ich erstarrte, sah mich im Wald um und atmete schwer.

Mein Herz setzte einen Schlag aus, als ich einen Dämon auf mich zukommen sah. Im Gegensatz zu mir bewegte er sich mit schockierender Geschwindigkeit, sein

Körper wie Wind in den Bäumen. Aber er war noch in einiger Entfernung.

Bevor er mich erreichen konnte, benutzte ich den Super Soaker, um Benzin auf den Boden zwischen uns zu sprühen. Ich schlug einen weiten Bogen, mindestens drei Meter weit, ließ dann die Waffe fallen und schnappte mir das Deo aus meinem Werkzeuggürtel. Ich hatte ein Feuerzeug mit einer Plastikklammer an der Dose befestigt, sodass es genau im richtigen Winkel aufragte und eine Art Flammenwerfer bildete. Das Feuerzeug selbst war mit einem Gummiband versehen, um die Flamme zu halten, wenn ich es herunterdrückte.

Mein Körper zitterte, als ich das Feuerzeug anknipste und die Flamme zum Leben erwachte. Dann drückte ich auf die Spitze des Deodorants. Drei Meter hohe Flammen schossen in die Luft, und ich stürzte nach vorne, um das Feuer auf das Benzin zu richten. Die Reaktion kam sofort – eine riesige Feuerwand umgab mich.

Jetzt war der Dämon genau auf der anderen Seite der Flammen – und an seinen üppigen Locken und elfenbeinfarbenen Hörnern erkannte ich ihn als einen Herzog. Der bluttrinkende, gefräßige Dämon brüllte vor Wut, und sein Heulen fuhr mir in die Knochen. Es war nicht nur das Geräusch selbst, das meine Angst auslöste – er hatte gerade die gesamte Dämonenarmee auf meinen Standort aufmerksam gemacht.

Ich schnappte mir die Super Soaker vom Boden und spritzte Benzin durch die Flammen in die Richtung des Dämons. Das Feuer breitete sich aus. Er wich zurück, starrte in die Flammen und brüllte.

Ich drehte mich um und rannte los, bevor noch mehr von ihnen mich finden konnten. Ich musste so viel Abstand wie möglich zwischen den brüllenden Dämon und mich bringen.

Normalerweise joggte ich fünf Tage die Woche, oft sechs bis sieben Meilen, vielleicht auch bis zu zehn, und selbst mit meinem Rucksack auf dem Rücken gab mir das Adrenalin zusätzliche Kraft. Ich pumpte kräftig mit den Armen und rannte schneller durch die Bäume. Doch als ich einen Blick hinter mich warf, sah ich in der Ferne eine Bewegung. Ein Dämon kam auf mich zu. Nein, nicht nur ein Dämon. Mit meiner Nachtsichtbrille sah ich zwei ... drei ... sechs?

Verdammt. Sie waren überall, und ich hatte noch eine Meile bis zum Fluss vor mir.

Neue Taktik.

Meine Hände zitterten, als ich die Nachtsichtbrille abnahm, und ich fühlte mich ohne sie blind. Verwundbar. Aber für das, was ich als Nächstes tun musste, konnte ich sie nicht aufbehalten.

Ich öffnete den Reißverschluss meines Rucksacks und fand die Gasmaske. Als ich sie über mein Gesicht stülpte, wurde mein Gefühl der Verwundbarkeit nur noch größer. Ich riss mir die Kapuze über den Kopf und zog sie so schnell wie möglich fest. Die Gläser der Gasmaske beschlugen ein wenig.

Genau wie beim Mischen von Chemikalien musste ich zuerst den Filter testen. Ich deckte ihn ab und vergewisserte mich, dass keine Luft aus anderen Lücken in die Maske entwich. Mit abgedecktem Filter konnte ich überhaupt nicht atmen, was sowohl erschreckend als auch wünschenswert war.

Jetzt war ich bereit.

Ich kniete mich wieder hin und griff in den Rucksack nach meinen Gläsern. Ich fing an, sie gegen die Baumstämme zu schleudern, eins nach dem anderen. Innerhalb weniger Augenblicke husteten die Dämonen, dann schrien sie.

Durch die Dunkelheit und die Schutzbrille konnte ich nicht viel sehen, aber ich glaubte nicht, dass sie noch näher kamen.

Ich hatte keine Ahnung, ob weitere Dämonen von Norden her auf mich zustürmten, aber ich schleuderte vorsichtshalber noch ein Glas in diese Richtung, bis ich von allen Seiten von einer Wolke aus selbstgemachtem Senfgas umgeben war.

In diesem Moment würde die Mischung aus Bleiche und Ammoniak ihre Lungen versengen, ihnen den Atem rauben und ihre Haut und Augen verbrennen.

War dies durch die Genfer Konvention verboten? Okay, *technisch gesehen* ja, aber diese Gesetze waren für Sterbliche geschrieben worden. Die Dämonen würden sich erholen, auch wenn die nächsten zwanzig Minuten sehr unangenehm sein würden.

Ich schnappte mir meinen Rucksack und setzte mich wieder in Bewegung.

Mit der Gasmaske auf dem Kopf konnte ich nicht mehr rennen. Zum einen konnte ich nicht mehr sehen, wohin ich lief, und zum anderen war es unglaublich schwer, in dem Ding zu atmen. Ich konnte nur hoffen, dass das Senfgas alle Dämonen um mich herum ausgeschaltet hatte.

Ich schaute auf die Uhr und vergewisserte mich, dass ich immer noch Richtung Norden rannte.

Einundzwanzig Minuten. Ich musste nur noch einundzwanzig Minuten überleben, dann war ich frei. Oh Gott, es hatte tatsächlich funktioniert.

Als ich genug Abstand zum Senfgas hatte, zog ich meine Handschuhe aus und atmete ein, um die Luft zu testen. Meine Haut brannte nicht und meine Lunge fühlte sich gut an. Ich zog die Handschuhe wieder an und versuchte, meine Gasmaske zu lockern. Meine Lunge schien in Ordnung zu sein ...

Ich nahm einen tiefen Atemzug. Meine Augen brannten ein wenig, aber das war alles.

Ich zog die Gasmaske ganz ab und atmete ein paar Mal durch, dann setzte ich schnell mein Nachtsichtgerät wieder auf. Mit dem Rucksack im Gepäck begann ich zu rennen. Ich kam immer näher, es war nur noch eine halbe Meile bis zum Fluss.

Ich sauste zwischen den Stämmen hindurch, ein Schauer rauschte durch die Luft und die Bäume verschwammen durch meine Nachtsichtbrille. Bevor ich herausfinden konnte, was passiert war, prallte ich gegen eine Wand aus Eis. Ein stechender Schmerz schoss durch meinen Schädel, als die Wucht des Aufpralls meine Brille zerbrach. Ich riss sie ab und starrte um mich herum auf eine große Eiskugel.

Nama hatte mich gefangen und ich wusste nicht, wie weit sie entfernt war. Aber genau wie Orion gesagt hatte, war das Eis dünn wie Glas.

So schnell ich konnte, bespritzte ich den Boden um mich herum mit Benzin und griff dann nach dem glasbrechenden Messer in meiner Tasche. Es sah nicht nach viel mehr aus als ein Stück Plastik, aber in dem Plastik war eine Klinge versteckt, die beim Aufprall heraussprang. Ich schlug es mit voller Wucht auf das Eis und es zersprang um mich herum.

Mit klopfendem Herzen schnappte ich mir meinen Flammenwerfer. Ich benutzte das Feuerzeug, drückte auf das Deo und ließ die Flammen auf den Boden schießen. Das Feuer brach um mich herum aus, und die Angst drehte mir das Herz um. Ich *hasste* Feuer.

Dann sah ich Nama. Sie rannte auf mich zu. Ich schoss mit dem Super Soaker und dem selbstgebauten Flammenwerfer Feuer in ihre Richtung. Aus der Ferne sah ich mit Entsetzen, wie ihr Haar und ihre Kleidung durch die Flammen auf dem Boden Feuer fingen. Sie schrie auf. Der Klang ließ mein Blut gerinnen.

Mein Puls geriet außer Kontrolle. *Sie ist ein Dämon*, erinnerte ich mich. *Sie wird sich heilen können.*

Ich hatte nur noch eine halbe Meile vor mir und schaute auf meine Uhr.

Zehn Minuten.

Ich musste nur noch zehn Minuten überleben.

Ich begann wieder zu laufen, aber dieses Mal konnte ich die Bäume nicht sehen. Ich schaltete ein Licht auf der Apple Watch ein – was nicht ideal war, da es von anderen gesehen werden konnte. Aber es war die einzige Möglichkeit, die ich hatte, um nicht gegen einen unnachgiebigen Baumstamm zu laufen. Ich rannte mit dem Flammenwerfer in einer Hand und pumpte kräftig mit den Armen, während ich auf den Fluss zusteuerte. Der Rucksack hüpfte auf meinem Rücken, und ich sprang über Wurzeln und Steine. Ich schwitzte wie wahnsinnig in meinem Anzug.

Als ich mich der Stadt näherte, konnte ich das Licht auf meiner Uhr ausschalten, da die Lichter des Stadtplatzes den Wald beleuchteten.

Plötzlich hörte ich Lydias heisere Stimme durch den Wald dringen. „Dämonen, hört her! Folgt ihrer Spur! Sie ist am Fluss!"

So hatten sie mich also gefunden, sogar durch den Gestank von Fuchspisse. Sie verfolgten mich durch die Wälder und suchten nach den abgebrochenen Ästen, die ich zurückgelassen hatte. Und auch nach verletzten Dämonen.

Und jetzt versuchte Lydia, alle Dämonen zu beschwören, um mich auf einmal anzugreifen.

Noch vier Minuten.

Durch den Wald hörte ich das Brüllen dämonischer Kriegsschreie – ein tiefer, bösartiger Klang, der durch meine Knochen glitt und mein Herz außer Kontrolle geraten ließ. Der uralte Teil meines Gehirns sagte mir, dass ich in Panik geraten sollte, dass Raubtiere hinter mir her waren. Und ausnahmsweise hatte dieser ängstliche Teil meines Gehirns verdammt recht.

Lauf zum Fluss, Rowan. Sofort.

Die Dämonen folgten Lydias Ruf. Sie brüllten nach meinem Blut. Ohne Zweifel waren jetzt alle auf dem Weg zum Fluss und kamen immer näher. Ihre Schreie ließen mein Blut zu Eis erstarren und Panik kroch mir den Rücken hinauf. Aber ich konnte den Fluss jetzt durch die Baumstämme sehen, die im Licht des Baalsturms schimmerten.

Noch drei Minuten.

Außerdem konnte ich den Geruch des Benzins riechen, das ich vor zwei Stunden ausgegossen hatte.

Es war an der Zeit für den Höhepunkt – mein letztes Kunstwerk für wahren Horror.

Als ich das Flussufer erreichte, zog ich den Flammenwerfer heraus und zündete das Feuerzeug an. Kaum berührten die Flammen den Boden, schoss zu beiden Seiten eine Wand aus purem Feuer hervor. Ich hatte einen Schlund zur Hölle geschaffen.

Ich sprang durch das Feuer in den eiskalten Acheron-Fluss und schwamm bis auf den Grund, tief in die Dunkelheit. Dann schwamm ich einen Moment lang nach Osten, bevor ich meinen Feueranzug auszog. Meine Lungen begannen zu brennen, als ich den Atem anhielt und den Anzug und die Werkzeuge in den Rucksack stopfte. Ich schloss den Reißverschluss, ließ ihn auf den Grund sinken und schwamm dann, mein Geheimnis verborgen, zum Nordufer.

Und als ich mich herauszog, hörte ich das Horn ertönen. Da waren sie – der König stand an Orions Seite und wartete auf mich. Meine kleine Siegesfeier. Eine kleine Menge stand hinter ihnen und starrte mich an.

Verdammt!

Verdammt, ich hatte es wirklich geschafft!

Freude durchströmte mich. Ich hatte *überlebt*. Vielleicht würde doch noch alles gut werden. Hatte ich das wirklich getan?

Klatschnass hievte ich mich ans Ufer und versuchte zu verbergen, wie erschöpft ich war.

Ich sah, wie der König sein Cocktailglas erhob, um auf mich anzustoßen, und Orions blasse Augen leuchteten hell in der Dunkelheit.

Unter meinem Feueranzug trug ich ein elegantes schwarzes Outfit – eine schwarze Hose und ein Korsett.

Wäre ich nicht vom Flusswasser durchnässt gewesen, könnte ich jetzt *eigentlich* ganz gut aussehen.

Als ich die steinerne Esplanade vor dem Turm von Baal betrat, hob ich meine Arme zum Sieg und betrachtete die Dämonen um mich herum. Niemand jubelte mir zu, weil ich überlebt hatte, was mir ein bisschen unhöflich vorkam. Sie sahen sogar ein wenig verärgert aus.

Und als das Horn weiter schrillte, spürte ich ein scharfes Reißen an meinen nassen Haaren, das mich zurück auf die Steine zog. Ich knallte hart auf den Boden. Das nächste, was ich wusste, war, dass Lydia auf mir lag. Sie schlang ihre Hände um meine Kehle und drückte zu, mit gefletschten Reißzähnen und einem wahnsinnigen Blick in ihren Augen. Dann hob sie ihre Hand und es kamen glänzende Krallen zum Vorschein.

Sie wollte mir das Herz herausschneiden. So brachten sich Dämonen gegenseitig um.

„Es ist nur Platz für eine Königin", zischte sie leise.

Ich konnte nicht atmen.

Oh Gott, ich konnte nicht atmen ...

KAPITEL 22

Hypervigilanz: ein erhöhter Zustand von Angst und Wachsamkeit, eine Tendenz, die Umgebung nach Bedrohungen abzusuchen.

In meinem täglichen Leben war sie dysfunktional. In der Welt der Dämonen schadete es nicht, den Regler hochzudrehen, denn irgendwie hatte ich übersehen, dass Lydia sich von hinten angeschlichen hatte und mir jetzt an die Gurgel ging.

Als sich meine Sicht zu verdunkeln begann, griffen riesige Hände nach unten und rissen Lydia von mir herunter.

Das Geräusch des Horns verstummte endlich.

Ich sog die Luft ein und versuchte zu verbergen, wie zerbrechlich ich war. Ich wollte tief und hörbar keuchen, aber ich hatte Angst, dass ich dann zu sterblich aussehen würde. Alle Augen waren jetzt auf mich gerichtet. Hatten sie bemerkt, wie leicht sie mich zu Fall gebracht hatte? Wussten sie, dass ich sterblich war?

Da ich nicht vor den anderen schwach aussehen wollte, zwang ich mich aufzustehen.

Doch als ich meine Atmung beruhigt hatte, wurde ich von einer schnellen Bewegung aufgeschreckt. Ich drehte mich um und sah, wie der blutrünstige Dämon von der Brücke auf mich zu rannte und der Wind an seinen üppigen Locken peitschte. Mit einem brüllenden Kriegsschrei stürmte er mit beängstigender Geschwindigkeit auf mich zu. Das Mondlicht glitzerte auf seinen elfenbeinfarbenen Hörnern und aus seinen Fingern schossen lange silberne Klauen. Wenn ich versuchte zu fliehen, würden alle sehen, wie langsam ich war.

„Es ist vorbei!“, rief der König. „Die Prüfung ist beendet.“

Aber der Herzog ignorierte ihn und war schon fast bei mir. Drei Meter entfernt ... zwei Meter entfernt ...

Ich erstarrte auf der Stelle. Der blutrünstige Herzog holte mit seinem Arm aus, bereit, seine Klauen in meine Brust zu schlagen.

Blitzschnell schob sich Orion vor mich und blockte den Schlag mit seinem riesigen Körper ab. Ich hörte das Geräusch von Klauen, die sich in sein Fleisch bohrten, und mein Magen zog sich zusammen.

Entsetzt schlang ich meinen Arm um seinen Rücken, um ihn aufrecht zu halten, und reckte meinen Hals, um den Schaden zu sehen. Die einzige Art, wie ein Dämon sterben konnte, war, indem man ihm das Herz herausschnitt.

Die Augen des Herzogs wurden groß, als er seine blutverschmierten Klauen aus Orions Brust riss.

„Was hast du getan?“, rief jemand. „Hast du den Herrn des Chaos getötet?“

Mein Herz klopfte gegen meine Rippen. Orion umklammerte seine Brust. Blut tropfte auf die Steine.

Die Welt war furchtbar still geworden und Panik schnürte mir die Kehle zu. „Geht es dir gut?“, flüsterte ich.

Vor uns zogen sich die Krallen des Herzogs zurück und seine Hand flog zu seinem Mund. „Oh, Luzifer, rette mich, das wollte ich nicht tun. Ich hatte es auf den Sukkubus abgesehen. Warum hast du dich vor sie gestellt, du Idiot? Du weißt, was es bedeutet, wenn sie überlebt."

Orion hob eine blutige Hand. „Mir geht es gut", sagte er schließlich, stürmte vor und packte den Herzog am Hals. Die Augen des Herzogs traten hervor, als Orion ihn an der Kehle hochhob und ihn würgte. Silberne Krallen schossen aus Orions Fingerspitzen.

Oh, *Gott*. Er hatte doch nicht vor ...

Orions Klauen schnitten in die Brust des Dämons, und ein scharfer, unbarmherziger Hieb riss ihm das Herz heraus. Der knochige Leichnam des gefräßigen Dämons fiel zu Boden. Seine Brusthöhle klaffte auf und sein Körper zuckte noch immer.

Magensäure stieg meine Kehle hoch, aber ich konnte mich nicht übergeben. Ich musste so aussehen, als ob das normal wäre. Alles ganz normal. Oh, *Gott*, wie es glitzerte...

Orion zuckte mit den Schultern. „Was? Er hat mich angegriffen. Es war mein gutes Recht, sein Leben zu beenden, wie ihr sicher alle zugeben werdet."

Die Menge murmelte. Die schockierte Aufregung in ihren Augen erinnerte mich ein wenig an die Freude in den Gesichtern meiner Kommilitonen, als ich meinen Nervenzusammenbruch gehabt hatte.

Orion drehte sich um und sah mich mit gerunzelter Stirn an. War das ein Aufflackern von Sorge in seinen blassen Augen?

„Geht es dir gut?", fragte ich erneut. „Ich glaube, wir sollten dich nach Hause bringen." Und ich musste hier weg, bevor sich die blauen Flecken an meinem Hals ausbreiteten.

Aber der König schlich näher heran, gekleidet in einen fein geschnittenen Mitternachtsanzug. Seine dunklen Augen waren auf mich gerichtet, und ein Lächeln umspielte seine Lippen. „Gut. Alle haben also überlebt, wie es scheint. Lady Mortana, Haus Lilitu. Herzogin des Asmodeus Bezirks. Nach heute Abend wird der verlassene Bezirk nicht mehr verlassen sein.“ Er hob seine Hände in den dunklen Himmel. „Der Rat der Sieben ist wiedervereint!“

Statt Beifall gab es nur Stille nach seinen Worten. Dann durchbrach ein Räuspern die Stille. Der König senkte seine Hände und blickte auf den zuckenden Leichnam am Boden hinunter.

„Oder, fast wieder vereint. Wir müssen uns wohl jemand neues besorgen.“ Er hob seine Hände wieder in den Himmel. „Wie auch immer, die Feierlichkeiten beginnen sofort im Ishtar-Tempel!“

Orion war gerade fast erstochen worden, ein anderer Herzog war gestorben, und sie wollten eine Party feiern? Ich war so verstört davon, dass ich fast den Teil über die Herzogin vergessen hätte. Denn das war ich jetzt: eine dämonische Herzogin.

Ein paar Leute klatschten, aber es klang nicht begeistert. Orion stand jetzt aufrechter, und ich ließ meinen Arm von seinem Rücken fallen.

Mein Blick wanderte zu Lydia, die immer noch wütend schien. Die Dunkelheit schlängelte sich um sie herum und kräuselte sich wie Rauch in den Nachthimmel.

Wenn ich nicht fast erwürgt worden wäre, würde ich jetzt wahrscheinlich eine große, großspurige Rede halten, so wie Mortana es tun würde. Aber mein Kehlkopf war fast zerquetscht worden, und ich glaubte nicht, dass ich normal klingen würde, wenn ich versuchte zu sprechen.

Es war spätestens jetzt klar, dass ich aufpassen musste. Lydia würde mir bei der ersten Gelegenheit das Herz herausreißen.

Bis jetzt hatte ich nicht wirklich darüber nachgedacht, was es bedeutete, aber als einzige Person im Asmodean Bezirk würde ich automatisch dessen Anführerin sein. Lydia war nicht mehr die einzige Frau im Rat, und das gefiel ihr überhaupt nicht. Ich würde jetzt Teil des Quorums sein. In der Nähe des Königs. Eine Rivalin für die Rolle der Königin.

Sie hatte nur keine Ahnung, dass ich nicht lange hier sein würde.

Ich warf einen Blick zurück auf die Brücke des Grauens und sah, dass einige der anderen Dämonen aus dem Wald herausstolperten und wie Zombies aussahen – versengte Körper, versengte Kleidung. Einige hatten Blasen auf der Haut und tränende Augen.

Diese Nacht war für viele von uns brutal gewesen, aber ich nahm an, dass nur ein einziger Tod ein erfreuliches Ergebnis war.

Orion zog mich fast schützend an sich heran. „Meine Herrin wird sich abtrocknen wollen, und ich brauche nach diesem unglücklichen Vorfall einen Kleiderwechsel. Wir werden bald zu Euch in den Tempel kommen.“

Er nahm mich an der Hand und führte mich auf die Straße auf der anderen Seite der Esplanade. Wenige Augenblicke später hielt ein elegantes schwarzes Auto an und Orion öffnete mir die Tür. Ich schlüpfte hinein und schnallte mich an, während Orion dem sterblichen

Taxifahrer sagte, er sollte uns zurück zu seiner Wohnung im Leviathan Hotel bringen.

Jetzt spürte ich zum ersten Mal an diesem Abend das volle Gewicht meiner Erschöpfung. Meine Muskeln brannten vor Müdigkeit, und meine Kehle fühlte sich rau an. Auch ohne die anderen Klamotten roch ich immer noch leicht nach Fuchspisse.

Noch nie in meinem Leben hatte ich mich so sehr nach einem Bad gesehnt.

Als das Auto losfuhr, drehte sich Orion um und sah mich an. „Herzlichen Glückwunsch", sagte er leise. „Herzogin Mortana von Lilitu."

Als wir in Orions Wohnung zurückkamen, rannte ich als Erstes nach oben zur Badewanne auf dem ausladenden Balkon. Als ich sie mit heißem Wasser gefüllt hatte, zog ich mich aus. Dann lehnte ich mich mit dem Rücken in die sprudelnde Wanne, während der Dampf mich einhüllte. Ich ließ meine Muskeln schmelzen und schrubbte meinen Körper sauber.

Während ich in der Hitze schwitzte, schaute ich zu den Sternen auf. Ich konnte gerade noch den Nordstern am Ende des Kleinen Wagens erkennen. Mom hatte mir beigebracht, ihn zu finden, eine weitere Überlebenstechnik. Ich suchte ihn manchmal nachts, um mich zu orientieren. Aber die Kompass-App war viel einfacher und funktionierte auch, wenn es bewölkt war.

Ich stieß einen langen, zittrigen Atem aus. Ich musste immer wieder an den Dämon denken, den ich mit Feuer getroffen hatte. Brennende Haare, brennende Kleidung ... *Schrecklich.*

Ich erschauderte und hatte plötzlich das Gefühl, dass ich nicht allein sein wollte.

Ein Teil von mir wollte nach Orion rufen, während ich badete, um mir Gesellschaft zu leisten. Aber wie bei dem brutalen Kriegsgeschrei der Dämonen in der Wildnis spürte ich instinktiv, dass es nicht gut ausgehen würde.

Ich stieg aus dem Bad. Das Wasser tropfte in der kühlen Nachtluft von meiner nackten Haut und ich begann mich abzutrocknen.

Auf keinen Fall durfte ich mit Orion schlafen. Zum einen hatte er gedroht, Shai zu töten, und ich hatte gerade gesehen, wie effizient er beim Töten war. Außerdem war er ein Verdächtiger. Ich war mir sicher, dass es bei der Polizei Regeln gab, die besagten, dass man nicht mit jemandem schlafen durfte, gegen den ein Ermittlungsverfahren lief.

Seine Anziehungskraft auf mich war wahrscheinlich sowieso nur vorgetäuscht.

Auch wenn es sich anders anfühlte. Als ich meine Beine im Turm von Baal um ihn geschlungen hatte, war ich mir sicher gewesen, dass er sein Verlangen nicht vortäuschte. Der erhitzte Blick in seinen Augen, das überaus sinnliche Streicheln seiner Magie über mich, das Gefühl seiner Härte zwischen meinen Schenkeln ...

Ich fing an, mein Haar mit dem Handtuch zu trocknen. Wie auch immer, er sorgte nur für Ärger.

Sobald ich trocken war, schlüpfte ich in die Kleidung, die ich für mich bereitgelegt hatte – winzige, seidige Unterwäsche in einem tiefen Blau und einen passenden Spitzen-BH. Ich schlüpfte in die Unterwäsche, wobei ich mir Mühe gab, nicht an Orion zu denken, und zog dann ein weiches schwarzes Kleid an. Es war eine Art süßer

1960er-Jahre-Look – verdammt kurz, aber mit langen Ärmeln und einem Rollkragen, und verdammt heiß, wenn man es mit schenkelhohen Stiefeln im Sukkubus-Stil kombinierte.

Als ich wieder nach unten kam, fand ich Orion mit einem Glas Whiskey auf seinem cremefarbenen Sofa sitzen. Er hatte sich ein weißes Button-Down-Hemd angezogen, dessen Ärmel bis zu den Ellenbogen hochgekrempelt waren, sodass sein gruseliges Schlangentattoo zu sehen war. Er trug eine waldgrüne Hose, die wie Rohseide aussah und wahrscheinlich zehntausend Dollar kostete.

„Die Herzogin kehrt zurück“, sagte er, als ich mich neben ihn setzte. „Weißt du, Liebes, ich hätte nicht gedacht, dass ein Sterblicher das tun kann, was du getan hast. Es scheint, du bist zu großen Überraschungen fähig.“ Seine Stimme war eine samtene Liebkosung. „Die anderen Dämonen werden auf dich warten. Mortana wird nicht müde, fürchte ich.“

„Wie geht es deiner Brust?“

„So wie immer.“ Ein verschmitztes Lächeln. „Äußerlich gut, innerlich tot. Zum Glück nur metaphorisch.“

Ich schlug meine Beine übereinander und sein Blick glitt kurz zu meinen nackten Schenkeln, bevor er sich erhob. „Steh auf. Lass mich deine Blutergüsse heilen.“

Ich zog den hohen Halsausschnitt meines Kleides herunter. Er runzelte die Stirn, dann berührte er mich leicht, direkt unter meinem Kinn. Ich schloss meine Augen, als mich das sinnliche Gefühl seiner Magie überflutete. Simmernde Wellen schlängelten sich um meine Kehle und ließen meine Muskeln entspannen.

Er zog seine Hand weg. „So. So gut wie neu.“

Seufzend setzte ich mich wieder. „Willst du nicht alles wissen, was passiert ist?“

Er nahm gegenüber von mir Platz. „Ich habe die zerlumpten Überreste deiner Feinde gesehen. Habe ich schon erwähnt, dass du etwas Furchteinflößendes an dir hast?“

„Du hast fünfzig Dämonen getötet, stimmt's? Das heißt, du hast fünfzig Dämonenherzen im Wald herausgerissen.
Ich glaube, du bist viel furchteinflößender.“

Er zuckte leicht mit den Schultern. „Aber ich bin offensichtlich gefährlich. Das merkt man sofort, wenn man mich trifft. Du versteckst es. Du bist ein Wolf im Schafspelz.“ Er runzelte die Stirn. „Und dann noch in einer zweiten Wolfsverkleidung, weil du ja auch Mortana sein sollst.“

„Ich bin vielschichtig.“ Ich hob meine Augenbrauen. „Und vielleicht habe ich eine dunkle Seite.“

„Genau das.“ Er beugte sich vor, seine blauen Augen durchbohrten mich. „Du hast deine Geheimnisse in der Gefängniszelle verraten, Rowan. Aber du hast mir nicht alle verraten, oder? Es gab etwas, das du mir vorenthalten hast.“

Sogar vor mir selbst. Dieser Gedanke ertönte in meinem Kopf – eine Stimme, die nicht ganz meine eigene war.

Ich versteckte etwas vor mir selbst.

Was sollte der Mist?

Ich schenkte Orion ein müdes Lächeln. „Nein, ich verrate meine dunkelsten Geheimnisse nicht. Die Leute fühlen sich dann unwohl.“

„Ich bezweifle, dass das bei mir der Fall ist.“

Das bezweifelte ich auch. Meine Dunkelheit würde ihm nichts ausmachen. Er trug eine Welt voller Schatten in sich.

Aber ich hatte nicht vor, einem meiner Verdächtigen mein Herz auszuschütten, und ich hatte eine sehr wichtige Frage an ihn. Eine, die mit *meinen* Ermittlungen zu tun hatte. „Orion, als wir im Turm von Baal waren, hatte einer der männlichen Dämonen ein Symbol über dem Kopf. Es sah aus wie eine Mondsichel. Was ist das?“

Er breitete wieder seine Arme über die Rückenlehne des Sofas aus. Wenn Menschen sich so ausbreiteten, war das eine Verteidigungshaltung. War das bei Dämonen auch so?

„Manchmal nehmen wir eine bestialischere, dunklere Form an. Schwarze Augen. Manchmal tauchen Schuppen auf. Und wir haben ein Dämonenmal. Wenn wir uns verwandeln, kann es erscheinen.“

„Was bringt einen Dämon dazu, sich zu verwandeln?“

„Wir empfinden Emotionen sehr, sehr intensiv. Und wenn das passiert, kann das unser wahres Ich offenbaren.“

Faszinierend. „Aber du fühlst keine Empathie.“

„Das tue ich nicht. Manche von uns schalten Dinge ab. Das macht es einfacher, im Dunst der Gefühle logisch zu denken.“

„Okay.“ Ich biss mir auf die Lippe. „Aber zurück zum Thema ...“

Seine Augen wurden immer dunkler. Dieses Thema ließ ihn ein wenig unsicher werden. Seltsam.

„Hat jeder Dämon sein eigenes, einzigartiges Mal?“, fragte ich.

„Ja."

Ich trommelte mit den Fingerspitzen auf meine Knie. Ich musste mich wie eine verdeckte Ermittlerin verhalten, aber die Neugier war zu stark. „Weißt du, was die Male von allen sind? Hast du sie alle gesehen?"

„Nein, die meisten Dämonen halten sie versteckt. Manchmal verraten die Male Dinge über Leute, die sie lieber geheim halten würden. Ihre Kräfte oder die Wahrheit über ihre Abstammung ..."

„Wie wäre es mit einem Stern?", fragte ich und hielt mich an den Armlehnen fest.

Sobald die Schatten durch seine Augen glitten, war mir klar, dass ich einen Nerv getroffen hatte. Er hatte sich verändert. Und es waren nicht nur seine Augen, die sich veränderten. Der Raum um uns herum wurde dunkler, und seine Stimmung verschlang das Licht.

„Warum genau fragst du danach?" Seine Stimme war eine tiefe, leise Warnung.

Was soll's ... Vielleicht war die Psychologie der Dämonen anders als die der Menschen, aber er war definitiv defensiv. Ich war in ein gefährliches Gebiet gestolpert.

Ich atmete scharf ein. „Ich dachte nur, wenn es einen Mond gibt, muss es auch einen Stern geben."

Er holte tief Luft. „Ein Stern kennzeichnet den Lichtbringer, unseren designierten Anführer. Dieses Mal hat schon lange niemand mehr gesehen."

Ein eiskalter Schauer lief mir über den Rücken. „Also hat der König es auch nicht?"

„Ich habe sein Mal noch nie gesehen. Niemand hat das." Die Schatten um ihn herum schienen sich zu Klingen zu schärfen und wurden dunkler.

Und all das war eine *fantastische* Erinnerung daran, warum ich mich nicht von seiner Schönheit verführen lassen konnte. Sah er perfekt aus? Ja. War er verdammt unberechenbar und möglicherweise ein Mörder? Auch ja.

„Es scheint, als hättest du den Herzog sehr leicht getötet", sagte ich. „War das wirklich nötig?"

„Er wollte dich so sehr töten, dass er sich nicht an die Regeln gehalten hat. Das Risiko, ihn am Leben zu lassen, wollte ich nicht eingehen."

Ich runzelte die Stirn. „Wenn du eine schwierige zwischenmenschliche, oder von mir aus auch ‚zwischendämonische' Situation hast, bringst du die Person dann oft einfach um?"

Seine Augenbrauen hoben sich. „Schwierige zwischenmenschliche Situation? So nennst du es also, wenn jemand versucht, dich umzubringen?"

„Okay. Ich hab's verstanden." In meinem Kopf drehte sich alles und ich war mir nicht sicher, ob ich mit dem Gefahrengrad in dieser Welt Schritt halten konnte.

Ich warf einen Blick auf die makabre Schlangentätowierung auf seinem Arm. „Wenn du mir schon nichts über dein Mal erzählst, wie wäre es dann damit: Warum hast du dir das Tattoo stechen lassen?"

Ein Muskel in seinem Kiefer spannte sich an, und er erhob sich. Ich hatte vergessen, wie groß er war, bis er über mir aufragte. „Wir sollten zu deiner Siegesfeier gehen."

Wow! Wieder ein Thema, das nicht erlaubt war. „Gib mir eine Sekunde, um meine Haare und mein Make-up zu richten."

Ich könnte mit meinem schlimmsten Feind verbündet sein. Aber wenigstens hatte ich etwas Neues gelernt. Wenn ich den Mörder meiner Mutter finden wollte, musste ich versuchen, bei jedem Dämon starke Reaktionen hervorzurufen. Ich musste ihre Male sehen.

Leider musste ich dabei eine *Menge* Dämonen verärgern.

KAPITEL 23

Als unser Taxi am Ishtar-Tempel ankam, wurde ein weiterer roter Teppich ausgerollt, um uns zu begrüßen.

Der Tempel befand sich nördlich des Baalsturms und südlich von Orions Wohnung. Auf beiden Seiten standen Gruppen von Dämonen, die mit ihren Handys Fotos schossen. Es war schon nach ein Uhr nachts, und ich bekam langsam den Eindruck, dass hier niemand schlief. Als ich aus dem Auto stieg, fühlte ich mich für diese Menge an Schaulustigen nicht gut genug angezogen. Aber Mortana würde sich nicht schämen, also schenkte ich allen ein selbstgefälliges Dämonengrinsen. Mit Orion an meiner Seite stolzierte ich über den roten Teppich.

Eine feuchte Meeresbrise strich durch mein Haar, und ich leckte mir das Salz von den Lippen. Der Ishtar-Tempel war jetzt eigentlich eine Bar, aber er sah immer noch wie ein Tempel aus, mit dorischen Säulen und der Schnitzerei einer schönen, geflügelten Frau, die aus dem Dach ragte.

Mit Orion stieg ich die Stufen hinauf und ging durch die hohen, offenen Türen. Dort fand ich mich in einer riesigen Halle aus goldenem Stein wieder. Dämonen in Roben und Anzügen standen auf einem Boden aus blauen und goldenen Fliesen. An den Wänden rechts und links formten Mosaike Bilder von goldenen Löwen. Direkt gegenüber von uns waren die Säulen zum Meer hin offen, und eine milde Brise wehte herein. Funkelnde

Phosphoreszenz ließ die Wellen unter dem Nachthimmel glitzern.

Ich warf einen Blick auf die Cocktailbar aus goldenem Backstein zu meiner Rechten, wo reihenweise Schnapsflaschen vor dem Spiegel standen. Gott, dieser Ort war fantastisch. Schade, dass ich nicht wirklich ein Sukkubus war.

Als ich Orion ansah, durchfuhr mich ein Schauder des Unbehagens. Aus mehreren Gründen wollte ich nicht, dass er mein Feind war. Aber so wie er auf die Frage nach dem Stern reagiert hatte, musste ich diese Möglichkeit in Betracht ziehen.

Ich beobachtete, wie er zur Bar ging und sich mit dem Barkeeper unterhielt. Ging er mir aus dem Weg?

Nach dem heutigen Tag war ich mit den Nerven völlig am Ende. Aber Mortana, mein Schatten-Ich, wollte einen Drink. Als ein Kellner ein Tablett mit sprudelnden Cocktails in Sektflöten brachte, nahm ich einen Schluck und schmeckte Gin und Zitrone heraus.

Der Raum wurde still. Ich drehte mich um und sah, wie König Cambriel eintraf, dessen goldenes Haar über einen prächtigen Samtanzug fiel. Er ging Arm in Arm mit Lydia, die eine schwarze Lederjacke über einem Seidenkleid mit Schlitzen an strategischen Stellen trug. Das Kleid gab einen kleinen Blick auf ihre Taille, ihre Rippen und einen Teil ihrer Oberschenkel frei. Sie sah verdammt cool aus.

Was *nicht* so cool war, war die Art, wie sie mich anknurrte, als ihr Blick meinen traf.

Sie wusste es nicht, aber ich war wahrscheinlich die einzige Person in dieser Bar, der es egal war, dass sie am Arm des Königs hier hereinspazierte.

Ich hatte heute Abend zwei Ziele. Das eine war, die Aufmerksamkeit des Königs zu gewinnen, damit ich seine Schwächen kennenlernen konnte. Aber das andere war mein eigenes Ziel. Konnte ich die Menge so aufrütteln, dass ich einige ihrer Dämonenmale sah? Konnte ich so viele Emotionen wecken, dass sich einige von ihnen verwandelten?

Orion hatte gesagt, dass er, der König, Lydia und Mortana über Feuermagie verfügten. Das waren drei Male, die ich sehen musste, um sie auszuschließen.

Im Moment hatte Lydia die Aufmerksamkeit des Königs. Ich ahnte, wie ich sie wütend machen und gleichzeitig die Gefühle des Königs wecken könnte. Aus den Augenwinkeln beobachtete ich, wie Lydia sich eine Champagnerflöte schnappte, sich dann zum König beugte und ihm verschwörerisch etwas zuflüsterte.

Es war an der Zeit, seine Aufmerksamkeit auf mich zu lenken, und das bedeutete, *Orions* Aufmerksamkeit auf mich zu lenken. Eifersucht würde heute Abend mein Freund sein.

Doch bevor ich Orion finden konnte, fiel mir ein weiblicher Dämon mit einem Heiligenschein aus weißen Locken ins Auge. Ihre Wangenknochen schimmerten in blassem Glitzer. Mit einem breiten Lächeln schlenderte sie zu mir herüber. „Nun, Mortana. Glückwünsche sind angebracht." Sie fasste sich an die Kehle und schluckte mit einer Grimasse. „Ich habe noch nie einen Dämon mit deinen Giftkräften getroffen. Ziemlich faszinierend. Gestank-Magie."

Ich schenkte ihr ein falsches Lächeln und zuckte mit den Schultern. „Ich habe nicht oft einen Grund, Leute zu vergiften."

„Ich bin Nama."

Ah ... die mit den Eiskräften.

Als ihr Blick über meine Schulter huschte, veränderte sich ihr Gesichtsausdruck. Sie leckte sich über die Lippen und ihre Pupillen weiteten sich. Ich warf einen kurzen Blick hinter mich, um Orion zu sehen.

Deshalb hatte sie sich an mich gewandt. Ihre grauen Augen trafen wieder auf meine und der Blick, den sie mir zuwarf, jagte einen Schauder durch meinen Körper.

„Es ist interessant zu sehen, wie schnell du den Herrn des Chaos in deinen Bann gezogen hast. Bevor du kamst, waren er und ich ziemlich gute Freunde." Sie strich sich ihr weißes Haar über die Schulter. „Ich gebe zu, wir hatten noch keine Gelegenheit, uns richtig kennenzulernen, aber ich glaube, ich gelte als eine der besten Heiratskandidatinnen für ihn."

„Ach, ja?" Ich nahm einen Schluck von meinem Cocktail und versuchte, mich in die zickige Mortana-Mentalität zu versetzen. „Und wessen Meinung ist das genau?"

Ihre Lippen wurden schmaler. „Die Meinung von vielen. Er und ich kommen beide aus reichem Hause. Weißt du, wir haben eine Menge gemeinsam. Wir lieben beide das Meer."

Mein Schatten-Ich fand sie irritierend, also hob ich mein Cocktailglas und starrte hinein. Ich schwenkte meinen Drink und schaute sie desinteressiert an. „Alle lieben das Meer. Das ist ungefähr so einzigartig, wie Sonnenlicht zu mögen. Wie kommst du darauf, dass du deshalb gut geeignet bist?"

„Er mag Gebäck, und ich bin eine ausgezeichnete Bäckerin", sagte sie scharf. „Und als ich mich in einer Seehöhle am Oberschenkel verletzt habe, hat er mich geheilt. Hör mal, Mortana, hast du zufällig viel Zeit mit Sterblichen verbracht? Du scheinst genauso stumpfsinnig und ungebildet zu sein wie sie. Irgendetwas stimmt wirklich nicht mit dir."

Ich schenkte ihr ein herablassendes Lächeln. Langsam fiel es mir gar nicht mehr so schwer, mir vorzustellen, was Mortana sagen würde. „Vielleicht bin ich unbedarft, aber ich vermute, dass du dich absichtlich am Oberschenkel verletzt hast und dann schreiend zu Orion gerannt bist, um seine Hilfe zu erbeten. Glaubst du nicht, dass er deine Verzweiflung riechen konnte?" Ich nippte an meinem Cocktail und sah zu, wie ihre Wangen rot wurden. „Verwechsle Mitleid nicht mit Zuneigung, meine Liebe."

Wow. Mortana war ein Miststück. Und es machte verdammt Spaß, sie zu sein.

Namas Augen verdunkelten sich und ihr Kiefer wurde hart. Sie beugte sich vor und flüsterte mir ins Ohr: „Du bist älter als ich, Mortana. Aber man hat mir gesagt, warum der König so weise war, die Stadt von deiner Sorte zu befreien. Sukkubi-Huren wie du haben unsere Stadt in Verruf gebracht, weil sie um Schwänze gebettelt haben, wie du es getan hast. Ekelhaft. Dreckig. Ich habe gehört, was er über dich gesagt hat. Wie du auf Händen und Knien um ihn bettelst. Du magst Orion eine Woche lang mit allen möglichen Tricks bezaubern, aber er wird schnell merken, dass du verdorben bist. Nicht besser als eine sterbliche Hure. Er wird jemand Jüngeres wollen. Sauberer. Das tun sie immer. Weißt du nicht, was mit dem Sukkubus Isebel in der Antike passiert ist?"

Ich behielt ein gelassenes Lächeln auf dem Gesicht, aber ich hatte keine Ahnung. „Natürlich."

„Vielleicht wirst du aus einem Palastfenster geworfen, von Pferden zertrampelt und dann von streunenden Hunden gefressen", zischte sie. „Genau wie Isebel."

Ah. Ich lernte jeden Tag etwas Neues.

KAPITEL 24

Ich zwang mein Gesicht dazu, ruhig zu bleiben. „Ist das eine Drohung, Nama?“

„Keiner der Dämonenmänner ist eingeschritten, um deine Art zu beschützen. Sie haben euch genommen und euch dann zum Sterben zurückgelassen. Ein Blick auf dein feuerrotes Haar und deine abstoßenden Bewegungen genügt, um zu wissen, dass du nicht zur Ehefrau taugst. Du bist nur ein einfaches, verfügbares Loch.“ Sie wich zurück und klimperte mir mit den Wimpern zu. „War nett, mit dir zu reden, Herzogin.“ Dann drehte sie sich auf dem Absatz um und ging davon.

Ihre Worte richteten sich an Mortana, aber es war genug Persönliches dabei, dass sich mein Magen trotzdem vor Wut zusammenzog.

Und als ich mich umdrehte und sah, dass sie zu Orion hinübergeschlendert war und ihn angrinste, spürte ich eine winzig kleine Glut Eifersucht aufflammen. Aber das war absurd. Orion und ich hatten keine Beziehung. Er hatte mir einen Auftrag gegeben, ich sah ihn als Verdächtigen, und das war’s. Aber als Nama ihn bewundernd ansah und leicht über seinen tätowierten Arm strich, wollte ich ihr die Augen auskratzen.

Ich schaute hinter mich und stellte fest, dass die Aufmerksamkeit des Königs ganz auf Lydia lag.

Es war an der Zeit, diesen ganzen nervigen Mist zu meinem Vorteil zu nutzen, und zwar *jetzt*.

Ich drehte mich wieder zu Orion und Nama um. Orion schaute mich an und sein Mundwinkel verzog sich zu einem halben Lächeln, als wüsste er, dass ich eifersüchtig war. Aber das konnte er auf keinen Fall spüren, also war ich wahrscheinlich paranoid.

Mit einem verführerischen Lächeln, das Mortana würdig war, winkte ich Orion zu mir.

Wenn ich behauptet hätte, dass es nicht befriedigend war, wie er Nama abwimmelte und auf mich zuging, würde ich lügen. Sie schaute mich an, als würde sie mir den Kopf abreißen wollen. Das Schlimme daran war, dass sie das wahrscheinlich auch könnte.

Orion schlenderte heran. Als er nur noch wenige Zentimeter von mir entfernt war, griff ich nach ihm und zog ihn näher an mich heran, wobei ich flüsterte: „Lass uns den König eifersüchtig machen."

„Hallo, Liebes." Sein Flüstern strich verführerisch über meine Wirbelsäule. Mein Puls begann zu rasen. „Bist du bereit, deine Hemmungen fallen zu lassen?"

Allein die Nähe zu ihm und das Gefühl, dass seine Magie über meinen Körper strömte, ließen meinen Atem stocken, auch wenn das alles nur Show war. „Ja." *Muss ... daran denken ... er ist mein Verdächtiger ...*

Orion nahm mich bei der Hand und führte mich zu einem Stuhl neben dem König. Im nächsten Moment zog er mich auf seinen Schoß. Ich spürte, dass alle Augen auf uns gerichtet waren, aber meine Aufmerksamkeit lag auf Orion. Seine exquisite Schönheit war immer noch schockierend. Seine Lider wirkten schwer, als sich seine

Augen verdunkelten. Ich spürte, wie die Röte über meine Wangen kroch.

„Deine Freundin Nama scheint zu denken, dass ich ihr etwas wegnehme, das ihr gehört“, sagte ich leise.

Seine Fingerspitzen strichen über mein Bein kurz oberhalb des Knies und Hitze schoss durch meinen Körper. „Ich gehöre niemandem.“ Mit quälender Langsamkeit wanderte seine Hand weiter meinen Oberschenkel hinauf und glitt dann unter den Saum meines Kleides, wobei seine Berührung brennend heiß wurde. Er beugte sich vor und seine Lippen streiften leicht über meine. Der Herr des Chaos hatte eine unerträgliche Fähigkeit, sich zurückzuhalten. Die Berührung seiner Lippen mit meinen ließ meine Brustspitzen in meinem seidigen BH hart werden. Seine Hand wanderte höher und zog meinen Saum mit sich. Seine Fingerspitzen strichen langsam auf meiner Haut auf und ab ...

Gott, ich wollte ihn irgendwo hinbringen, wo wir alleine sein konnten.

Er tut nur so, als ob ...

Ob er hören konnte, wie schnell mein Herz jetzt schlug? War ihm klar, dass ich komplett gelogen hatte, als ich behauptet hatte, ich fände ihn nicht attraktiv?

Seine Muskeln waren fest angespannt. Vielleicht fiel ihm die Zurückhaltung doch nicht so leicht. Ich konnte mich nicht mehr zurückhalten und presste meine Lippen auf seine. Unter dem Saum meines Kleides krallten sich seine Finger in meine Schenkel. Er erwiderte den Kuss langsam und genüsslich, wobei seine Zunge über meine strich. Als er sich von dem Kuss löste, raste mein Herz außer Kontrolle. Ich sehnte mich nach ihm. Und wenn das alles vor anderen Leuten passierte, war das nicht meine Schuld. Das war *Mortanas* Schuld. Ich spürte, dass uns jetzt alle beobachteten, doch es war mir egal.

Er bewegte seinen Mund nahe an mein Ohr. „Warum habe ich das Gefühl, dass du mehr willst?“ Sein tiefes Schnurren ließ mich mit ihm verschmelzen.

Ich spürte, wie meine Wangen heiß wurden. „Ich erfülle nur meinen Auftrag“, flüsterte ich zurück.

Die Berührungen seiner Fingerspitzen waren langsam und verführerisch und hinterließen eine Hitzespur in der Nähe meines Höschens. Ich hatte das Gefühl, dass sie etwas Ehrfurchtgebietendes an sich hatten, und mein Inneres pulsierte, weil es nach ihm verlangte. Langsam bewegte er seine Hände über mein Höschen und strich mit der Fingerspitze über die Vorderseite. Ich keuchte. Ich war mir sicher, dass er *genau* durch die Seide spüren konnte, wie erregt ich war, und ich spürte, wie meine Wangen noch röter wurden. Von ihm hörte ich ein leises Knurren. Wahrscheinlich sollte ich jetzt aufhören. Sukkubus hin oder her, ich hatte nicht vor, hier vor einer Menschenmenge mit ihm zu schlafen.

„Ich glaube, das ist genug“, flüsterte ich.

Als er seine Hand von mir wegzog, erhob ich mich von seinem Schoß. Ich spürte, wie meine Wangen und meine Brust vor Hitze erröteten, als ich mich umsah und die verurteilenden Blicke auf mir bemerkte. Nama sah aus, als wollte sie das Glas, das sie in der Hand hielt, zerbrechen.

Aber da war ihr Dämonenmal – ein byzantinisches goldenes Symbol, das von ihrer Stirn strahlte.

Mehrere weibliche Wesen starrten mich an, ihre Male lodernd. Eine hatte das Mal einer Schlange, die andere eine dreieckige Form. Es schien, dass Nama nicht die Einzige war, die es auf Orion abgesehen hatte.

Aber Lydia und der König? Die, deren Male ich eigentlich zu sehen hoffte? Sie blieben geheim.

Ich war noch dabei, zu Atem zu kommen, als ich den Blick des Königs auffing. Ich hatte bekommen, was ich wollte – seine Aufmerksamkeit.

Er kam schnell zu mir herüber. Seine Augen waren dunkel wie die Nacht, sein blasses Haar hing über seinem Samtanzug. Sein Kiefer war fest verschlossen und er drückte mich mit dem Rücken an eine Säule. Er presste seine Hände an beiden Seiten gegen meinen Kopf. Sein Scheitel schimmerte im Licht der Bar.

Mein Herz setzte einen Schlag aus. Ich hatte *definitiv* seine Aufmerksamkeit erregt.

Seine Haltung war besitzergreifend und beherrschend. Und da ich ein uralter und mächtiger Dämon sein sollte, konnte ich nicht davor zurückschrecken.

„Ich hoffe, dass dir deine neue Unterkunft im Asmodean Bezirk gefallen wird. Ich habe meine sterblichen Diener Tag und Nacht arbeiten lassen, um sie in einen guten Zustand zu bringen. Auch meine besten Magier haben daran gearbeitet. Ich kann dir *alles* geben, was du dir wünschst."

Ich lächelte heiter. „Ich hatte noch keine Gelegenheit, mein neues Heim zu sehen. Ich war bisher nur bei Orion."

Seine Muskeln spannten sich sichtlich an. „Warum mit einem Herzog zusammen sein, wenn du mit einem König zusammen sein kannst?" Er klang fast flehend. Es machte ihn wahnsinnig. „Ich verstehe das nicht."

Ich schaute in seine gemeißelten Züge. „Ich könnte mit einem König zusammen sein?“

„Erinnerst du dich nicht mehr daran, als du mit meinem Vater zusammen warst?“, sagte er mit zusammengebissenen Zähnen. „Weißt du nicht mehr, wie sehr ich dich wollte?“

Ja, *natürlich*. Aus Eifersucht wollte der kleine Prinz, was sein Vater hatte. Die Sukkubus-Geliebte.

„Wolltest du das?“, fragte ich mit einem Lächeln. „Es scheint so lange her zu sein. Es ist nur so, dass ich Orion mehr wahrnehme. Er schenkt mir so viel Aufmerksamkeit. Er erzählt mir alles über sich. Du hast mir nicht wirklich etwas über dich erzählt. Es ist schwer für mich, jemanden zu begehren, wenn ich nicht weiß, was ihn verletzlich macht.“

Über seine Schulter konnte ich Lydias wütendes Gesicht sehen. Leider kam ihr Mal aber nicht zu Tage.

„Morgen“, antwortete er. „Ich gebe eine Party in meiner Penthouse-Suite im Turm von Baal. Du musst dort sein. Ich akzeptiere kein Nein als Antwort. Komm allein. Es gibt keinen Grund, den Herzog mitzubringen.“

Aber der Herzog war paradoxerweise der Schlüssel zu seiner Zuneigung. Meine ganze Macht über den König hing von seiner Eifersucht ab.

„Ich würde gern mitkommen, aber Orion wird mich begleiten. Und wer weiß, vielleicht können du und ich uns zurückziehen, um ein wenig unter vier Augen zu plaudern.“

Er nickte knapp und ließ dann die Hände sinken. So wie er mich ansah, hatte ich das Gefühl, dass er nicht oft ein „Nein“ hörte.

„Gut. Bring den Herzog mit“, murmelte er. „Er ist keine Bedrohung für mich.“

Gute Nachrichten für Orions Spionagemission: Der König war kein besonders guter Lügner.

KAPITEL 25

Es dämmerte schon fast, als wir mein neues Zuhause im Asmodean Bezirk erreichten. Orion und ich stiegen in ein Taxi, ohne ein einziges Wort über unseren öffentlichen Kuss zu verlieren. Ich erzählte ihm nur, dass wir für den nächsten Abend Partypläne hatten, und er schien sich über meine Fortschritte zu freuen.

Als wir bei meinem neuen Haus ankamen, öffnete mir ein Mann in schwarzem Anzug und Hut die Taxitür. Ein zweiter Pförtner öffnete die Eingangstür des Gebäudes und führte uns in eine Halle mit hellblauen und goldenen Fliesen. Hoch oben über uns zogen sich Bögen aus einem blassen, butterigen Stein. Geschwungene Treppen führten hinauf zu einem Zwischengeschoss.

In der Mitte war die Decke mit dem Bild einer nackten Frau bemalt, um deren Körper sich eine Schlange wickelte. Lilith. Während der größte Teil der Halle glänzte und durch Magie restauriert worden war, war die Decke im Laufe der Zeit verblasst und abgeplatzt.

Zu meiner Überraschung starrte Orion lange Zeit auf das Fresko. Normalerweise wirkte er von diesen Dingen nur gelangweilt, aber entweder die nackte Frau oder die Schlange hatten seine Aufmerksamkeit geweckt. Tatsächlich spürte ich, wie er sich ein wenig bewegte und die Schatten um ihn herum in die Luft bluteten.

Während er Lilith studierte, ging ich auf die andere Seite der Halle, wo sich Bögen zu einem Hof mit einem riesigen Becken öffneten. Jenseits des Beckens konnte ich durch eine Reihe von Säulen den Fluss sehen, dessen dunkles Wasser in einem Hauch von Morgenlicht glitzerte. Und auf der anderen Seite des Flusses lag die elysische Wildnis. Ich zitterte und wollte mich nicht an die Stunde erinnern, die ich dort um mein Leben gekämpft hatte.

Orion hatte gesagt, die Puritaner hätten die Natur für gefährlich und feindselig gehalten. In diesem Moment konnte ich sie gut nachvollziehen. Ich verstand, warum der Teufel ihnen eine Heidenangst einjagte. Die ursprüngliche Kraft der Dämonen, ihre bestialische Seite – sie war erschreckend.

„Du brauchst Schlaf." Orions tiefe Stimme riss mich aus meinen Sorgen.

„Das kann ich nicht bestreiten." Mein Körper war zu diesem Zeitpunkt erschöpft und ich brauchte dringend Ruhe. Ich folgte Orion eine Treppe hinauf und wir blieben vor einer Tür stehen, die früher einmal tief kastanienbraun gestrichen gewesen war und deren Farbe mit der Zeit verblasst war. Er steckte einen Hauptschlüssel in das Schloss, öffnete die Tür, reichte mir den Schlüssel und schaltete das Licht ein. Ich ertappte mich dabei, wie ich den Schlüssel in meiner Handfläche anstarrte und dann seine Form nachzeichnete.

Ich besaß auch so einen Schlüssel. Er war eines der wenigen Dinge, die ich immer bei mir gehabt hatte, bis zu der Nacht, in der Orion mich entführt hatte. Mein Herz raste, als ich den Schlüssel anstarrte, dann schob ich ihn in meine Tasche und folgte Orion.

Die Mauern waren aus Stein wie bei einer mittelalterlichen Burg, nur dass sie glatt und glänzend waren. Riesige Fenster gaben den Blick auf den Pool frei, dessen Wasser ein wenig pfirsichfarben zu glitzern begann, als die ersten Sonnenstrahlen den Himmel golden färbten. Eine Treppe führte zu einem Dachboden, auf dem sich wohl das Bett befand. Von der Decke hing ein Kronleuchter, ein Kreis aus Holz, der aussah, als hätte er früher Kerzen getragen, jetzt aber mit elektrischem Licht ausgestattet war.

„Der König muss diesen Ort heute verkabelt haben", sagte Orion. „Er versucht verzweifelt, dich zu beeindrucken, glaube ich."

„Er hat mir erzählt, dass er hinter Mortana her war, als sie mit seinem Vater zusammen war." Meine Lippen kräuselte sich. „Er hat wirklich einen Ödipus-Komplex."

„Natürlich wollte er die Geliebte seines Vaters." Orion ging zu einem offenen Torbogen und spähte hinein. „Er hat alles modern gemacht. *Geradezu lächerlich*. Er hat eine Cappuccino-Maschine in die Küche gestellt, und nicht einmal ich habe so eine. Ich frage mich, ob ich den König jetzt verführen muss."

Ich ging zur Treppe und drehte mich dann zu ihm um. „Bleibst du hier? Du hast doch gesagt, ich könnte in Gefahr sein."

Belustigung glänzte in seinen blassen Augen, und er ließ sich auf eines der Ledersofas fallen. Er breitete die Arme über die Rückenlehne aus, und ich hatte das Gefühl, dass er sich bewusst war, wie heiß er aussah. „Ich werde hier sein."

Irgendwie ließ er diesen Satz wie eine unanständige Einladung klingen.

„Der Kuss in der Bar war natürlich nur zur Show.“ Warum hatte ich das gesagt? Ich klang verzweifelt defensiv.

„Natürlich. Ich bin froh, dass wir uns einig sind.“ Ein Lächeln umspielte seine Lippen. „Geh schlafen, Rowan. Ich werde hier sein.“

Selbst als die Sonne durch die gewölbten Fenster in den Raum fiel, schlief ich weiter in dem weichsten Bett, das ich je berührt hatte. Als ich schließlich aufwachte, stand die Nachmittagssonne schon hoch am Himmel. Ich hatte in meiner Unterwäsche geschlafen und die Laken fühlten sich seidig auf meiner nackten Haut an.

Ich setzte mich auf, rieb mir die Augen und nahm den sonnendurchfluteten Raum um mich herum in Augenschein. Das Loft über der Suite bestand aus einem großen Schlafzimmer mit einem Geländer auf der einen Seite und einem Marmorbad mit Badewanne auf der anderen Seite. Ich erhob mich vom Bett und ging zum Bad, um mir Wasser ins Gesicht zu spritzen. In Gedanken versuchte ich, mich neu zu orientieren. Nacht und Tag schienen hier durcheinander zu sein.

Ich zog meine Unterwäsche aus und stellte die Dusche an. Dampf waberte über die Kacheln, und ich nahm die Seife und wusch mich.

Mein Puls raste, wenn ich daran dachte, wie Orions Lippen über meine gestrichen waren. Wenn ich daran dachte, wie er ohne sein Hemd aussehen würde ...

Ich wollte ihn unbedingt hier bei mir haben.

Alles an ihm lenkte mich ab. Ich drehte die Temperatur der Dusche herunter, bis ein kalter Wasserstrahl meinen Kopf klärte und meine Sinne schärfte.

Heute Abend sollte ich zu einer Party im Penthouse des Königs gehen. Ich war *ziemlich* zufrieden damit, wie gut es mir gelungen war, die Aufmerksamkeit des Königs zu gewinnen. Aber was, wenn ich seine Schwäche erfahren würde, bevor ich den Mord an meiner Mutter aufgeklärt hatte? Ich hatte noch keinen einzigen Stern gesehen, und ich würde eine Weile hierbleiben müssen, um den Mörder zu finden.

Könnte ich Orion einfach anlügen, bis ich bekam, was ich brauchte?

Verdammt! Nein. Nicht wenn er Shais Leben bedrohte.

Gänsehaut überzog jeden Zentimeter meines Körpers in der eiskalten Dusche. Mit klappernden Zähnen schaltete ich die Dusche aus.

Ich schnappte mir ein Handtuch und begann mich abzutrocknen, nur um mich daran zu erinnern, dass ich oben keine sauberen Klamotten hatte.

Fröstelnd ging ich auf den Balkon. Als ich über den Rand spähte, sah ich, dass jemand alle meine neuen Kleider aus Orions Wohnung geliefert hatte.

Ich schlang das Handtuch um mich und ging die Treppe hinunter. Ein Klopfen hallte im Zimmer wider und ich beobachtete, wie Orion die Tür öffnete.

Was ich nicht erwartet hatte – und was ich wirklich nicht sehen *wollte* – war Nama, die mit einem Korb voller frischer Backwaren in den Raum schlenderte.

Sie war gekommen, um sich mit Croissants vor ihm zu beweisen.

KAPITEL 26

Ihr helles Haar fiel in Kaskaden über ein dünnes weißes Kleid. Einerseits sah es aus wie ein unschuldiges Sommerkleid. Andererseits glaube ich nicht, dass es ein Zufall war, dass der Stoff im Licht der Nachmittagssonne fast durchsichtig wurde. Ich konnte die Form ihrer Brüste durch den Stoff hindurch sehen, die Brustspitzen standen stramm, und durch den Winkel, in dem das Licht auf die Türöffnung fiel, leuchtete sie förmlich.

Sie warf mir einen Todesblick zu, dann lächelte sie Orion wieder an. „Ich wollte dir im Leviathan Hotel ein paar Schokocroissants bringen, aber dort hat man mir gesagt, dass du hier bist. Ich muss sagen, ich fand das ein bisschen schockierend. Ich wollte sichergehen, dass dir nichts passiert ist, bei dem, was wir über ihre Art wissen."

Mit hoch erhobenem Kinn, stolz wie ein Dämon, stieg ich die Treppe hinunter. „Wie du sehen kannst, geht es ihm gut."

Orion schnappte sich eines der Croissants und ließ sich auf einen Stuhl zurückfallen. Er begegnete meinem Blick und schenkte mir ein verruchtes Lächeln, wobei seine Augen funkelten. „Sie hat keine Spuren hinterlassen, die für immer bleiben werden."

Ich biss mir auf die Lippe und beobachtete Namas Reaktion. Ihr Dämonenmal leuchtete auf ihrer Stirn. Wenn alle Dämonen so leicht zu provozieren wären, würde ich den Mörder im Handumdrehen finden.

Ich umklammerte mein Handtuch mit einer Hand und nahm mir ein warmes Croissant aus dem Korb. „Danke für das Frühstück. Du kannst jetzt gehen." Ahhh ... mein Es war ein verdammtes Miststück, aber definitiv lustig. „Du kannst gern morgen früh wieder vorbeikommen, Nama. Vielleicht haben wir dann wieder Appetit."

Das Mal loderte auf ihrer Haut. Sie presste ihre Lippen zu einem schmalen Strich zusammen und drehte sich um. Doch bevor sie ging, fuhr sie wieder herum und packte mich fest im Nacken. Ich ließ mein Handtuch fallen, als sie mich dicht an ihre Lippen zog und flüsterte: „Mit dir stimmt etwas nicht. Nicht nur, dass du eine Hure bist. Ich habe dich im Wald gesehen, in diesem seltsamen Anzug. Ich habe diesen fauligen Geruch gerochen. Du hast nach Tierpisse gestunken. Niemand glaubt mir, weil sie denken, dass ich verrückt bin, aber ich habe vor, herauszufinden, was für ein Spiel du spielst."

„Nimm deine Hände von ihr, Nama", knurrte Orion von hinten.

Sie ließ meinen Hals los und zischte mich an. Ein richtiges Zischen, wie von einer Schlange.

Röte kroch mir über die Wangen und ich hob verkrampft mein Handtuch vom Boden auf. Ich wusste nicht, was mir mehr Angst machte: die Tatsache, dass ich vor diesen beiden Dämonen völlig entblößt war, oder die Tatsache, dass Nama wissen könnte, dass ich sterblich war.

Die Tür schlug hinter ihr zu und ich wickelte das Handtuch eilig um mich. Als ich mich zu Orion umdrehte, spürte ich, dass meine Wangen rot waren.

Er sah verdammt erfreut aus. Unendlich amüsiert.

„Was?“, schnauzte ich.

Er zuckte nur mit den Schultern. „Das war ein wunderschöner Anblick, den ich gern wiedersehen würde. Das ist alles.“

Ich biss die Zähne zusammen. „Wir haben ein Problem.“

„Das haben wir“, stimmte er zu und sein Lächeln verblasste. „Sie beobachtet dich zu genau, weil sie sich bedroht fühlt. Aber ich glaube nicht, dass du dir wegen ihr Sorgen machen musst. Jeder weiß, dass sie aus dem Gleichgewicht geraten ist. Sie hat nie gelernt, ihre Gefühle zu kontrollieren.“ Sein Blick verweilte auf meinen nackten Schultern. „Ohne das Handtuch hast du mir besser gefallen.“

„Kannst du dich umdrehen, damit ich mich anziehen kann?“, fragte ich.

Mit einem Seufzer drehte er sich in die andere Richtung. „Wenn wir heute Abend im Penthouse des Königs sind, möchte er dich vielleicht allein sehen, aber ich möchte in deiner Nähe bleiben. Wie du vielleicht schon gemerkt hast, kann der König gefährlich sein.“

Als Orion mir den Rücken zuwandte, ließ ich das Handtuch auf den Boden fallen. Als es auf den Fliesen aufschlug, hörte ich ein leises Knurren in seiner Brust, fast unmerklich. Er wollte mich.

Was müsste ich tun, damit *sein* dämonisches Mal zum Vorschein kam?

Splitternackt ging ich zu den Kleidersäcken auf dem Sofa und schaute ihn dann von hinten an. „Was soll ich anziehen? Den schwarzen Slip oder den weißen mit den Bändern und Strapsen?“

Ein scharfes Einatmen.

„Reines Schwarz." Seine Stimme klang tief und heiser. Die Hand an seiner Seite war jetzt zu einer Faust geballt.

„Du bleibst heute Abend bei mir auf der Party", sagte ich und schlüpfte in die durchsichtige schwarze Unterwäsche. „Also *bist* du mein Beschützer." Ich zog mir das Höschen über die Hüften, dann griff ich nach dem passenden BH. „Solange ich dich nicht verrate oder irgendetwas versaue, denn dann würdest du meine beste Freundin ermorden."

„Das ist eine gute Zusammenfassung."

Ich suchte wieder in den Taschen, bis ich ein rotes, seidiges Sommerkleid fand. Ich zog es an. Es reichte mir bis zu den Oberschenkeln, knapp unter den Po. „Du kannst dich jetzt umdrehen."

Als er sich umdrehte, schimmerten seine tiefgrauen Augen wie Sterne, aber zum ersten Mal sah ich so etwas wie Traurigkeit in ihnen. „Du siehst ihr wirklich so ähnlich. Das ist beunruhigend."

„Nun, ich bin nicht sie." Seltsamerweise schien das nicht ganz zu stimmen. Gestern Abend hatte ich so leicht in ihre Rolle schlüpfen können, dass sie sich wie ein Teil von mir angefühlt hatte. Und schlimmer noch, ich war gern sie. Es war seltsam befreiend. „Du hast aber noch nichts über dich selbst verraten. Du hast mir nicht gesagt, was Mortana getan hat oder warum du so verzweifelt auf Rache aus bist."

Stille breitete sich zwischen uns aus. Schließlich sagte er: „Mortana hatte etwas mit dem Tod meiner Mutter zu tun. Als sie starb, schwor ich einen Blutschwur, dass ich Mortana umbringe, wenn ich sie wiederfinden würde."

Etwas Scharfes durchbohrte mein Herz. Er und ich hatten viel mehr gemeinsam, als ich erwartet hatte.

„Und ihre nahen Blutsverwandten", fügte er hinzu. „Um ihre Familienlinie für immer auszulöschen. Ich glaube aber, dass alle in ihrer Familie bereits tot sind außer ihr."

Panik durchzuckte meine Brust. „Ich sehe *genauso* aus wie sie. Bist du sicher, dass ich nicht von ihr abstamme?"

Er seufzte. „Wenn du sterblich bist, bist du nicht ihr Nachkomme. Wir bringen keine sterblichen Nachkommen hervor. Wir pflanzen uns kaum fort, deshalb ist es unwahrscheinlich, dass es eine Familienlinie gibt, die man zerstören könnte. Sie hat alle ihre eigenen Verwandten getötet, als sie König Nergal bei den Lilu-Säuberungen geholfen hat."

Meine Brust entspannte sich ein wenig. „Es tut mir leid, was mit deiner Mutter passiert ist."

Er runzelte die Stirn. „Nun, es war nicht deine Schuld. Du bist nicht Mortana."

„Nein, das ist nur etwas, was Sterbliche sagen." Ich holte tief Luft. „Jemand hat auch meine Mutter getötet." Kaum waren die Worte aus meinem Mund, war ich überrascht, dass ich sie ausgesprochen hatte.

„Ah." Er legte den Kopf schief und wurde ganz still. „Das ist es, was du mir nicht gesagt hast. Deine Mutter wurde ermordet."

„Jemand hat sie in den Osborne-Wäldern verbrannt. Ich war dort ..." Meine Brust wurde eng und das Atmen fiel mir schwer. „Ich war bei ihr, aber an das meiste erinnere ich mich nicht mehr. Nur an den Geruch von verbranntem Fleisch und ..." Die Emotionen schnürten mir die Kehle zu und ich brach ab. Ich sollte nicht so viel vor einem meiner Verdächtigen preisgeben. So viel dazu, eine verdeckte Ermittlerin zu sein.

Er wischte eine Träne von meiner Wange. „Was?“

„Ein paar Gedanken, die ein bisschen zu dunkel sind, als dass andere sie hören sollten“, sagte ich.

„Nichts ist zu dunkel für mich.“ Seine Augen waren von einem endlosen Blau. „Ich denke, du wirst feststellen, dass ich in dieser Hinsicht keine Grenzen kenne.“

Die Schuldgefühle fraßen mich von innen heraus auf. „Okay, dann habe ich eine Frage an dich. Warum bin ich noch am Leben, obwohl sie verbrannt ist? Warum bin ich einfach weggelaufen?“

Seine Augen verdunkelten sich zu Schatten. „Wir sind gezwungen, uns am Leben zu erhalten. Das ist das Gesetz der Natur. Und als deine Mutter war sie gezwungen, dich am Leben zu erhalten. Auch das ist ein Naturgesetz.“

„Du fühlst dich also nicht schuldig, weil du überlebt hast, obwohl deine Mutter gestorben ist?“

Die Luft um uns herum wurde immer heißer, fast sengend. „Das habe ich nicht gesagt.“ Seine Stimme war kaum mehr als ein Flüstern.

Ich nickte. „Deshalb willst du dich auch so verzweifelt rächen. Stimmt’s? Um es wiedergutzumachen.“

„Oder vielleicht treibt mich meine Wut an, weil sie alles ist, was ich habe. Sie definiert mich und brennt die Schuld weg. In mir ist nichts anderes übrig als Zorn.“

Ich hatte das Gefühl, meine Brust würde aufbrechen. Würde ich in meinem Hunger nach Rache so werden wie er? „Fühlst du dich für irgendetwas schuldig?“, wagte ich zu fragen. „Oder hast du einen Weg gefunden, das abzustellen?"

Die Schatten um Orion verdunkelten sich. „Ich habe es dir gesagt." Die verführerische Stimme hatte einen schroffen Unterton. „Außer dem Wunsch nach Rache empfinde ich fast gar nichts."

Mein Puls beschleunigte sich, als ich spürte, dass sich etwas um mich herum veränderte. Wenn Psychologen nach Anzeichen für Lügen bei Sterblichen suchten, prüften sie, ob sie Angst hatten. Die meisten Menschen – die keine Psychopathen waren – wurden beim Lügen nervös. Deshalb zeigten Lügendetektoren erhöhte Herzfrequenzen an. Wer log, zappelte herum oder schaute weg.

Dämonen zeigten ihre Gefühle nicht auf dieselbe Weise. Sie zappelten nicht und senkten nicht den Blick. Aber sie konnten sich verwandeln, und ihre Körper schienen die Luft um sie herum zu verändern, sie wärmer oder kälter zu machen.

Ich war näher gekommen, nur noch wenige Zentimeter von ihm entfernt. „Ich bin mir nicht sicher, ob ich dir glaube. Aber ich denke, du solltest wissen, dass es etwas gibt, wofür ich mich rächen möchte. Wenn du Shai auch nur ein Haar krümmst, werde ich einen Weg finden, dich zu töten."

Dämonische Stille, Augen dunkel wie die Nacht.

Er ist nicht mein Beschützer. Nicht wirklich.

Ein dunkles Glucksen. „Glaubst du immer noch, dass es klug ist, mir zu drohen? So zerbrechlich wie du bist?"

„Du vergisst, Orion, dass ich die Prüfung ganz allein bestanden habe. So leicht lasse ich mich nicht unterkriegen." Ich sagte diesen Satz viel mutiger, als ich mich tatsächlich fühlte.

Ein dunkles Lächeln kräuselte seine Lippen. „Nein, ich glaube nicht, dass du das tust. Ich nehme an, ich spüre doch noch etwas anderes als den Wunsch nach Rache, und das ist eine Überraschung."

War das fast ein Kompliment von Orion?

Aber seine Augen waren immer noch dunkel wie die Nacht, als er begann, sich zu verändern. Die schwarzen Augen eines Dämons vermittelten den Sterblichen eine Botschaft: *Wenn du schlau wärst, würdest du weglaufen.*

Und vielleicht war das etwas, das ich in der Nähe dieses Raubtiers im Hinterkopf behalten sollte. „Kann ich ein paar Stunden für mich haben? Ich muss meinen Kopf frei bekommen." *Und du machst das sehr schwierig.*

KAPITEL 27

Mit einer Margarita in der Hand tauchte ich meine Beine in den Pool vor meinem Zimmer. Da ich den größten Teil des Tages verschlafen hatte, breitete die Dämmerung bereits ihren korallenroten Mantel über den Himmel aus und die Schatten wurden länger. Die untergehende Sonne tauchte die goldenen Steine in blutrotes Licht und ließ den Fluss Acheron orange schimmern. Am anderen Ufer sammelten sich die Schatten in der Wildnis.

Wie gewünscht, hatte Orion mich allein gelassen und seine Nummer auf mein neues Handy gespeichert. Wenn Nama oder Lydia oder irgendjemand anderes auftauchte und Ärger wollte, sollte ich *Stern Sieben* drücken und mein Beschützer würde in einem Wirbel aus Schatten erscheinen.

Außerdem hatten der Portier und die sterblichen Diener sich um mich gekümmert, indem sie mir einen Krug Margaritas und vegane Tacos brachten. Und das Wichtigste: Shai war auf dem Weg zu mir, um mit mir im Pool zu schwimmen.

Es wäre *mein* Pool, wenn ich hier nicht wegmüsste und wenn Shais Leben nicht in Gefahr wäre. Dieser Ort war auf eine Weise berauschend, dass ich mich fragte, ob ich hier den Verstand verlieren würde. Ich wollte meine Klauen in dieser Stadt versenken. Ich wollte sie erobern.

Als ich an Nama dachte, stieg in mir ein Gefühl von Konkurrenzdenken auf.

Ich hatte den wahnsinnigen Drang, meinen Anspruch auf diese Stadt zu erheben – und zwar dauerhaft. Ich wollte *tatsächlich* die Dämonenherzogin sein, die den Asmodean Bezirk wieder zum Leben erweckte. Die Inkubi und Sukkubi hatten ihr Schicksal nicht verdient. Wer auch immer Isebel war, die Frau hatte es wahrscheinlich auch nicht verdient, aus ihrem Palastfenster geworfen und von Hunden gefressen zu werden. Ich wollte hier meine Wurzeln als Sukkubus schlagen, nur um den anderen Mistkerlen voller Vorurteilen eins auszuwischen.

Offensichtlich hatten mich die berauschenden Kräfte dieser Stadt in den Wahnsinn getrieben, denn nichts von alledem konnte passieren. Ich hatte hier nur sehr wenig Zeit.

Und warum begann ich mich um das Schicksal der Lilu zu sorgen? Ich nippte an meinem herben Cocktail und ließ den Geschmack der Limette über meine Zunge rollen.

Zum einen dachten die Leute, ich wäre eine Lilu, also fing ich an, mich auch so zu fühlen. Eine Verhaltensbestätigung. Zum anderen war es einfach die Ungerechtigkeit des Ganzen. Es schien, als ob die Lilu wegen der rasenden Eifersucht und Unsicherheit der anderen ermordet worden waren.

„Mortana!“ Shai winkte mir zu, als sie durch einen der Bogengänge kam. Sie trug ein gelbes Sonnenkleid und ihr Haar war zu einem Lockenkranz gebunden. „Nette Location.“

Ich grinste sie an. „Komm mit mir in den Pool.“

„Solange ich Tacos im Pool essen kann."

„Natürlich." Ich zeigte auf ihre Margarita, die am Rand des Pools stand. „Und du hast einen Drink."

Shai zog ihr Kleid aus, enthüllte einen knallroten Badeanzug und schlüpfte ins Wasser.

In der City of Thorns schien es, als ob das Wetter ständig tropisch wäre. Ein weiterer Grund, warum es großartig wäre, hier meine Wurzeln zu schlagen.

Ich stieß einen langen Seufzer aus.

„Was? Warum hörst du dich so an, als ob du dieses Paradies nicht genießen würdest?" Shai nahm einen Bissen von ihrem Taco.

„Ich habe ein schlechtes Gewissen, dass ich dich da mitreingezogen habe."

„Mich in was reingezogen? Tacos und Margaritas in einem Pool? Es ist nicht deine Schuld, dass du aussiehst wie ein Sukkubus."

„Ich weiß", flüsterte ich. „Aber wenn ich irgendetwas vermassle, sagt Orion, dass er dich umbringen wird. Dein Leben ist in Gefahr, Shai."

Sie schnaubte. „Hältst du mich für eine Idiotin? Ich habe ihn einen Bluteid schwören lassen, mich zu beschützen."

Ich starrte sie an. Ich hatte nie daran gedacht, ihm einfach so Versprechen zu entlocken. „Warte, *was*?"

Sie nahm einen Schluck von ihrer Margarita. „Es geht nur um Druckmittel, Schatz. Meine Mutter hat mir das während der Scheidung beigebracht. Du findest heraus, was sie wollen, und drohst damit, es zu zerstören, wenn sie deine Bedingungen nicht erfüllen."

Mir fiel die Kinnlade herunter. Ihr Leben war also nicht in Gefahr ... „Entschuldige, was hast du gedroht zu zerstören?“

Sie blinzelte in die Sonne. „Versteh mich nicht falsch, aber ich wusste, dass er dich für seinen Plan braucht. Also habe ich gedroht, dich loszuwerden, wenn er nicht zustimmt.“ Noch ein Bissen vom Taco.

„*Was*?“ Shai war einmal sauer auf mich gewesen, weil ich eine Ameise getötet hatte. „Du hast gedroht, mich zu töten? Du bist Veganerin!“

„Nun, das weiß er ja nicht“, flüsterte sie. „Und du redest immer von Psychopathen. Ich habe das Gefühl, ich habe ein paar Dinge von dir gelernt. Ich weiß, du hast gesagt, dass Psychopathen nicht nervös werden, aber ich glaube, das ist ihm auch nicht klar. Denn meine Handflächen haben geschwitzt wie sonst was und mein Herz hat geschlagen, als würde es mir aus der Brust springen wollen. Aber ich habe meine Stimme ganz ruhig gehalten und es hat funktioniert.“ Sie lächelte mich an. „Ich habe mich wirklich beängstigend angehört, glaube ich.“

„Was hast du gesagt?“

Sie zuckte mit den Schultern. „Ich habe mal eine Serie über einen Psychopathen gesehen, der seine Mutter ermordet hat, indem er ihr den Kopf abschlagen hat. Also habe ich gesagt, wenn er nicht tut, was ich will, schlage ich dir den Kopf ab.“

„Woher weiß er, dass du mich jetzt nicht umbringen wirst?“

Sie winkte mit der Hand. „Es war das totale Theater. Er hat mich im Gegenzug dafür einen Blutschwur leisten lassen, dich nicht zu verletzen und niemandem zu sagen, was du wirklich bist. Er hatte das Gefühl, dass er damit ein gutes Geschäft gemacht hat. Da ich nicht vorhabe, jemanden zu ermorden, habe ich in meinem Leben noch nie einen so guten Deal gemacht. Ich habe meine Studiengebühren bezahlt und eine viel bessere Wohnung bekommen als die, die ich vorher hatte. Und er muss für meine Sicherheit sorgen. Und ich habe eine wirklich tolle Cappuccinomaschine bekommen. Das ist alles sehr gut für mich gelaufen. Du brauchst dich wirklich nicht schlecht zu fühlen."

„Verdammt, Shai. Davon hat er mir nie etwas erzählt."

Sie zuckte mit den Schultern. „Natürlich hat er das nicht. Ich bin sein Druckmittel. Er kann dich dazu bringen, zu tun, was er will, solange du denkst, dass mein Leben in Gefahr ist. Er hätte mich bitten sollen, während des Blutschwurs zu schweigen, aber du bist ins Zimmer gekommen und hast ihn unterbrochen, und dann war er wohl ein wenig abgelenkt."

Ich biss mir auf die Lippe. „Nun, das ist sehr … interessant. Ich kann also so lange hierbleiben, wie ich will."

Sie sah mich stirnrunzelnd an. „Ich bin mir nicht sicher, ob mir dein Gesichtsausdruck gefällt. Was heckst du jetzt wieder aus?"

„Ich will nicht gehen."

Sie schüttelte den Kopf. „Aber du kannst diese Lüge nicht ewig aufrechterhalten, oder? Was würde passieren, wenn der König herausfindet, dass du lügst?"

Ich räusperte mich. „Nun, das *ist* ein kleiner Haken in meinem Plan."

„Nein, wirklich – was passiert, wenn der König erfährt, dass du lügst? Dämonenkerker?"

„Feuergrube."

Ihre Augen weiteten sich. „Verdammt, Rowan. Es ist total offensichtlich, dass du nicht bleiben kannst!“

Ich hob einen Finger an meine Lippen. Sie durfte meinen richtigen Namen nicht so laut sagen.

Sie hatte recht, aber ich glaubte, ich hatte so viel Angst vor der Feuergrube, dass mein Gehirn sich weigerte, sie als echte Möglichkeit in Betracht zu ziehen. Ich befand mich in einer Art fortgeschrittenem Stadium der Verleugnung. „Aber was ist, wenn ich die Täuschung aufrechterhalten kann? Orion wird mich beschützen, bis ich die Informationen gefunden habe, die er will.“

Sie stützte sich mit den Ellbogen auf dem Beckenrand ab. „Ich meine, ich kann verstehen, warum du hierbleiben willst. Du lebst wie eine Königin, und das hier ist der Himmel. Aber ist es wirklich das Risiko einer *Feuergrube* wert?“

„Es geht nicht nur um den Pool und den Luxus. Shai – ich bin mir fast sicher, dass ein Dämon meine Mutter getötet hat. Einer mit Feuermagie. Und ich will herausfinden, wer es war.“ Den Teil über die Rache für die Lilu und das Gefühl, dass mein Schattenselbst immer mächtiger wurde, ließ ich weg, weil sie sonst denken würde, ich hätte den Verstand verloren.

Sie runzelte die Stirn. Ihre dunklen Augen durchbohrten mich. „Ich kann die Verlockung verstehen. Aber was dann? Was bringt es dir?“

„Ich will die Wahrheit wissen.“ Und ich wollte den Mistkerl vielleicht umbringen.

„Hast du schon etwas herausgefunden?“

Ich holte tief Luft. „Ich habe eine kurze Liste von Verdächtigen. Orion ist einer von ihnen.“

Ihre Augen weiteten sich. „Verdammt. Warum sollte er deine Mutter getötet haben?“

Ich schüttelte den Kopf. „Ich weiß nicht, warum *irgendjemand* das tun sollte. Ich weiß nur zwei Dinge – ich glaube, es war jemand mit Feuermagie, und ich glaube, es war jemand mit einem Dämonenmal in Form eines Sterns. Du weißt schon, diese glänzenden Dinger auf der Stirn?“

„Ich habe einmal eines gesehen. Keinen Stern.“

„Ich habe dieses besondere Mal auch noch nicht gesehen, aber ich suche weiter. Das ist alles, woran ich mich aus dieser Nacht erinnere. Und Orion ist einer von nur einer Handvoll Dämonen mit Feuermagie – neben Lydia, dem König und Mortana selbst. Orion sagt, das Sternmal bedeutet, dass derjenige dazu bestimmt ist, der von Luzifer gesegnete Dämonenanführer zu sein. Ich vermute also, dass der König der Hauptverdächtige ist. Aber niemand weiß, wie das Mal des Königs aussieht, also bin ich mir nicht sicher.“

Shai rührte ihr Getränk mit ihrem Strohhalm um. „Wenn du den Mörder finden willst, musst du vielleicht mehr über deine Mutter erfahren, anstatt mehr über Dämonen zu lernen. Was war ihre Verbindung zu dieser Welt?“

„Ich habe nach ihrem Tod alle ihre Sachen durchsucht und nach Hinweisen gesucht. Ich konnte nichts finden.“ Ich schloss meine Augen und ging meine Erinnerungen durch, bis mir etwas in den Sinn kam – etwas, das ich vor kurzem gesehen hatte. „Außer einem Schlüssel.“ Ich riss die Augen auf. „Es war ein Hauptschlüssel, wie die, die sie hier benutzen. Wie der, den Orion benutzt hat, um meine Haustür aufzuschließen. Ich habe ihn in einer

Schublade versteckt gefunden, aber ich wusste nie, wozu der Schlüssel gehört."

„Hast du ihn noch?", fragte sie.

Ich nickte. „Sie hat nicht viel zurückgelassen. Nur den Schlüssel, ein paar Klamotten, alte Bücher und genug Geld für ein paar Monatsmieten. Also habe ich den Schlüssel behalten." Als die Dunkelheit hereinbrach, war es schwer, keine Traurigkeit zu empfinden. Mom hatte ein ganzes Leben gehabt, von dem sie mir nie erzählt hatte.

„Ich kann in die Stadt hinein und aus ihr heraus", sagte Shai. „Ich kann mir den Schlüssel schnappen. Wenn du herausfinden kannst, wo er hingehört, wäre das vielleicht ein Hinweis."

Ich lächelte sie an. „Danke, Shai."

Sie schnappte sich ihren Cocktail von der Seite des Pools. „Was hast du heute Abend vor?"

Ich holte tief Luft. „Für Orion spionieren, natürlich. Im Penthouse des Königs."

Ihre Augenbrauen hoben sich. „Aber du wirst bei all dem vorsichtig sein, oder? Denn alles, was du mir erzählst, klingt verdammt gefährlich. Du kannst dem König nicht über den Weg trauen."

„Ja. Und Orion auch nicht."

„Ist das so?" Orion trat aus dem Schatten. Seine blassen Augen brannten wie Sterne. Er trug einen teuren, anthrazitfarbenen Anzug. „Und ich dachte schon, wir könnten Freunde sein."

Mein Magen drehte sich um.

Er legte den Kopf schief. „Wir müssen uns für eine Party vorbereiten, oder?"

KAPITEL 28

Im Turm von Baal stiegen wir in den Aufzug, um in die Penthouse-Etage zu fahren. Ich trug ein Kleid aus einem durchsichtigen Stoff, der meine Beine zeigte, aber mit strategisch platzierten blauen Bändern, die mich etwas anständiger wirken ließen.

Sobald der Aufzug losfuhr, richtete Orion seine stechend blauen Augen auf mich. „Ich bin neugierig, worüber du und Shai gesprochen habt. Du hast gesagt, dass du mir nicht vertraust. Aber es geht um mehr als das, nicht wahr? Da gibt es etwas Bestimmtes."

Ich verschränkte die Arme. „Gut. Du willst Rache, und ich auch. Ich will den Mörder meiner Mutter finden. Jemand hat sie im Osborne-Wald mit Feuermagie getötet und ich will wissen, wer das war."

Seine Augen wurden groß. „Ah." Er drehte sich um und drückte den Notfallknopf, der den Aufzug anhielt. „Da haben wir's. Du denkst, ich könnte deine Mutter getötet haben."

Ich warf einen nervösen Blick in Richtung Tür. „Müssen wir dieses Gespräch in einem Aufzug führen?"

„Ich fürchte, ja."

Ich schaute ungeduldig auf die Tür. „Du hast Feuermagie, also ja, du stehst auf meiner kurzen Liste von Verdächtigen."

Er steckte die Hände in die Taschen und schaute an die Decke. „Ich bin rücksichtslos, tödlich und habe kein Mitgefühl. Ich verstecke meine Schwächen nicht und lüge auch nicht, das ist also kein Geheimnis. Ich würde eine sterbliche Frau ermorden, wenn ich dadurch bekäme, was ich will." Er begegnete meinem Blick. „Aber ich habe keine sterbliche Frau in den Osborne-Wäldern verbrannt. Ich war es nicht."

Entweder war er wirklich gut im Lügen oder er sagte die Wahrheit. Als ich ihn anstarrte, spürte ich, wie sich meine Brust entkrampfte. „Okay."

Seine Augenbrauen hoben sich. „Ich nehme an, Shai hat dir gesagt, dass ich sie nicht töten kann."

„Das kam zur Sprache. Sie ist übrigens eigentlich keine Psychopathin. Sie wollte dich nur dazu bringen, dem Blutschwur zuzustimmen."

Seine Augen verengten sich. „Hmm. Eine andere Person zu finden, die dir etwas bedeutet und die ich töten könnte, wäre der einfachste Weg, um zu verhandeln ..."

„Das ist nicht wirklich eine Verhandlung. Das ist eine Drohung, Orion."

Er zuckte mit den Schultern. Sein Blick war kalt. „Das wäre natürlich die einfachste Lösung, aber es wird nicht funktionieren. Soweit ich weiß, sind dir andere Menschen völlig egal. Shai ist deine einzige Freundin, und deine Familie ist tot."

Ich schluckte schwer. „Das ist eine deprimierende Zusammenfassung."

„Wie wäre es dann mit einer neuen Abmachung? Du gibst mir, was ich will – die Wahrheit darüber, was den König schwach macht – und ich helfe dir, den Mörder deiner Mutter zu finden. Wenn ich bekomme, was ich brauche, bekommst du, was du brauchst."

Ich biss mir auf die Lippe und starrte ihn an. Das alles lief auf eine einzige Frage hinaus: Glaubte ich ihm? Das war schwer zu sagen. Aber da es hier in der City of Thorns nicht viele Angebote für Hilfe gab, blieb mir keine Wahl. „Gut. Ich nehme das Angebot an, bevor du mit etwas Schlimmerem kommst."

„Und dann musst du die City of Thorns verlassen, sobald wir fertig sind. Jede Stunde, die du hier bleibst, ist eine weitere Stunde Risiko, in der Feuergrube zu landen." Er drehte sich um und drückte einen Knopf, damit sich der Aufzug wieder bewegte. Wir fuhren nach oben und innerhalb weniger Augenblicke öffneten sich die Aufzugstüren in die Penthouse-Wohnung.

Wow ... So etwas hatte ich noch nie gesehen. Ein in einen Marmorboden eingelassener Pool und riesige Glasfenster, die auf einen Balkon führten. Jenseits des Balkons glitzerte das Meer unter den Sternen. Eine laue Brise wehte in die Wohnung und spielte mit den langen, seidigen Kleidern der Dämonen.

Der König stand auf der anderen Seite des Pools, einen Martini in der Hand. Die Leute umschwärmten ihn wie Motten das Licht, ihre Augen huschten zu ihm, ihre Finger streckten sich aus, um seinen Arm zu berühren. Aber seine Aufmerksamkeit war auf Lydia und einen der Herzöge gerichtet.

Als meine Augen die von Nama trafen, begann mein Puls zu rasen. Sie trug ein langes weißes Kleid, das zu ihrem gewellten Haar passte, und Ohrringe, die wie tropfende Eiszapfen aussahen. Doch trotz der zarten Schönheit ihres Outfits waren ihre Lippen gekräuselt und entblößten ihre Zähne wie ein Tier, das kurz vor dem Angriff stand. Sie riss ihren Blick von mir los und lächelte Orion an. Als er sie nicht zu bemerken schien, stolzierte sie zu ihm hinüber.

„Hallo, mein Herzog.“ Ihre Stimme klang zittrig und wütend.

Orion schien direkt an ihr vorbeizuschauen. „Du schon wieder, was?“

Als ein Kellner mit einem Tablett trüber lila Cocktails zu uns herüberkam, nahm ich mir einen davon und trank einen Schluck. Dieser Cocktail bestand aus Gin, Zitrone und einem leichten Hauch von Veilchen.

Als ich mich wieder im Raum umsah und versuchte, die Blicke der anderen zu erhaschen, bekam ich langsam den Eindruck, dass die Leute mich absichtlich ignorierten. Das war eine dämonische kalte Schulter.

Niemand wollte hier eine Sukkubus-Herzogin. Die Dämonen hatten versucht, mich in den Wäldern zu töten, und da das nicht geklappt hatte, versuchten sie mich eben sozial hinzurichten.

Ich tat so, als würde ich nicht zuhören, als Nama wieder mit Orion sprach, aber spitzte die Ohren.

„Deine neue Sukkubus-Freundin erinnert mich manchmal an eine Sterbliche“, sagte sie, als ob ich nicht direkt vor ihr stehen würde. „Die Art, wie sie sich bewegt. Ihre Langsamkeit.“ Ihr Kiefer straffte sich. „Du kennst doch die Angst der Sterblichen, weil sie solange unsere Beute waren? Ich spüre das bei ihr. Sie hatte im Wald etwas Seltsames an und roch nach Tierpisse. Wovor hat sie solche Angst?“

Nama war ein Miststück, aber sie war ein scharfsinniges Miststück.

Orion warf ihr ein spöttisches Lächeln zu. „Sie hat Angst vor mir, denke ich. Und du solltest das auch haben."

Nama schmollte ihn an und hob dann ihr Kinn. „Aber wir werden gute Freunde sein, du und ich. Wir sind uns ähnlich. Glaubst du an Seelenverwandtschaft?"

„Ich fürchte, ich habe keine Seele, Nama", sagte Orion. „Äußerlich bin ich göttlich, ich weiß. Aber innen bin ich absolut leer."

Ich fing an zu glauben, dass dies die Maske war, die er trug – kalt und ohne jegliche Gefühle. Unter seinem Sarkasmus, unter dem sinnlichen Lächeln, lag eine Quelle des Schmerzes verborgen.

Namas Lächeln wirkte bei seinen Bemerkungen verzerrt und angestrengt. „Das glaube ich keinen Moment lang. Es ist unser Schicksal, zu heiraten. Du kannst so tun, als würdest du es leugnen, aber ich habe es vorausgesehen." Erst jetzt warf sie mir einen vernichtenden Blick zu, um meine Anwesenheit anzuerkennen. „Und wenn du die Wahrheit über sie nicht herausfinden willst, dann werde ich es tun. Sie sieht ... zappelig aus. Ängstlich. *Sterblich.*"

Mein Magen krampfte sich zusammen. Was, wenn sie sich in Osborne nach mir erkundigte?

Darüber konnte ich mir jetzt keine Gedanken machen, während Nama mich auf Anzeichen von Angst untersuchte, also versuchte ich, meine dunkle Seite zu beschwören – was bedeutete, den Cocktail schnell zu Ende zu trinken.

Ich schloss die Augen, als ich ihn hinunterschüttete.

Ich bin nicht Rowan. Ich bin Mortana, ein Sukkubus, eine Verführerin, eine Seelenfresserin. Ich esse die Schwachen zum Frühstück.

Als ich den Drink ausgetrunken hatte, war ich ganz schön angeheitert. Trotz meiner neuen Ängste musste ich die verführerische Scharade aufrechterhalten, solange ich hier vor der Dämonenmenge war. Mit einem kleinen Lächeln im Gesicht ging ich auf den König zu und um den Pool herum. Ich stellte mir vor, wie Rinnsale aus Wasser an meinem Körper herunterliefen, während meine Augen auf ihn gerichtet waren. Die warmen Lichter des Raumes warfen ein schmeichelhaftes Licht auf seine maskulinen Züge und sein scharfes Kinn.

Er warf mir einen neugierigen Blick zu, als ich näherkam, und ich konnte sehen, wie sich Lydia anspannte und ihre Augen dunkel wurden.

Ich wollte ihn allein haben. Wenn ich seine Schwäche herausfinden wollte, musste ich ihn unter vier Augen sprechen.

Als ich neben ihm stand, lehnte ich mich zu ihm und flüsterte: „Es gibt nur eine Sache, die du tun kannst, um meine Aufmerksamkeit von Orion auf dich zu lenken."

Dann, mit diesem katzenhaften Gang, ging ich auf den Balkon. Draußen umwehte mich die salzige Seeluft, und ich starrte auf das glitzernde Meer hinaus. Ich würde mir ziemlich blöd vorkommen, wenn der König jetzt nicht kam, aber ich musste mit dem Selbstvertrauen meines Schattenselbst dort stehen.

Und als ich mich umdrehte, sah ich, dass der König mit einem Cocktail in der Hand nach draußen schlenderte. Die salzige Luft umspielte sein blondes Haar.

„Wie immer“, sagte er leise, „faszinierst du mich, Mortana.“

Ich lehnte mich über das Geländer und lächelte ihn an. Ich war versucht, mich umzusehen, was Orion machte, aber das war nicht meine Aufgabe. Eifersucht war ein Spiel, das ich mit dem König spielte; ich selbst durfte mich darauf nicht einlassen.

Ich nippte an meinem Getränk. „Diese Stadt ist noch schöner, als ich sie in Erinnerung habe. Man sagt, dass ein König an sein Land gebunden ist, also bin ich sicher, dass du ihre Anziehungskraft noch verstärkt hast.“

„Ich glaube, die City of Thorns hat ihre letzte Lilu vermisst. Ohne deine Art sind wir nicht vollständig. Wir sind eine Stadt mit sieben Bezirken, sieben Göttern. Wir haben den Sterblichen ein Versprechen gegeben, und du bist die einzige lebende Ausnahme.“ Er hob sein Glas. „Wie genau hast du meinem Vater ein solches Versprechen abgerungen?“

Ich zuckte mit den Schultern und ließ den Träger meines Kleides ein wenig fallen. „Ich habe ihn glücklich gemacht. Weißt du, ich dachte immer, ich sollte Königin werden.“

„Das dachte ich auch.“ In seiner Stimme lag etwas Heftiges, etwas Verzweifeltes. „Vielleicht denke ich es immer noch.“

„Nun, es ist noch nicht zu spät.“ Ich nippte an meinem Drink. „Aber wenn unsere Beziehung weitergehen soll, muss ich dein wahres Ich kennen.“

Er stellte sein Getränk ab, rückte dann näher und legte seine Hände auf beide Seiten von mir auf das Geländer. Der Wind peitschte durch sein blasses Haar. „Auf welche Weise willst du mich kennenlernen?“

Ich streckte die Hand aus, um seine Kieferpartie zu streicheln. „Die Sache ist die, Majestät, jeder hat eine Schwäche. Sogar ein König wie du.“

„Ich glaube nicht, dass das stimmt, Mortana.“

„*Alle*“, wiederholte ich. „Wenn wir uns wirklich kennen wollen, dann muss ich wissen, was dich verwundbar macht. Wenn man nur jemandes starke Seite kennt, kennt man ihn nicht richtig.“

„Und was macht dich verwundbar, Herzogin? Gibt es etwas, das du fürchtest?“

Verdammt. Eine Ablenkung. Es war, als hätte er selbst bei Dr. Omer gelernt.

Vielleicht konnte ich ihm eine Antwort geben. Warum fühlte sich mein Schattenselbst verletzlich? Ich schloss die Augen und versuchte, mich auf das einzustimmen, was Mortana fühlen würde. Wenn ich die Frage für mich selbst beantworten würde, gäbe es eine ganze Reihe von Ängsten, die von *wahrscheinlich* bis *fast unmöglich* reichten: Feuer, allein sterben, eine Geburt, Gefangenschaft in Nordkorea, an Müsli ersticken, Insektenbefall, selbstsüchtige Entscheidungen treffen, von einem Elch zertrampelt werden ... die Liste war schier endlos. Aber Mortana? Sie war anders. Sie war eine Überlebenskünstlerin. Sie störte es nicht, egoistisch zu sein oder Fehler zu begehen – sie überlebte einfach.

„Gejagt und gefangen werden.“ Ich öffnete meine Augen. „Aus offensichtlichen Gründen. Ich bin die Einzige, die noch übrig ist. Und du?“

„Ich fürchte nichts, denn ich bin von Luzifer als sein wahrer Anführer gesegnet worden.“ Sein Ton war seidig und tief.

In meinem Kopf läuteten die Alarmglocken. Hatte *er* also den fünfzackigen Stern?

Er trat von mir zurück und zog ein Messer aus seiner Tasche. Die Klinge glitzerte im Mondlicht, und er zog sie über seine Handfläche. Einen Moment lang leuchtete seine Haut hellrot auf, aber dann war der Schnitt im Nu wieder verschwunden. Dämonen heilten schnell, aber das war anders, fast sofort. Wie ein Pfeil, der von der Haut eines Drachen abprallte.

Er hielt seine Handfläche hoch. „Ich muss dich leider enttäuschen, Mortana, aber nichts an mir ist verletzlich. Das ist es, was es bedeutet, von Luzifer gesegnet zu sein."

Mist. War das wirklich wahr? Wenn ja, warum war Orion so sehr vom Gegenteil überzeugt?

„Nun, das ist enttäuschend", sagte ich. „Ich mag es, meine Spuren bei einem Mann zu hinterlassen. Ich ziehe gern meine Krallen über seinen Rücken." Ich fletschte meine Zähne. „Oder ich markiere ihn mit meinen Reißzähnen als mein Eigentum. Ich mag es, Schmerz mit Vergnügen zu verbinden. Wenn du nicht verletzt werden kannst, bin ich mir nicht sicher, ob wir gut zueinander passen."

Er kam wieder näher und legte seine Hände auf meine Hüften. „Vielleicht können wir einen Weg finden, das zu überwinden."

Ich zog eine Augenbraue hoch. „Aber wie?"

Der Seewind peitschte über uns hinweg, und mein rotes Haar verhedderte sich in seinem. Über seine Schulter sah ich Orion in der Tür stehen. Seine Augen sahen dunkel aus und die Luft um ihn herum schien von Dunkelheit gefärbt zu sein. So sah er aus, wenn er verärgert war.

Warum war er jetzt verärgert? Ich hatte doch genau das getan, was er wollte. Ich glaubte sogar, dass der König mir gerade etwas sagen wollte.

Ich wandte meine Aufmerksamkeit wieder dem König zu und leckte mir über die Lippen. „Wie könnten wir das arrangieren? Wenn Luzifer dich die ganze Zeit beschützt, wie kann ich dann meine Kratzspuren an dir hinterlassen,
wie ich es beim Herzog getan habe?"

Die Augen des Königs fuhren an meinem Körper hinunter. „Nein. Du wirst ihn nicht mehr sehen." Seine Stimme hatte einen verzweifelten Unterton. „Ich habe zu lange gewartet, um dich noch einmal zu einem anderen Mann gehen zu lassen. Als du mit meinem Vater zusammen warst, hat mich die Eifersucht aufgefressen. Du warst die Göttin der Eifersucht und hast sie wie keine andere entfacht. Ich habe mir geschworen, dich eines Tages nur für mich zu haben." Er richtete seine Augen wieder auf meine. „Aber ich vertraue dir nicht."

Verdammt! Ich musste mit seiner Verzweiflung spielen, um seine vernünftige Seite zu unterdrücken. Ich zuckte mit den Schultern. „Nun, vielleicht passen wir nicht zueinander. Ich bin sicher, es gibt eine andere Dämonin, die eine wunderbare Königin für dich wäre. Und was mich angeht? Orion kann mich so befriedigen, wie es kein anderer Mann je konnte. Du siehst doch, wie alle Frauen ihn anstarren, oder? Alle wollen ihn."

Er griff nach oben und packte mich am Hals. „Nein." Eiskalte Wut durchzog seinen Tonfall und sein Zorn ließ seinen Kiefer hart werden. „Ich *werde* haben, was er hat. Ich bin der König, und ich bekomme, was ich will.“

Die Angst kletterte mir langsam die Kehle hinauf. In meinem Kopf herrschte Panik, geschärft durch die Jahrtausende, die meine Spezies als Beute verbracht hatte. Meine Amygdala sagte mir, dass ich sofort abhauen sollte – dass ein sehr, *sehr* mächtiger Dämon kurz davor war, mir die Kehle herauszureißen oder sich zu nehmen, was er von mir wollte. Aber ich merkte auch, dass ich kurz davor war, die Informationen zu bekommen, die ich brauchte. Er schien außer Kontrolle zu sein, bereit, alles zu tun, um mich zu bekommen.

„Du weißt, was ich will“, flüsterte ich. „Ich will dich kennen, wie du wirklich bist. Nicht nur deine mächtige Seite.“

„Ich will dich jetzt.“ Seine Augen funkelten, mitternachtsdunkel, und er packte meine Taille, als wollte er den Stoff zerreißen. „Es gibt nur einen Weg ...“

„König Cambriel.“ Orions Stimme schnitt wie ein Messer durch die Spannung. „Rühr nicht an, was mir gehört.“

Zu meiner Überraschung ließ der König mich einfach los. Seine Augen funkelten dunkel, als er langsam wegging.

Ich schaute über den König hinweg und sah, wie Lydia neben Orion ins Freie trat. Der König drehte sich um und sah die beiden hinter sich stehen.

Lydias Augen brannten vor Zorn. Wurde der König auch von der Eifersucht der anderen angezogen? Wenn ja, dann hatte er hier ein Festessen.

Ich atmete aus und versuchte meine Frustration zu verbergen. Ich war so nah dran zu erfahren, was Orion wollte. Aber der König hatte sich nicht mehr unter Kontrolle. Und vielleicht – nur vielleicht – hatte Orion tatsächlich etwas für mich übrig.

Meine einzige brennende Frage war, warum zum Teufel der König so viel Angst vor Orion hatte.

KAPITEL 29

Ich begegnete Orions Blick, als er zu mir hinüberschlenderte. Seine Schultern wirkten entspannt, aber seine Augen waren dunkel wie die Nacht. Die Raserei des Königs hatte ihn aus der Fassung gebracht.

„Man kann ihr nicht trauen“, zischte Lydia. „Siehst du das nicht? Nama glaubt, dass sie lügt, was ihre Identität angeht.“

König Cambriel schaute mich an, sein Kiefer war angespannt, dann richtete er seinen Blick wieder auf Lydia. „Hältst du mich für einen Idioten?“ Seine Stimme dröhnte über die Party, und die Gäste wurden still, als sie sich umdrehten. „Glaubt ihr, dass ich eine Bedrohung nicht erkennen kann? Oder dass ich nicht auf mich selbst aufpassen kann? Ich bin Cambriel, der Erbe des gefallenen Seraphim Beelzebub. Als rechtmäßiger Thronfolger werde ich von den Göttern selbst beschützt. Natürlich brauche ich keine Gerüchte, die von Verrückten wie Nama verbreitet werden, um mich zu schützen. Ich dachte, du stehst über Klatsch und Tratsch, Lydia. Nicht so wie die anderen Frauen?“

Er schlenderte hinein, während er seine Anzugsjacke glattstrich.

Wow, das war heftig. Lydia starrte ihm einen Moment lang hinterher und drehte sich dann zu mir um. Sie hielt ihr Cocktailglas in der Hand und der Wind zerrte an ihrem dunklen Haar. Der König hatte sie gerade gedemütigt, und sie sah aus, als wollte sie ihre Wut an mir auslassen. Ihre Augen wurden dunkel wie die Nacht, und aus ihren Fingerspitzen loderte Feuer, das ihr Glas zum Schmelzen brachte. Geschmolzenes Glas sammelte sich zu ihren Füßen, und mir wurde flau im Magen.

„Du machst alles kaputt", schimpfte sie. „Ich bin dazu bestimmt, Königin der City of Thorns zu sein, und du machst meine Pläne zunichte. Hast du gehört, wie er gerade mit mir gesprochen hat?"

Von der anderen Seite des Balkons stürzte sie sich auf mich, und mein Herz machte einen Sprung. Doch bevor sie mich erreichen konnte, schoss Orion aus den Schatten und packte Lydia am Arm, um ihren Angriff zu stoppen.

Wut verzerrte ihre Züge, und sie drehte sich zu ihm um. „Und wo kommst du her, Orion? Wer bist du wirklich? Du hast es noch nie geschafft, jemandem zu erklären, warum du hier bist."

Ein Muskel krampfte sich in seinem Kiefer zusammen. „Ich muss nicht erklären, warum ich hier bin. Das darf ich auch gar nicht. Dafür ist die Prüfung da. Ich habe bestanden, und das bedeutet, dass die Götter mich hier haben wollen. Du zweifelst doch nicht an ihrem Urteil, oder?"

„Natürlich nicht", räumte sie ein.

„Genau wie Mortana die Prüfung bestanden hat. Du weißt, dass der König keine Blasphemie zulässt. Ich bin sicher, du willst ihn nicht noch wütender machen."

Sie warf mir einen letzten stechenden Blick zu, dann drehte sie sich um und eilte zurück ins Penthouse.

Ich atmete langsam aus. Es hatte sich angefühlt, als wäre der König kurz davor gewesen, mir seine Schwäche zu gestehen, und ich fragte mich, ob ich noch einmal die Gelegenheit dazu bekommen würde. Von nun an würden Lydia und Nama es sich zur Aufgabe machen, die Wahrheit über mich herauszufinden.

Wie lange würde es dauern, bis sie die Wahrheit aufdeckten?

Orion trat näher an mich heran, seine Augen immer noch schwarz. Er beugte sich zu meinem Ohr hinunter, und die Hitze seines Körpers wärmte mich. Immer wenn er in meiner Nähe war, spürte ich seine Kraft über meine Haut strömen, eine Welle sinnlicher Magie. Er strich mir die Haare hinters Ohr und flüsterte: „Ich musste ihn aufhalten. Er sah aus, als hätte er dich verletzen können.“

Ich bin mir nicht sicher, woher der Impuls kam – ob er von mir kam oder Teil der Scharade war – aber ich griff nach oben und berührte seine Brust. Als ich das tat, hörte ich ein scharfes Einatmen.

„Er hat mir fast die Wahrheit gestanden“, flüsterte ich. „Zuerst hat er gesagt, dass Luzifer ihn als König beschützt...“

„Das ist eine Lüge“, flüsterte er. „Er benutzt irgendeine Art von Magie, um sich unverwundbar zu machen.“

Ich trat ein wenig zurück, um Orion in die Augen zu sehen, und wollte mehr wissen. Warum war er so besessen von dieser Sache? Und was hatte es mit Mortana zu tun?

Aber auch wenn der König leicht zu manipulieren war, Orion war es nicht. Er würde es mir nicht so einfach sagen. Ich drückte mich an ihn und flüsterte: „Ich war nah dran. Er ist unglaublich eifersüchtig auf dich, und ich glaube, er war kurz davor, mir zu sagen, wie ich Kratzspuren an ihm hinterlassen kann ...“

Orion gab ein leises Knurren von sich und bewegte sich dann, bis sich unsere Stirn berührte. Er legte seine Hand in meinen Nacken. „Hast du ihm die Wahrheit gesagt? Als du gesagt hast, dass ich der erste Mann bin, dem du zutraust, dich wirklich so befriedigen zu können, wie du es brauchst?“

Mein Herz raste schneller. „Habe ich das gesagt?“

Sein Blick ließ mir den Atem stocken. „Lass uns ihn noch eifersüchtiger machen, ja?“ Er fuhr mit einem Finger leicht über mein Kinn. „Du warst kurz davor, die Wahrheit zu erfahren. Vielleicht können wir ihn zum Äußersten treiben. Ich will dem König genau zeigen, wie sehr du mich willst.“

Ging es hier wirklich nur darum, Informationen vom König zu bekommen, oder wollte Orion etwas beweisen?

Er nahm mich bei der Hand und führte mich zurück auf die Party. Die Lichter im Inneren waren jetzt gedämpft, flackerten wie Kerzen und spiegelten sich im Pool. Alle Augen waren auf mich gerichtet, als wir hineingingen – die Sukkubus-Hure. Ich versuchte zu ignorieren, dass ich mich unwohl fühlte.

In der Nähe einer der Wände nahm Orion in einem Ledersessel Platz und zog mich dann auf seinen Schoß. Nur seine schockierende Schönheit konnte mich das unangenehme Gefühl, angestarrt zu werden, vergessen lassen. Orions Blick glitt durch den Raum – er vergewisserte sich wohl, dass der König zusah –, dann strich er mit seiner Hand über meine Wirbelsäule. Heiße, sinnliche Magie folgte der Spur seiner Berührung.

Als seine Augen wieder meine trafen, bewegte sich seine Hand nach oben und umfasste meinen Nacken. Ich beugte mich vor und meine Lippen trafen auf seine. Mein Mund öffnete sich und Hitze durchströmte meinen Körper, als seine Zunge meine berührte. Ich strich mit meiner Hand über seine Brust. Seine Bauchmuskeln spannten sich unter der Berührung an. Jeder Gedanke, den ich über die Menge um uns herum hatte, schien zu verschwinden, und es gab nur noch das tiefe, sinnliche Vergnügen seines Kusses.

Als er den Kuss mit einem Biss in meine Unterlippe beendete, sah er aus, als würde er mir gleich das Kleid vom Leib reißen, mich gegen die Wand drücken und genau hier nehmen.

Oder war das nur mein Wunschdenken?

Sein Atem beschleunigte sich, als er den Träger meines Kleides herunterzog, gerade so weit, dass er einen guten Blick auf meine harten Brustspitzen hatte. Ein Knurren entrang sich seiner Kehle und ich sah, wie sich seine Reißzähne in die Länge zogen, als wollte er mich verschlingen.

Ich konnte und wollte ihn nicht aufhalten, als er nach dem Saum meines Kleides griff und seine Hand darunter schob. Mein Kleid wurde nach oben gezogen, als er seine Hand weiter nach oben führte und noch mehr von meiner Haut enthüllte. „Willst du etwa übermütig werden, weil sich die beiden mächtigsten Männer der Stadt um dich streiten?“

„Übermütig *werden*?“, sagte ich, weil ich Mortana war. „Ich kenne meinen Wert.“

Er drückte mich an sich und meine Hüften bewegten sich in seinem Schoß. Eine seiner Hände strich langsam über meine Rippen auf und ab. Ich konnte seine Magie, seine Hitze durch den dünnen Stoff hindurch spüren.

Mein Atem ging stoßweise, mein Puls raste, als seine andere Hand über meinen Oberschenkel glitt. Er berührte mich, als würde ich ihm gehören, aber in seinem Gesichtsausdruck lag eine gewisse Ehrfurcht, die ich bisher nicht von ihm kannte. Der verführerische Duft von brennendem Zedernholz umwehte uns und Verlangen stieg in mir auf.

Seine Augen verfinsterten sich und ich spürte, dass er wusste, wie sehr ich ihn wollte. Er reagierte auf mich genauso wie ich auf ihn. Mit seinen Fingerknöcheln strich er über meinen Oberschenkel und das Gefühl war so überwältigend, dass ich nicht mehr klar denken konnte.

Ich sollte jetzt wohl damit aufhören.

Schließlich waren wir in einem Raum mit anderen Leuten, verdammt noch mal ... aber meine Brüste sehnten sich nach seiner Berührung.

Hinter mir hörte ich ein Räuspern und Orions Hand legte sich auf meinen Hintern, als wollte er mich für sich beanspruchen. Er flüsterte mir ins Ohr: „Wir haben die Aufmerksamkeit des Königs."

Eine kalte Ranke der Enttäuschung kroch durch mich hindurch. War es ihm doch nur darum gegangen?

Mit knallroten Wangen drehte ich mich ein wenig um und sah König Cambriel über uns stehen. „Mortana und ich waren noch nicht fertig mit unserem Gespräch."

„Die Sache ist die, Eure Majestät", sagte Orion scharf. „Es ist mir völlig egal."

Ich keuchte. Würde der König ihn für diese Frechheit töten?

Mit mir in seinen Armen, wie eine unanständige Braut, erhob sich Orion. Ich hatte das Gefühl, dass der Rest des

Raumes verschwunden war. Es gab nur noch mich und Orion, dessen dunkle Augen vor Verlangen leuchteten.

Ohne ein weiteres Wort trug er mich nach draußen. Der Seewind kühlte meine Haut und zerzauste mein Haar, als Orion mit mir im Arm auf den Balkon ging. Die Wolken hatten sich vor den Mond geschoben und das einzige Licht kam von der Party und dem glitzernden Widerschein auf dem Meer.

Meine Gefühle übertönten mein rationales Denken völlig. „Wohin gehen wir?“, brachte ich gerade noch hervor.

„Ich dachte, ich sollte dich da rausholen.“

„Auf den Balkon?“

„Ich will dich nicht dem König ausliefern. Ich will dich in meinem Bett, nackt und meinen Namen stöhnend.“

„Okay“, hauchte ich. „Lass uns das tun.“ Ich sah ihn stirnrunzelnd an, mein Herz raste immer noch, während ich mich an seinen Hals klammerte. „Warum sind wir auf dem Balkon? Wie kommen wir von hier runter?“

„Du wirst schon sehen, Liebes.“ Mit mir in den Armen kletterte er auf das Geländer, und mein Herz stotterte in meiner Brust. Jetzt peitschte die Meeresbrise um uns herum.

„Bist du verrückt?“

Seine dunklen Augen fixierten mich und er drückte mich fest an seine Brust. „Vertraust du mir, Liebes?“

„Nein.“

Sein schöner Mund verzog sich zu einem dunklen Lächeln. „In dieser Hinsicht bist du sehr weise. Aber vertraust du mir wenigstens, dass ich dich nicht töte, bis ich dich an einen Ort bringe, wo ich dich kommen lassen kann?“

„Ich schätze ja?“ Ich riss meinen Blick von ihm los und schaute auf das glitzernde Meer weit unter uns hinunter. Hatte er nicht gesagt, dass nur die Lilu fliegen konnten? Er war kein Lilu. „Warte ...“

Bevor ich zu Ende sprechen konnte, sprang er vom Balkon und wir stürzten durch die Luft.

KAPITEL 30

Seewind peitschte über uns hinweg, als wir in die Dunkelheit fielen. Orion drückte mich immer noch fest an seine starke Brust, aber wir fielen auf das Meer zu.

Was zum Teufel, Orion?

Dann, mit einem Geräusch wie ein brechender Knochen, stoppte unser Fall abrupt. Mit klopfendem Herzen umklammerte ich Orions Hals und schnappte nach Luft, während ich auf die dunklen Flügel starrte, die sich hinter ihm ausbreiteten. Seine Federn waren an den Spitzen tiefsilbern gefärbt und schienen zu leuchten wie Mondlicht.

„Was bist du?“, hauchte ich.

„Großartig“, murmelte er.

Fassungslos starrte ich ihn an. „Nein, wirklich. Ich dachte, außer Mortana wären alle Lilu tot. Und dass nur die Lilu Flügel haben.“ Ich starrte ihn nur an und versuchte zu begreifen, was gerade passiert war. „Die weiblichen Lilu waren Sukkubi. Also bist du ... ein Inkubus? Du bist ein Inkubus. Kannst du mich zu Tode vögeln?“

Bösartigkeit schimmerte in seinen Augen. „Ist das eine Bitte?“

„Nein, eine berechtigte Sorge.“

„Ich verspreche, dich am Leben zu halten.“ Er schenkte mir ein herzzerreißend schönes Lächeln. „Jetzt hast du mein wahres Ich gesehen. Und du bist die Einzige.“

„Ein bisschen mehr Warnung wäre super gewesen“, keuchte ich.

Seine muskulösen Arme waren fest um mich geschlungen, einer um meine Taille und einer unter meinem Hintern.

„Ich konnte nicht riskieren, dass uns jemand belauscht“, sagte er. „Sie müssen denken, dass du diejenige bist, die fliegt, nicht ich. Du sollst die Lilu sein.“

In der Dunkelheit schienen seine blassblauen Augen zu leuchten.

Ich holte scharf Luft. „Also ... warte mal, du bist insgeheim ein Lilu? Und niemand sonst weiß es?“

„Niemand außer dir weiß, dass ich ein Inkubus bin. Und wenn die anderen Dämonen das wüssten, würden sie versuchen, mich zu töten.“ Ein schwaches Lächeln. „Sie würden scheitern, aber sie würden es versuchen, und es wäre chaotisch und würde meine Pläne durchkreuzen.“

Mein Verstand konnte mit dieser neuen Information kaum Schritt halten. „Ich bin also die einzige Person, die weiß, was du wirklich bist?“

Seine Mundwinkel zuckten. „Entweder ich vertraue dir, oder ich treffe dumme Entscheidungen, weil du mir die Fähigkeit geraubt hast klar zu denken, als du auf meinem Schoß gesessen hast. Als ich gehört habe, wie dein Herz schneller geschlagen und dein Atem sich beschleunigt hat, war es schwer, bei Verstand zu bleiben.“

Mit einem Ruck wurde mir klar, dass er mich wissen ließ, was ihn verwundbar machte. „Wenn du ein Inkubus bist, wieso lebst du dann noch?“

Seine Flügel schlugen in der Luft. Ich hatte noch nie erlebt, dass er unsicher aussah, aber jetzt wirkte er genau so. „Ich war die ganze Zeit in der City of Thorns“, sagte er schließlich. „Ich lebe schon seit Jahrhunderten hier. Ich war in dem unterirdischen Gefängnis eingesperrt. Das gleiche Gefängnis, in dem ich dich in der Nacht eingesperrt habe. Dort habe ich Hunderte von Jahren gelebt, und die meiste Zeit habe ich niemanden außer Mortana gesehen. Bis sie verschwand.“

„Was?“ Mein Herz zog sich zusammen. „Ist sie nicht schon vor zweihundert Jahren gegangen?“

Er blickte auf das Meer hinaus, während er flog. Sein Gesicht war jetzt eine Maske der Gleichgültigkeit. „Ja.“

„Du warst also jahrhundertelang allein in einem Kerker.“ Ich hatte so viele Fragen, die ich stellen wollte, dass ich gar nicht wusste, wo ich anfangen sollte. „Warum denken alle, du wärst ein Herzog? Wenn du so lange ein Gefangener warst, wie kannst du dann so unglaublich reich sein?“

Sein Blick war kalt geworden. „Das Geld gehört mir nicht. Ich bekomme es vom König.“

Jede Antwort lud nur zu weiteren Fragen ein. „Und warum gibt er es dir? Warum hat er Angst vor dir?“

Ein bitteres Glucksen. „Er hat guten Grund, mich zu fürchten.“

Vage. Okay. „Und weiß der König, dass du im Gefängnis warst? Weiß er, dass du ein Inkubus bist?“

„Nein. Er weiß nur, dass ich eins seiner Geheimnisse erfahren habe, und er wird alles tun, um es vor dem Rest der Stadt geheim zu halten.“

Es fiel mir schwer, mir diese mächtige, dunkle Naturgewalt vorzustellen, die in einer Gefängniszelle fristete. Es war wirklich traurig. Als wir flogen, fegte der Wind über uns hinweg und peitschte durch mein Haar. „War deine Mutter bei dir, als du ein Kind warst? In den Gefängnissen?“

„Ja. Aber es hat nicht lange gedauert, bis sie hingerichtet
wurde. Mortana hat dazu beigetragen, dass das alles passiert ist. Sie hat dabei geholfen, alle Lilu zusammenzutreiben, im Austausch für ihren eigenen Schutz.“

„Aber wie hast du überlebt?“

Ich spürte, wie sich seine Finger fast unmerklich fester um mich legten. „Mortana hat gern mit mir gespielt. Und als sie ging, wurde ich einfach vergessen. Keiner wusste, dass ich da war. Dämonen müssen nicht essen. Wir spüren zwar Hunger, aber wir brauchen keine Nahrung zum Leben. Also blieb ich einfach dort.“ Seine Augen hatten sich verfinstert, und sein Blick wirkte gequält. „Bis ich endlich einen Weg gefunden habe, zu entkommen.“

Ich atmete tief ein und beobachtete seine Flügel, wie sie sich langsam unter dem dunklen Nachthimmel bewegten. „Was meinst du damit, dass sie mit dir gespielt hat?“

Dunkelheit glitt durch seine Augen, und der Wind schien noch stärker zu werden. „Ich meine, sie hat sich einen Spaß daraus gemacht, mich auf ihre Art zu quälen.“

Verdammt. Kein Wunder, dass er verzweifelt auf Rache aus war. „Und du hast keine Ahnung, was mit ihr passiert ist?“

„Nein“, sagte er leise. „Ich weiß nicht einmal, ob *sie* sich daran erinnert, was mit ihr passiert ist. Ich weiß nicht, ob sie überhaupt weiß, wer sie ist.“

„Was meinst du?“

Er nahm einen tiefen Atemzug. „Sie hat mir einmal von einem Zauberspruch erzählt. Es ist einer, den wir benutzen, um zu vergessen, was wir getan haben, um uns von Schuld zu befreien. Ein Zauberspruch zum Vergessen. Sie hat ihn mir angeboten, aber ich habe abgelehnt." Der Wind zerrte an seinem silbernen Haar und seine Augen leuchteten in der Nacht. „Deshalb war ich, als ich dich traf, so überzeugt, dass du Mortana bist. Ich dachte, sie hätte den Zauber bei sich selbst angewendet. Du warst gar nicht wie sie, aber ich dachte, sie könnte alles vergessen haben. Ich war mir sicher, bis ich dein Blut gekostet habe."

Ich wurde an seine Brust gepresst, als ob er sich zur Rettung an mich klammern würde. So nah an ihm konnte ich spüren, wie sich seine Brustmuskeln im Takt mit seinen Flügeln leicht bewegten. „Müssen wir jetzt über sie reden?", murmelte er. „Ich fürchte, das verdirbt die Stimmung."

Aber es war schwer, ihn in Ruhe zu lassen, wenn er ein Geheimnis war, das ich lösen wollte. „Warum hat sie dir einen Zauberspruch angeboten, um deine Vergangenheit zu vergessen? Was war es, das du vergessen solltest?"

„Dass ich im Grunde meines Herzens böse bin, Rowan." Sein Blick durchbohrte mich, das Blau in seinen Augen war von Schatten durchzogen. „Und manchmal würde ich das wirklich gern vergessen."

Es war schwer, den Hauch von Schmerz in seiner Stimme zu hören. Ich wollte sein Gesicht berühren, um ihm zu sagen, dass er gar nicht so schlimm war. Aber was wusste ich schon? Er hatte mir seine Geschichte nicht erzählt.

Der unerbittliche Wind schärfte meine Sinne, während wir flogen. Jetzt war die dringlichste Frage, warum ich irgendwo hinging, um mit einem *Inkubus* allein zu sein – einer Kreatur, die Sterbliche mit Sex tötete.

„Orion“, begann ich, „wir hatten eine Abmachung: Wenn ich dir helfe herauszufinden, was die Schwäche des Königs ist, hilfst du mir, den Mörder meiner Mutter zu finden. Aber ich habe nichts von dem König erfahren...“

„Ich werde dir trotzdem helfen.“

Ich starrte auf den schwachen Silberschimmer in seinen Flügeln. „Okay, aber … das hier … scheint immer noch eine schlechte Idee zu sein. Wirst du mich als Inkubus nicht töten? Das ist es, was Inkubi tun. Sie verführen sterbliche Frauen und töten sie.“

Ein Lächeln umspielte seine Lippen. „Ich mag böse sein, aber ich muss dich beschützen, und das werde ich auch. Ich werde nichts tun, was dir wehtut.“

„Warum bist du gezwungen, mich zu beschützen?“

Er fegte tiefer hinunter, bis ich die Gischt des Meeres auf meiner Haut spüren konnte. „Ich weiß es nicht, aber es ist sehr unangenehm. Du sollst meine Spionin sein. Das bedeutet, dass du dein Leben aufs Spiel setzt. Wie kannst du für mich arbeiten, wenn ich keine Risiken für deine Sicherheit ertrage?“

„Wenn du die ganze Zeit im Gefängnis warst“, fragte ich, „hast du dann jemals einen Sterblichen getötet?“

„Noch nicht, fürchte ich“, sagte er düster. „Ich war nur ein paar Jahrhunderte lang besessen davon.“

„Warte, *was*?“

Er nahm einen tiefen Atemzug. „Nicht vom Tod, sondern von Sex. Davon ernähren wir uns und werden stark

– von der Lust. Also träumte ich Tag für Tag und Nacht für Nacht davon, mich an Sterblichen zu nähren und von ihrer Lust zu trinken. Auch von Dämonen.“ Er schlug mit den Flügeln. „Ich will den Typen, der dich angegriffen hat, töten, aber nicht so, dass es ihm Spaß macht.“

Ich drehte meinen Kopf und sah, dass wir uns der gähnenden Öffnung einer Meereshöhle näherten. Als Orion seine Flügel ausbreitete, stürzte er hinein, und die Dunkelheit verschluckte uns.

KAPITEL 31

Er landete in den Schatten und ließ mich auf den Boden sinken. Als er ein Wort in einer dämonischen Sprache sprach, leuchtete ein Kronleuchter über uns auf. Die Flammen warfen einen warmen Schein auf die bernsteinfarbenen Steinwände, und in den Nischen loderten Fackeln auf.

Ich drehte mich zu Orion um, dessen Flügel immer noch weit hinter ihm ausgebreitet waren. Im Licht konnte ich sehen, wie wunderschön sie aussahen, gesprenkelt mit perlweißen Sternbildern.

„Schöne Flügel."

Mit einem Wirbel aus rauchiger, dunkler Magie verschwanden seine Flügel wieder. „Sie sind in Ordnung." Ein verführerisches Lächeln umspielte seine Lippen. „Du bist die erste Person, die ich in meine Grotte bringe."

Als ich mich umdrehte, stellte ich fest, dass es nicht einfach eine Höhle war. Die Wände waren zum Teil vergoldet, und kühles, blaues Wasser floss in ein Becken. An der Seite stand ein Bett aus flachem Fels, das mit einer Matratze und türkisfarbenen Kissen bedeckt war.

„Was ist das für ein Ort?", fragte ich.

„Als ich aus dem Kerker kam, musste ich einen ruhigeren Unterschlupf finden. In meiner Zelle sehnte ich mich nach anderen Wesen. Aber jetzt will ich manchmal dem

Trubel der Stadt entkommen.“ Der Blick in seinen Augen war unendlich traurig. „Also fliehe ich manchmal hierher. Aber im Moment will ich bei dir sein.“ Er trat ein paar Schritte näher an mich heran.

Ich streckte die Hand aus, um seine Brust zu berühren, den Stahl unter dem weichen Hemd, und er erschauderte. „Aber es muss schwer sein, mich anzusehen, wenn ich ihr so ähnlich sehe.“

Seine Augen funkelten im warmen Licht. „Es ist auch für mich verwirrend. Aber du bist nicht sie. Abgesehen davon, wie du aussiehst, bist du ihr überhaupt nicht ähnlich.“

„Weil ich nicht sexy bin?“

Sein Blick wurde grimmig. „Weil du bereit bist, dein eigenes Leben zu riskieren. Weil dir die Erinnerung an deine Mutter wichtiger ist als deine eigene Sicherheit. Und weil du keine Angst hast, Fehler zuzugeben. Ich schätze, in diesen Punkten sind wir uns ähnlich.“

„Und wir haben beide viel Zeit allein verbracht.“ Mein Puls raste, als ich zu ihm aufsah, immer noch überwältigt von seiner schockierenden Schönheit. Das Kerzenlicht wogte über seine hohen Wangenknochen und fuhr die göttlichen Formen seines Gesichts nach. Ein gefährlicher Puls schlug durch meinen Körper und machte es mir schwer, klar zu denken.

Ich griff nach dem unteren Teil seines Hemdes und schob meine Hände unter den weichen Stoff. Sein Körper war von dicken Muskeln durchzogen, seine Bauchmuskeln wie gemeißelt. Er war ein in Gold getauchter Krieger.

Ein Kribbeln durchfuhr mich, und ich wollte ihn kosten. Ich griff nach den Trägern meines Kleides und ließ es auf den Boden fallen. Ich hörte, wie er scharf einatmete, und seine Miene war ehrfürchtig, als sein Blick über meine durchsichtige schwarze Unterwäsche glitt. Als er mich so ansah, stieg Verlangen in mir auf.

Er bewegte sich auf mich zu und hob mich gegen die Wand, seine Hände unter meinem Hintern. Ich hörte ihn leise stöhnen, als sein Mund meine Kehle traf. Seine Reißzähne streiften wieder über meine Haut. Wollte er mich beißen? Ich ertappte mich dabei, wie ich meinen Hals neigte, um ihm mehr Zugang zu gewähren.

Aber statt des scharfen Bisses spürte ich die Wärme seiner Zunge, die über meine Haut fuhr. Meine Finger krallten sich in sein Haar und ich schloss meine Augen. Seine sinnliche Magie strich jetzt über meinen Körper, eine heiße und gefährliche Liebkosung. Meine Beine waren um ihn geschlungen und meine Hüften drängten ihm entgegen.

Als ich in sein Haar griff, beschleunigte sich mein Atem. „Aber wie ist es möglich, dass du mich nicht tötest? Ist das nicht das ganze Problem mit Inkubi?“

Ein dunkles Lachen. „Es ist ein Makel, ja. Aber ich kann dich vor Lust schreien lassen, auch wenn ich dich nicht nehme. Ich muss mich zwar extrem zurückhalten, aber du wirst es überleben.“

Mein Innerstes krampfte sich bei seinen Worten zusammen vor Verlangen. „Du bist ziemlich selbstbewusst, was deine Fähigkeiten angeht.“ Die Wahrheit war, dass ich das auch war.

Er schaute mich mit einem verführerischen Lächeln an. „Ich bin ein Inkubus. Neben dem Töten ist das die einzige Sache, in der ich gut bin.“

Ich zog eine Augenbraue hoch. „Habe ich schon erwähnt, dass ich noch nie einen Orgasmus hatte?“

„Das hast du.“ Er strich mit seinen Händen über meine Rippen, seine Daumen glitten unter meinen BH. „Das wird sich ändern.“

Er streichelte mich direkt unter meinen Brustspitzen, und Hitze durchflutete mich. Mit gesenkten Lidern streifte sein Blick meinen Körper. „Du bist perfekt, Rowan.“ Er beugte sich hinunter, um mich zu küssen und mich mit seinem Mund zu erobern.

Als sich sein kräftiger Körper gegen meinen presste, öffneten sich meine Lippen für ihn. Der Kuss vertiefte sich, als seine Zunge meine liebkoste. Seine Daumen glitten jetzt höher und strichen über meine Brüste – seine Berührung war so leicht, dass ich erschauderte. Inkubi tranken Lust, und ich bereitete ihm gerade ein Festmahl. Meine Knie wurden schwach. Wieder strichen seine Finger über meine Brüste, und ich verkrampfte mich vor Verlangen.

Mit einem Biss in meine Unterlippe löste er sich von dem Kuss. Ich fühlte mich benommen.

„Ich will dich ganz sehen, Rowan“, sagte er, und es klang wie ein Flehen. „Ich will dich nackt auf meinem Bett liegen haben.“

Sein Blick glitt hinunter, wo mein durchsichtiges Höschen fast nichts verbarg. Dunkle Schatten schlängelten sich wie Rauch von seinem Körper weg, und er stieß einen Fluch in einer anderen Sprache aus. Ich spürte, dass seine Beherrschung nachließ. Ich spürte, wie sein prächtiges, hartes Glied gegen seine Hose drückte.

Er küsste mich wieder tief. Als meine Zunge seine berührte, wimmelte es in meinem Kopf von Bildern des glitzernden Meeres. Ich fühlte mich, als würde ich über ihm schweben, immer noch fliegen.

Als er sich zurückzog, glitten seine mitternächtlichen Augen an meinem Körper hinunter, über meine Brüste und auf dem kleinen Stofffetzen zwischen meinen Schenkeln. Er hob mich von der Wand, trug mich hinüber zu seinem Bett und legte mich auf die weichen Kissen. Ich fühlte mich, als würde ich zerfließen, und sehnte mich nach ihm, obwohl er direkt neben mir war.

Ich dachte, er würde sich zu mir herunterbeugen und mich küssen, aber stattdessen kniete er sich über mich. Dämonische Magie schlängelte sich in der Luft um ihn herum, und seine Augen waren endlose Dunkelheit. „Zieh alles aus. Ich möchte, dass du dich mir zeigst."

Mein Herz raste und mein Gesicht errötete. Ich wusste, wie dumm es war, überhaupt mit ihm hierher zu kommen, und doch brauchte ich ihn so sehr, dass ich alles tun wollte, was er verlangte. Ich würde alles für das Vergnügen tun, das er mir versprach.

Ein verführerisches Lächeln geisterte über seine Lippen. „Zieh alles aus. Jetzt."

Ich griff hinter meinen Rücken und öffnete meinen BH. Als ich ihn auszog, strich die Meeresbrise über meine Brustspitzen.

Ein tiefes, hungriges Knurren stieg aus seiner Brust. „Jetzt zieh den Rest aus."

Ich schob meine Fingerspitzen in die Seite meines Slips. Er schien von meinem Körper fasziniert zu sein, und die Macht, die ich über ihn hatte, erregte mich. Denn Orion war ein mächtiger, alter Dämon, den sogar der König fürchtete. Und so wie er meinen Körper betrachtete, schien er mich anzubeten.

Ich genoss die Aufmerksamkeit und zog mein Höschen Millimeter für Millimeter herunter. Ein Teil von mir wollte es herunterreißen und meine Beine für ihn spreizen, aber ich genoss es zu sehr, ihn zu quälen.

Als mein Slip endlich tief genug war, um ihm alles zu zeigen, sah ich, wie sich jeder seiner Muskeln anspannte und seine Finger sich in die Kissen krallten. Sein dunkler, intensiver Blick war ein Nervenkitzel, wie ich ihn noch nie erlebt hatte, und ich wollte, dass er genau sah, wie erregt ich war. Trotzdem bewegte sich mein Höschen nur langsam über meine Hüften.

Sein Atem wurde flacher und er stützte seine Hände auf beiden Seiten meines Kopfes ab. „Warum so langsam, Rowan?“

„Einfach so.“ Mit einem verschmitzten Lächeln schob ich das Stück Stoff noch ein bisschen weiter hinab. „Mir gefällt einfach, wie du mich ansiehst.“

Er wich zurück, griff dann nach meiner Taille und hob mich hoch. Er drehte mich um, bis ich auf Händen und Knien war und er sich über mich beugte. Er bedeckte meine Hände mit seinen und flüsterte mir ins Ohr: „Wie wäre es, wenn wir in meinem Tempo weitermachen, Liebes?“

Als er mich das erste Mal *Liebes* genannt hatte, hatte ich es gehasst. Aber in diesem Moment machte es mich noch feuchter.

Er bewegte sich von mir weg und strich mit seiner Hand langsam meine Wirbelsäule hinunter. Als er mich berührte, wölbte sich mein Rücken und mein Hintern hob sich, um seiner Berührung zu begegnen. Er fuhr mit seiner Hand weiter nach unten, über meinen Hintern und dann zwischen meine Schenkel. Eine unerträglich leichte

Berührung, die mich erschaudern ließ. Ich wollte meine Hüften gegen ihn drängen ...

Ich keuchte und hob meine Hüften noch mehr an. In mir pochte es vor Verlangen nach ihm. Was ich wirklich wollte, war, dass er mein Höschen beiseite zog und mich dort ausfüllte, wo ich nass war. Vor Verlangen nach ihm stöhnte ich auf.

In dem Moment zog er seine Hand weg.

„Jetzt“, sagte er mit leiser Stimme. „Zieh diesen lästigen Stoff endlich ganz für mich aus und ich gebe dir, was du brauchst.“

KAPITEL 32

Ich schlängelte mich schnell aus meinem Höschen heraus und hörte sein scharfes Einatmen, dann ein leises Knurren.

Von hinten beugte er sich wieder über mich und seine Hände bedeckten meine für einen Moment. Dann bewegte sich eine seiner Hände langsam nach unten, fuhr über meine Brust und ließ mich keuchen. Nachlässig fuhr er tiefer hinab.

Oh Gott, er hatte mich noch nicht einmal zwischen meinen Beinen berührt, und ich war schon wahnsinnig erregt. „Sag mir“, flüsterte er in mein Ohr, „dass du willst, dass ich dir gebe, was du brauchst.“

Ich drehte den Kopf, mein Mund war nur noch wenige Zentimeter von seinen perfekten Lippen entfernt. „Ich will, dass du mir gibst, was ich brauche“, flüsterte ich.

Dann, *endlich*, bewegte er seine Hand tiefer. Es genügte eine leichte Berührung zwischen meinen Schenkeln, um mich zum Stöhnen zu bringen.

Doch dann zog er seine Hand wieder weg.

„Orion!“ Ich hatte noch nie jemanden so gewollt wie ihn.

„Ich höre dich nur gern fragen“, sagte er mit heiserer Stimme.

Langsam und leicht bewegte er seinen Mittelfinger in einem Kreis, genau dort, wo ich ihn brauchte. Ich stöhnte wieder auf und spürte, wie sich meine Beine weiter spreizten und mein Hintern sich gegen seine beachtliche Länge drückte. Mein Körper spannte sich vor Verlangen an, meine Zehen krümmten sich. Ich wollte mehr von ihm – ich wollte, dass er seine Hose auszog und mich ausfüllte. Meine Hüften bewegten sich von selbst, mein Körper bettelte um mehr. Ich wollte seine Hände überall auf mir spüren, und ich war nur noch animalisches Verlangen.

„Orion, ich brauche mehr", flüsterte ich.

Schließlich schob er einen Finger in mich, dann noch einen, und ich hörte ihn meinen Namen stöhnen. Die Lust stieg in mir, während er die Finger hinein und dann wieder hinausbewegte, während mein Körper sich um ihn herum zusammenzog. Ich bewegte mich gegen ihn, gegen seine Hand. Schließlich war ich zum ersten Mal kurz davor, zu kommen.

„Rowan." Die Ehrfurcht in seinem Tonfall, die wie ein verzweifeltes Gebet zum Himmel klang, brachte mich zum Überkochen. Ich krümmte mich unter ihm und gab mich der Lust hin, die er mir bereitete.

Würde das *wirklich* passieren? Würde ich zum ersten Mal diese Befreiung spüren?

Meine Hüften bewegten sich gegen ihn, als er in mich eindrang und wieder aus mir herauskam, und meine Sicht verschwamm mit Bildern des mitternächtlichen Meeres draußen. Mein Körper erbebte.

Mein Verstand verdunkelte sich, als sich mein Körper um ihn herum zusammenzog.

Als ich endlich zum Höhepunkt kam, rief ich seinen Namen.

Meine Muskeln waren völlig schlaff geworden und ich zog das Laken um mich herum, um wieder zu Atem zu kommen.

Als Orion sich hinter mich legte, spürte ich, dass er immer noch steif war, seine Muskeln angespannt. Ich drehte mich um und küsste ihn tief. Irgendwie wollte ich immer noch mehr, aber das konnte nicht passieren. Er verschränkte seine Finger in meinem Haar und küsste mich hart und verzweifelt.

Dann zog er sich mit einem Stöhnen zurück. „Dir zu widerstehen ist schwieriger, als ich es mir vorgestellt habe.“ Seine Augen waren dunkel wie die Nacht. „Rowan, wir müssen jetzt aufhören. Ich kann nur eine bestimmte Menge an Folter in einer Nacht ertragen.“

Ich berührte seine Wange, mein Herz schmerzte angesichts seiner Schönheit. „Okay. Du hast es übrigens geschafft.“

Ein amüsiertes Lächeln. „Ich weiß.“

Als ich mich von ihm abwandte und die Laken um mich herumzog, klopfte mein Herz immer noch heftig. Orions starke Arme lagen um mich, und ich hielt mich an einem von ihnen fest. „Kein Wunder, dass Orgasmen so ein großes Thema sind. Ich hatte ja keine Ahnung. Und kein Wunder, dass sich Sterbliche von Inkubi umbringen lassen. Das wäre es wert.“

Ein dunkles Lachen hinter mir. „Für die meisten Sterblichen war es das vielleicht wert, denn ihr Leben war sowieso wertlos. Aber bei dir wäre das etwas anderes.“

Das Geräusch des Wassers plätscherte sanft gegen die Felsen. „Das ist ... süß. Denke ich.“

„Rowan?“, sagte er leise. „Ich glaube nicht, dass du noch länger in der City of Thorns bleiben solltest.“

Enttäuschung machte sich in mir breit. „Du wirfst mich jetzt raus? Ich dachte, du wolltest mir helfen."

Er strich mir die Haare aus dem Gesicht. „Ich schmeiße dich nicht raus, aber ich will nicht, dass du in der Feuergrube des Königs stirbst. Und ich kann nicht für deine Sicherheit garantieren, bis ich weiß, wie ich ihn töten kann."

Ich holte tief Luft. „Du hast also vor, ihn zu töten. Obwohl er der König ist und du nicht sein Erbe bist."

„Nun, ja. Ich denke auch darüber nach, Lydia und Nama zu töten, denn sie werden dich am ehesten als Sterbliche erkennen. Und ich könnte jeden töten, der ..."

„Können wir uns die Diskussion über eine Mordserie für später aufheben?" Ich seufzte. „Ich genieße gerade das Nachglühen."

Er zog eine zweite seidige Decke um mich und ich rollte mich darin ein.

„Wie oft schläfst du hier?", fragte ich leise.

„Oft. Hier fühle ich mich am wohlsten."

Meine Augenlider wurden schwer. Die Kerzen im Kronleuchter begannen zu flackern und zu verlöschen. Ich schloss meine Augen. „Orion? Wie bist du aus dem Gefängnis entkommen?"

Er strich mir die Haare aus dem Gesicht und küsste mich auf die Stirn. „Ich habe einen Fluchtweg gegraben. Es hat sehr, sehr lange gedauert."

Als er den Arm um mich legte, fuhr ich mit den Fingern über sein seltsames Tattoo – eine Schlange, die zu einer Schlinge geformt war. „Und niemand hat sich daran erinnert, dass du da unten warst?"

„Eine Person schon." Seine Stimme klang distanziert. „Aber die ist jetzt tot."

Die Kerzen wurden immer dunkler. Orions Brust bewegte sich langsam hinter mir im Rhythmus mit seinem Atem und lullte mich in den Schlaf.

„Der König?“, fragte ich. „War er der Einzige?“

„Du solltest schlafen, Rowan.“

Ich spürte schon, wie ich zum sanften Geräusch der plätschernden Wellen wegdriftete. Es würde weh tun, wegzugehen. Dieser Ort war *magisch.*

Aber der Schlaf holte mich ein und ich träumte von einem glitzernden Ozean und Zitronenbäumen an einer Küste. Bis die Träume immer dunkler wurden – ein dunkler Berg, der Höllenfeuer spuckte. Eine Grube voller sich windender Schlangen.

Schlangen, die sich zu Schlingen gewunden hatten.

Ich erwachte mit einem Keuchen und blinzelte in das schummrige Licht. Jetzt flackerte nur noch eine einzige Kerze in der Grotte. Ich drehte mich um und sah, dass Orion neben mir schlief. Seine Brust hob und senkte sich sanft. Seine dunklen Wimpern standen im Kontrast zu seinem blassen Haar.

Im Schlaf sah der Herr des Chaos seltsam verletzlich aus. Meine Kehle schnürte sich zu, als ich an ihn im Gefängnis dachte. Die ganze Zeit über war er allein gewesen, nachdem seine Mutter getötet worden war. Er war noch ein kleiner Junge gewesen, als sie verhaftet wurden.

Unfähig, wieder zu schlafen, begann ich, über das Rätsel von Mortana nachzudenken.

Nach dem, was Orion mir erzählt hatte, hatte sie andere Lilu geopfert, um sich selbst zu retten. Das war ihre Art zu handeln. Ich hielt Orion nicht länger für einen Psychopathen. Er gab zwar vor, einer zu sein, aber ich vermutete, dass hinter seiner Racheaktion die Liebe zu seiner Mutter steckte.

Aber Mortana? Sie klang wie eine echte Psychopathin. Jemand, der nur ein einziges Ziel verfolgte – sicherzustellen, dass sie bekam, was sie wollte. Vielleicht sogar eine Sadistin? Er hatte gesagt, sie hätte ihn in den Gefängnissen gefoltert.

Ich ballte meine Fäuste so fest, dass sich meine Nägel in meine Handflächen bohrten. Bei dem Gedanken durchströmte mich glühende Wut.

Mein Körper fühlte sich vor Wut wie elektrisiert an. Seltsam stark sogar. Ich wollte Mortana den Kopf von ihrem Doppelgänger-Körper reißen, aber das *Seltsamste* war, dass ich das Gefühl hatte, ich könnte es tatsächlich tun.

Warte ... was war mit mir passiert?

Ein Blitz sengender Hitze verbrannte mein Handgelenk und ich schaute nach unten, um etwas wie eine Tätowierung auf meiner Haut flackern zu sehen, schwarz und rot – brennend wie Glut in einem Feuer. Ich starrte fasziniert darauf, wie etwas vor meinen Augen Gestalt annahm. Ein Schlüssel glühte auf meinem Handgelenk.

Was in aller Welt ...

Ein goldenes Licht strahlte darüber. Mit klopfendem Herzen begann ich zu erkennen, woher das Licht kam.

Ich berührte meine Stirn.

Oh, verdammt! Oh, *verdammt!*

Starke Gefühle können die wahre Natur eines Dämons enthüllen ...

Aber ich konnte unmöglich ein Dämon sein. Orion hatte mein Blut gekostet. Er war sich sicher, dass ich sterblich war. Das musste ein Albtraum sein.

Endlich verblasste der Schlüssel an meinem Handgelenk. Erst dann konnte ich wieder atmen, keuchte und starrte auf die blasse Haut an meinem Arm, wo der Schlüssel aufgeleuchtet hatte. „Verdammt!"

Orions Augen öffneten sich und er sah mich stirnrunzelnd an. „Was ist los?"

Ich berührte wieder meine Stirn, aber das Licht schien jetzt verschwunden zu sein. Nur Orions Augen leuchteten blassblau in der Dunkelheit.

„Ich, ähm ... ich glaube, ich habe mir nur etwas eingebildet", sagte ich.

Er griff wieder nach mir, zog mich dicht an sich heran und umschloss mich mit seinen Armen. „Du musstest dich in der City of Thorns an vieles gewöhnen."

Meine Muskeln begannen sich in seinen Armen wieder zu entspannen und ich starrte in die dunkle Grotte hinaus.

Diagnosetheorien: *vorübergehender psychotischer Ausbruch mit visuellen Halluzinationen* oder *Albträume durch Schlaflähmung.*

Zumindest hoffte ich, dass eine dieser Theorien richtig war.

Ich legte mich wieder hin und schmiegte mich in seine starken Arme. Ich versuchte, mich zu zwingen, mich zu entspannen und diese schreckliche Vision loszulassen. Ein Albtraum. Das war alles.

Ich drehte mich noch einmal zu Orion um und ertappte ihn dabei, wie er mich mit halbgeschlossenen Augen ansah.

„Orion“, flüsterte ich, „hilfst du mir morgen, etwas über meine Mutter herauszufinden?“

Er nickte und murmelte im Halbschlaf: „Ja. Und dann müssen wir dich von hier wegbringen.“

„Was ist mit der Schwäche des Königs?“, fragte ich.

„Ich werde es schon selbst herausfinden.“

Ein Albtraum. Das war buchstäblich das, was Orion war.

Albtraum: von dem Altdeutschen *Alben* – ein Inkubus. Eine Kreatur, die einem in der Nacht den Atem raubte und sich von einem ernährte. Die Monster, die aus den Schatten krochen, um einen ins Jenseits zu zerren. Aber trotz allem, was er mir immer wieder erzählte, glaubte ich nicht, dass er wirklich ein Monster war. So sehr es ihn auch ärgerte und Schwierigkeiten für ihn bedeutete, stellte er meine Sicherheit über seine eigenen Ziele. Es war ihm nicht egal, was mit mir geschah.

Als ich meine Augen wieder schloss, blitzte in meinem Kopf das Bild des brennenden Schlüssels auf. Warum war es für mich so einfach gewesen, mein Schattenselbst hier in der City of Thorns zu beschwören?

Grauen floss durch mein Blut.

Warum hatte ich das Gefühl, Mortana zu kennen?

Ein schrecklicher Gedanke traf mich wie ein Blitz – das Geheimnis, vor dem ich mich innerlich gedrückt hatte. Die Sache, vor der ich weggelaufen war.

Was, wenn ich diejenige war, die Mom getötet hatte? Was, wenn ich eine dunkle Seite hatte, die ich mir selbst nicht eingestehen wollte? Diese Nacht war so chaotisch gewesen und ich erinnerte mich, dass ich wütend auf sie gewesen war, weil sie mir gesagt hatte, ich sollte rennen.

Weil sie mir nicht erklärte, was los war. Ich wusste noch, dass ich dachte, sie wäre verrückt.

Ich schloss meine Augen und spürte, wie ich zitterte.

Was, wenn ich der wahre Albtraum war?

„Rowan“, flüsterte Orion, „ich kann spüren, dass du wegen irgendetwas in Panik bist. Was ist los?“

Mein Magen zog sich zusammen. „Genau das, was du erwähnt hast. Die Gefahr in der City of Thorns.“

„Ich kann dir beim Schlafen helfen, wenn du willst“, sagte er leise. „Das ist so ein Inkubus-Ding.“

Ich wollte mehr als alles andere von meinen eigenen schrecklichen Gedanken wegkommen. „Ja, bitte.“

Mich überkam ein beruhigender Zauber, der meine Muskeln entspannte. Mein Atem und mein Herzschlag wurden langsamer. Verwirrte Gedanken wirbelten in meinem Kopf herum – das Bild eines leuchtenden Sterns, der auf meinen Arm tätowierte Schlüssel, die sich windenden Schlangen. Aber nichts davon schien jetzt so schrecklich zu sein.

In einer Welt voller Dämonen und Magie wurde es langsam schwierig zu wissen, was real war und was nicht.

KAPITEL 33

Die Dämonenstadt war eine verkehrte Welt. Den ganzen Tag schlief ich und stand erst auf, wenn die Sonne unterging.

Vielleicht lag es daran, dass ich zum ersten Mal in meinem Leben einen Orgasmus gehabt hatte oder vielleicht war es Orions Inkubus-Schlafzauber, aber ich schlief lange und tief. Als ich in seiner Grotte aufwachte, stand die Sonne am späten Nachmittag schräg über dem Meer und strömte in korallenfarbenen Strahlen in die Höhle.

Es war das Sonnenlicht, das mich an eine schmerzhafte Realität erinnerte: So sexy Orion auch war, *technisch gesehen* war er immer noch einer meiner Verdächtigen.

Ich rieb mir die Augen, und der Geruch von Kaffee begrüßte mich. Als ich spürte, wie der Wind über mich strich, fiel mir ein, dass ich immer noch nackt war, und ich zog die Laken um mich herum hoch.

Ich lächelte, als ich Orion an einem Tisch am Rande des Pools sitzen sah, den Kaffee in einer Hand. „Ich habe den ganzen Tag darauf gewartet, dass du aufwachst. Ich war sogar in deiner Wohnung und habe ein paar Klamotten für dich geholt."

„Danke. Ich nehme an, die Grotte hat keine Dusche?"

Er nickte in Richtung des Pools. „Ich habe ein Naturbad. Es ist wärmer, als du denkst."

Es war magisches Dämonenwasser, das ehrlich gesagt viel schöner war als das Wasser zu Hause. Es war eine verdammte Schande, dass die Dämonen so lange versucht hatten, uns zu fressen oder zu Tode zu vögeln, sonst hätten wir zusammen eine tolle Welt entwerfen können.

Orion hatte schon *alles* von mir gesehen, aber aus irgendeinem Grund hatte ich immer noch ein Laken um mich gewickelt, als ich zum Pool ging. Ich ließ es erst fallen, als ich hineinsprang.

Das warme Wasser umschloss mich. Nach Luft schnappend tauchte ich wieder auf. Dann verschränkte ich meine Arme über dem Rand des Beckens und sah zu Orion auf.

Er schenkte mir ein amüsiertes Lächeln. „Immer noch schüchtern vor mir?"

„Vielleicht ein bisschen." Ich seufzte. „Ich liebe es hier."

„Du bist die einzige Person, die von diesem Ort weiß. Außer mir, natürlich."

Das warme Wasser umspülte meinen Rücken und meine Brüste. Ich dachte mir, dass es gar nicht so schlecht wäre, eine Weile heimlich hier zu bleiben, vorausgesetzt, ich konnte Orion von meiner Liste der Verdächtigen streichen. Aber vielleicht war das Verstecken in der Meereshöhle eines Dämons kein realistischer Lebensplan. Und vielleicht war es ein bisschen viel, nach einer einzigen Nacht mit jemandem zusammenzuziehen.

Orion griff nach etwas auf dem Tisch, dann hob er einen Umschlag hoch. „Als ich deine Sachen abgeholt habe, bin ich Shai begegnet. Sie bat mich, dir das hier zu geben. Und wie es der Zufall will, ist darin der Hauptschlüssel, den du gesucht hast."

Ich stützte mein Kinn auf meine Arme, als ich ihn ansah. „Das hat sie dir einfach so *gegeben*?" Sie wusste nicht, dass er mir helfen würde. Warum also?

„Nun, nicht freiwillig. Sie hat vor deiner Wohnung gestanden und nach dir gesucht." Er zuckte mit den Schultern. „Also habe ich sie gezwungen, mir zu sagen, was sie von dir will."

Meine Hände ballten sich zu Fäusten. „Was meinst du damit, du hast sie gezwungen? Hast du sie etwa bedroht?"

Seine Augenbrauen hoben sich. „Nein, natürlich nicht. Ich kann ihr nicht drohen, wenn sie weiß, dass ich ihr nicht wehtun kann." Er ließ den Umschlag auf den Tisch fallen. „Also habe ich einfach ihren Geist mit Magie kontrolliert."

Ich starrte ihn an. „Du kannst nicht einfach die Gedanken der Leute kontrollieren, Orion."

Eine Linie bildete sich zwischen seinen Brauen. „Ja, das kann ich. So bin ich an den Schlüssel gekommen. Das habe ich dir doch gerade gesagt."

Ich schüttelte den Kopf und begann die Geduld zu verlieren. „Ich weiß, dass du körperlich dazu in der Lage bist. Ich meine, es ist ... unmoralisch."

„Ich bin ein Dämon", sagte er langsam, als wäre ich eine Idiotin.

Ich ließ meinen Kopf in meine Hände fallen. „Okay. Aber du fühlst dich für etwas in der Vergangenheit schuldig." Ich sah wieder zu ihm auf. Wie sollte ich das erklären? „Schuldgefühle sind die Erkenntnis, dass du etwas falsch gemacht hast. Zum Beispiel, dass du einer anderen Person etwas angetan hast, was du dir selbst nicht antun würdest. Und das gibt dir ein schlechtes Gefühl. Das ist Schuld."

Er starrte mich an, als ob ich eine fremde Sprache sprechen würde. „Aber ich fühle mich nicht schuldig, weil ich Shais Gedanken kontrolliert habe. Du hast mich gebeten, dir zu helfen, den Mörder deiner Mutter zu finden. Dieser Schlüssel schien einer deiner einzigen Anhaltspunkte zu sein, und ich habe ihn für dich besorgt." Er öffnete den Umschlag und zog den Schlüssel an einem langen, schwarzen Band heraus. „Siehst du?"

Vielleicht war es zu viel verlangt, dass ein Dämon die moralischen Probleme der Gedankenkontrolle verstand. Ein Schritt nach dem anderen.

Aber viel wichtiger war, dass der Schlüssel jetzt meine Aufmerksamkeit hatte, denn aus irgendeinem Grund hatte meine Mutter einen Schlüssel zu einem Zimmer in der City of Thorns. Und er erinnerte mich sehr an den, den ich an meinem Arm gesehen hatte. „Meinst du, er könnte zu einem Zimmer im Asmodean Bezirk passen?"

„Er sieht aus wie die Schlüssel in den Gebäuden von Asmodean. Die Schlösser sind seit Hunderten von Jahren nicht mehr erneuert worden." Er strich mit der Fingerspitze darüber. „Und auf diesem hier ist ein Totenkopf eingemeißelt. Das ist eines der wenigen Dinge, an die ich mich aus der Zeit vor meiner Gefangenschaft erinnere. Schlüssel wie dieser ..." Er starrte ihn an, verloren in seinen Erinnerungen. „Ich glaube, ich hatte Angst vor ihnen, wenn du dir so etwas vorstellen kannst."

In meinem Kopf schimmerte die Erinnerung an den Schlüssel, den ich auf meinem Arm hatte aufflackern sehen. War dort auch ein Schädel gewesen?

Ich hievte mich aus dem Pool. Mein Herz schlug wie wild. Aufgewühlt wickelte ich sein Laken wie ein Handtuch um mich.

Sein Blick glitt auf das Laken hinunter. „Weißt du noch, wie du über Schuldgefühle gesprochen hast? Fühlst du dich schuldig, weil du mein Laken in Meerwasser getränkt hast?“

Ich schaute nach unten. „Tut mir leid, ich war abgelenkt. Orion, wie zum Teufel ist meine sterbliche Mutter an einen Schlüssel zu einem Gebäude im verlassenen Asmodean Bezirk gekommen?“

Nachdenklich drehte er den Schlüssel. „Wenn wir das richtige Gebäude finden, werden wir es vielleicht rausfinden.“

KAPITEL 34

Wir brachen erst auf, als die Nacht hereingebrochen war und das Mondlicht den Asmodean Bezirk in gespenstisches Silber tauchte. Ausnahmsweise trug ich kein sexy Kleid, sondern nur schwarze Lederleggings und einen dunklen Pullover.

Heute Abend war die Luft in der City of Thorns ein wenig kühler als sonst, ein Hauch von Meeresbrise lag in der Luft. Der Wind rauschte durch meine roten Locken, als wir durch die leeren Straßen gingen.

Seite an Seite folgten wir den dunklen Kanälen. Um uns herum tauchten schweigende Gebäude auf, deren Farbe verblasst und abgeplatzt war. In den einstmals großartigen Häusern und Hallen fanden wir Porträts mit durchgestrichenen Augen und verunstaltete Statuen. Wir probierten den Schlüssel in jedem Schloss aus, das wir finden konnten – an den Haustüren, in den Schlafzimmern, an Schränken und Schubladen.

Eine düstere Atmosphäre drückte auf jedes Haus, und Traurigkeit lag schwer in der Luft. Als wir das Gebäude betraten, in dem wir zuvor gewesen waren – das Herrenhaus mit den zertrümmerten Büsten und den Kristallkaraffen –, blieb Orion stehen und sah zur Decke hinauf, zu dem Bild der nackten Frau mit der Schlange, die sich um sie gewickelt hatte. Ich hatte es vorher nicht bemerkt, aber die Vorhänge und Möbel sahen an vielen Stellen verbrannt aus, und das Glas eines Spiegels war geschwärzt.

In Gedanken versunken war Orion so still wie die zerbrochenen Statuen. Die Luft schien um ihn herum dunkler zu werden, der Raum heißer.

„Erinnerst du dich an diesen Ort?“, fragte ich leise.

Er stieß einen langen Seufzer aus. „Ich habe sie immer angestarrt. Ich weiß noch, wie ich auf dem Sofa lag und dachte, ich würde sie eines Tages heiraten und sie vor der Schlange retten, die sich um ihren Körper gewickelt hat. Jetzt sehe ich, dass ihr die Schlange eigentlich nichts ausmacht. Ich wusste nicht, dass sie die Mutter unserer Götter ist. Ich dachte, sie würde zu uns gehören und bräuchte mich.“ Er drehte sich um und sah sich in der verlassenen Halle um. „Ich erinnere mich an den Tag, als die Soldaten gekommen sind.“

„Die Soldaten des Königs?“

„Ich hatte keine Angst vor den Soldaten unseres Königs. Ich habe mich vor den Sterblichen gefürchtet. Sie hatten Gewehre dabei. Aber was mir Angst gemacht hat, waren ihre Gesichtsausdrucke. Ich hatte noch nie zuvor so reine Abscheu gesehen.“

Ich starrte ihn an. „Es waren Sterbliche hier?“

„Der König hat vor ihnen kapituliert und zugestimmt, dass sie die Lilu zusammentreiben. Es war das letzte Mal, dass er sterbliche Soldaten in die Stadt gelassen hat.“ Er atmete tief ein. „Ich kann nicht sagen, dass sie das Gewissen hatten, von dem du immer redest. Ich glaube, sie dachten, wir wären wie Tiere.“

„Es tut mir leid.“ Mein Herz schmerzte für ihn.

„Es ist nicht deine Schuld“, murmelte er.

„Aber das muss schrecklich für dich gewesen sein.“

„Seit Hunderten von Jahren habe ich jeden Tag an diesen Tag gedacht.“ Er ging durch das Wohnzimmer zu einem Stück Holzboden, das dunkler gefärbt war als der Rest. „Hier haben sie meinem Bruder das Herz herausgeschnitten. Er hat sich gewehrt, weil er unsere Mutter retten wollte.“ Er fuhr mit den Fingern über den fleckigen Boden. „Er war derjenige, der ...“ Er stand wieder auf, drehte sich um und deutete auf den Flur. „Und dort haben sie meinem Vater das Herz herausgeschnitten.“

Ich konnte kaum atmen. „Das beantwortet wohl meine Frage, warum du die Sterblichen so verachtest.“

Seine Augen funkelten. „Es ist verwirrend für mich, dass ich dich so sehr schätze. Aber du bist nicht so, wie ich erwartet habe.“

Der Boden knarrte, als ich den Raum zum Spiegel durchquerte, und ich starrte in seine geschwärzte Oberfläche. „Was sind das für Brandspuren? Haben sie angefangen, das Haus zu verbrennen?“

„Das war von mir. Ich konnte mein Feuer damals noch nicht kontrollieren, aber wenn ich es gekonnt hätte, hätte ich die ganze Armee niedergebrannt. Und die meisten Dämonen gleich mit, weil sie sich gegen uns gestellt haben.“

„Wie alt warst du?“, fragte ich.

„Fünf.“

„Sie haben dich ins Gefängnis gesteckt, als du *fünf* warst?“, fragte ich etwas lauter als beabsichtigt.

Ich durchquerte den Raum und schaute in einen anderen der verbrannten Spiegel, wobei die Hälfte meines Gesichts vom Rauch verdeckt wurde. Aber ich konnte meine Augen und meine Wangenknochen sehen. Der Mondschein strömte durch die alten, verzogenen Fenster und tauchte mein Gesicht in ein geisterhaftes Licht, während ich mich betrachtete. „Was ist mit den anderen Lilu passiert? Wurden sie sofort getötet, oder waren noch andere mit dir im Gefängnis?“

„Das wäre eine gute Frage für Mortana.“

Ich spürte sie wieder – diese aufsteigende Wut. Er war nur ein kleiner Junge gewesen und hatte zugesehen, wie Sterbliche seinem Bruder das Herz mitten im Wohnzimmer herausgeschnitten hatten. Ich hatte das Gefühl, meine Brust würde in zwei Teile zerspringen.

Meine Wut stieg auf wie Magma. Wenn ich an den kleinen Orion dachte, der nach seinem Vater schrie, wollte ich genau diese Sterblichen finden und ihnen das Herz aus der Brust reißen. Macht durchflutete mich und ich wünschte, ich könnte diese puritanischen Mistkerle aus ihren Gräbern ziehen und sie ein zweites Mal töten.

Ich klammerte mich so fest an die Tischkante, dass ich das Holz zerbrach. Ich blickte auf meinen Arm, wo das Bild des Schlüssels flackerte – mit einem Totenkopf, der wie Glut brannte.

Es passierte wieder.

Wenn ein Dämon starke Emotionen verspürt ...

Als ich in den Spiegel schaute, ging ein schwacher Hauch von goldenem Licht von meiner Stirn aus, aber die Form war von den Brandflecken verdeckt. Ich legte die Hand darüber.

Verdammt. *Verdammt.*

„Rowan?“, fragte Orion. „Warum höre ich dein Herz schlagen, als würdest du gleich verschlungen werden? Du weckst noch die halbe Stadt auf.“

Orion hatte gesagt, dass Dämonen all ihre Erinnerungen auslöschen konnten ... Was, wenn ich meine eigenen Erinnerungen gelöscht hätte?

Aber wovor hatte ich solche Angst – dass ich Mortana *war*? Orion hatte gesagt, ich wäre ein Mensch.

Zitternd zog ich meine Hand weg und bewegte mich so, dass ich meine Stirn sehen konnte. Da war nichts. Kein Dämonenmal, kein goldenes Licht.

„Orion? Ich glaube, ich habe Halluzinationen."

„Ah", sagte er. „Das liegt daran, dass du hier bist. Ich sehe sie auch, die Geister meiner Vergangenheit. Hier drinnen fühlen sie sich lebendiger an als anderswo."

Ich atmete zittrig aus und drehte mich zu ihm um. „Eine Sekunde lang dachte ich, ich würde mich in einen Dämon verwandeln."

Er schenkte mir ein trauriges Lächeln. „Du kannst dich nicht in einen Dämon verwandeln. Du bist sterblich."

Vielleicht hatte mich die Tragödie dieses Ortes einfach überwältigt. Ich griff in meine Tasche nach dem Schlüssel und hielt ihn hoch. „Sollen wir weitersuchen?"

Wir näherten uns einem steinernen Herrenhaus in einem Teil des Bezirks, den ich noch nie zuvor gesehen hatte. Auf beiden Seiten des Gebäudes verliefen Kanäle, die sanft nach Süden zum Fluss Acheron führten. Vor dem Haus erstreckte sich ein überwucherter Garten und steinerne Wege schlängelten sich durch Sträucher.

Das dreistöckige Haus verfügte über prächtige Säulen und kunstvolle Wasserspeier. Die Balkone im zweiten und dritten Stockwerk boten einen Blick auf die Kanäle und den Garten.

„Was ist das für ein Ort?", fragte ich.

„Dies war einst das Haus des Herzogs des Asmodean Bezirks."

„Warum haben sie mich nicht hierher gebracht, wenn ich die Herzogin sein soll?"

„Als Mortana die Einzige war, die noch übrig war, wohnte sie in dem Gebäude, in dem du jetzt bist. Es wurde die neue Residenz des Vertreters der Lilu." Er schaute mich an, seine Augen leuchteten in der Dunkelheit. „Wahrscheinlich wollte sie nicht von der Erinnerung verfolgt werden, dass sie am Tod ihres eigenen Vaters beteiligt war."

Ich starrte auf das Herrenhaus und mein Blut wurde kälter. Wenn Tragödien an einem Ort haften können, dann triefte dieser Palast davon. Die schlimme Vergangenheit lag förmlich in der Luft. „Der Herzog, der hier lebte, war Mortanas Vater? Wie war sein Name?"

„Moloch."

Orion begann mich durch den weitläufigen Garten zur Haustür zu führen. Über uns schlug ein hölzerner Fensterladen gegen den Fensterrahmen.

„Die City of Thorns ist nicht wie deine Welt", fuhr Orion fort. „Hier ist die Luft von Magie durchdrungen. Erinnerungen verweilen an Orten. Die Tragödie kann sich um die Wände, die Böden, den Stein und das Holz wickeln. Sie bleibt dort wie ein lebendiges und atmendes Wesen. Wenn du also Dinge siehst, wundert mich das nicht. Diese Welt war nie für Sterbliche gedacht, und selbst Dämonen sehen hier manchmal Dinge."

Als wir die Tür erreichten, schob ich den Schlüssel ins Schloss. Mein Herz setzte einen Schlag aus. Das Schloss *drehte* sich.

Ich hielt den Atem an, als die Tür aufschwang und das Innere eines mit Spinnweben bedeckten Palastes enthüllte. Ein Schauder lief mir über den Rücken, als ich die gespenstische Schönheit betrachtete. Dünne Strahlen Mondlicht fielen in eine Halle mit hohen Decken. In eine Wand war ein weißer Marmorkamin eingelassen, auf dem ein verblichenes Wandgemälde mit Löwen und Eulen zu sehen war. Statuen auf Säulen standen in der Halle, ihre Gesichter waren zertrümmert. Der Boden war ein Mosaik aus tiefem Blau und Gold mit Mustern aus zarten Rosetten, das an vielen Stellen Risse aufwies.

Früher hätte dieser Ort vor Reichtum und Eleganz geglänzt, aber auch jetzt hatte er eine andere Art von Schönheit.

Mein Puls raste. „Orion?“, fragte ich leise. „Warum würde meine Mutter einen Schlüssel zu diesem Ort haben? Meine sterbliche Mutter? Meinst du, sie könnte hier einmal eine Dienerin gewesen sein?“

„Das Haus ist seit Hunderten von Jahren nicht mehr bewohnt worden.“

Ich schüttelte den Kopf und versuchte den Nebel aus meinem Kopf zu vertreiben. „Richtig. Ja, natürlich.“

„Alle dachten immer, der Herzog sei während der Säuberungen verschwunden.“ Seine leise Stimme hallte gespenstisch wider, als er durch die Halle ging.

„Und das war das Letzte, was man von ihm gehört hat?“, fragte ich.

„Vielleicht. Vor etwa zwanzig Jahren wurde draußen in den Gärten eine Leiche gefunden. Das Herz war herausgeschnitten und der Leichnam bis zur Unkenntlichkeit verbrannt worden. Die Gerüchte besagten, dass es sich um Herzog Moloch selbst handelte, aber niemand hatte eine Erklärung, wie er hergekommen sein sollte. Es könnte Lilu geben, die entkommen sind und ohne ihre Kräfte außerhalb der City of Thorns leben."

Ein kühler Wind strömte in den Raum und strich über meine Haut. Eine Gänsehaut bildete sich auf meinen Armen. „Vielleicht kannte meine Mutter ihn."

Ein beunruhigender Gedanke kam mir in den Sinn. Meine Mutter hatte mir nie erzählt, wer mein Vater war.

„Und wenn er noch leben würde", sagte Orion, „hätte Cambriel ihn vielleicht als Rivalen um den Thron angesehen."

Ich hörte ein Knarren über mir. Als ich nach oben schaute, entdeckte ich nichts, nur eine mit Ranken und Früchten bemalte, verblichene Decke. „Warum sollte Moloch ein Rivale um den Thron sein?"

„Vor langer Zeit wurden die Dämonen von einem verrückten König namens Azriel regiert. Er war besessen von der Idee, in den Himmel zurückzukehren und die Verluste in den himmlischen Kriegen rückgängig zu machen. Er nannte sich selbst einen Gott. Er begann seine eigenen Untertanen zu töten, sie in den Wäldern zu verbrennen und ihnen das Herz herauszureißen. Wäre er König geblieben, hätte er alle seine Untertanen abgeschlachtet. Er hätte die Arbeit der Sterblichen für sie erledigt."

„Klingt schrecklich."

„Es war Cambriels Vater, König Nergal, der ihn zu einem Kampf herausgefordert hat. Durch die Abstammung seiner Familie hatte Nergal keinen großen Anspruch auf den Thron. Aber nur der rechtmäßige Erbe kann einen König töten, und Nergal hat es geschafft. Wenn es wirklich Götter gibt, wollten sie nicht, dass der verrückte König auf dem Thron bleibt."

Ich drehte mich um und runzelte die Stirn. „Und der Herzog, dem dieser Ort gehörte – war er mit dem verrückten König verwandt?"

Orion nickte. „Moloch war sein unehelicher Sohn."

Ich schloss meine Augen und rieb sie dann. „Ich versuche nur, das zu verarbeiten. Meine Mutter – die normale, sterbliche Mutter, die ich kannte, die mir Makkaroni mit Käse gemacht und zu viele Pizzabrötchen gegessen hat – , sie könnte den Bastardsohn eines verrückten Dämonenkönigs gekannt haben."

„Das scheint eine gute Zusammenfassung zu sein."

Was. Zur. Hölle? Warum hatte sie mir nie etwas davon erzählt? Ich hatte meine Teenagerjahre damit verbracht zu denken, dass meine Mutter süß, aber langweilig war.

Wie sehr hatte ich mich geirrt?

KAPITEL 35

Ich ging weiter und erkundete das Haus. In mir brannte der Wunsch, mehr zu erfahren. Ich ging hinüber zu einer alten Holztür, die sich zu einem Innenhof öffnete. Dort umgaben Steinbögen einen wilden Garten, und dornige Pflanzen kletterten über Säulen und bröckelnde Statuen. Eine Brise wehte durch mein Haar.

War Mom jemals hier gewesen?

Als ich auf den Garten blickte, fügten sich die Puzzleteile in meinem Kopf zusammen.

Ich drehte mich um und sah Orion an. Mein Herz schlug schneller. „Mortana wurde hier geboren, richtig? Sie war die Enkelin des verrückten Königs. *Sie* hatte einen Anspruch auf den Thron. Vielleicht erklärt das ein wenig Cambriels Interesse an ihr. Es gibt zwei Möglichkeiten, einen Rivalen um den Thron auszustechen. Entweder man tötet ihn oder man heiratet ihn."

Orion nickte. „Das und dass er sie unbedingt nehmen will. Aber ja, du hast Recht. Mortana hat einen Anspruch auf den Thron."

Er war wieder ganz still geworden. Mich machte das immer nervös. Die Luft schien heißer zu werden, die Schatten um ihn herum wurden dichter. Seine blassen Augen bohrten sich in meine.

„Was?", fragte ich. „Ich sehe doch, dass du wegen irgendetwas aufgebracht bist."

„Womit ich mich schwertue“, sagte er leise, „ist die Anzahl der Zufälle. Wie ich bei unserem ersten Treffen sagte, haben Dämonen manchmal sterbliche Doppelgänger. Aber wie groß ist die Wahrscheinlichkeit, dass ein sterblicher Doppelgänger auch den Schlüssel zum Haus des Dämons besitzt?“

Eis glitt durch meine Knochen. Das war ein sehr gutes Argument. Und doch hatte ich keine Ahnung.

Ich räusperte mich. „Ich weiß es nicht. Aber du hast gesagt, ich sei definitiv sterblich.“ Ich klammerte mich jetzt verzweifelt daran. „Du hast gesagt, Dämonen können keine Nachkommen mit Sterblichen hervorbringen. Und offensichtlich habe ich keine Magie. Nicht einmal in der City of Thorns.“

Er starrte mich lange an. „Du hast sterblich geschmeckt, ja.“

Ich holte tief Luft. „Ich werde mich umsehen und schauen, was ich finden kann, okay?“ Furcht stieg in mir auf, dunkle, namenlose Furcht, der ich mich nicht stellen wollte.

Und aus irgendeinem Grund fühlte ich mich in der Nähe von Orion nicht mehr wohl. Wenn ich an diesem Ort etwas über meine Mutter erfuhr, war ich mir nicht sicher, ob ich ihn dabeihaben wollte.

Ich durchquerte den Flur, plötzlich beseelt von dem Wunsch, von ihm wegzukommen, und fand meinen Weg zu einer breiten, hölzernen Treppe, die in die oberen Stockwerke führte. Ich eilte die Treppe hinauf. Im Mondlicht betrachtete ich die verunstalteten Porträts, die verstreuten Kleidungsstücke und die durchwühlten Räume. Mit einem zunehmenden Gefühl der Verzweiflung bewegte ich mich durch die Zimmer und hoffte irgendetwas zu entdecken, einen Hinweis auf die Wahrheit.

Ich ging auf den Balkon, von dem aus ich den verwinkelten Garten überblickte. Ein Schwarm Krähen erhob sich aus einem der knorrigen Bäume und erschreckte mich. Mein Herz bebte, als ich sie in den dunklen Himmel fliegen sah.

Als ich einatmete, zog sich mein Innerstes zusammen. Ich konnte Mom hier riechen. Ein schwacher, blumiger Geruch, samtig und mit einem Hauch von Jasmin. Ich vermisste sie in diesem Moment mehr als je zuvor.

Wenn ich die Augen schloss, konnte ich sie fast spüren, und mein Herz tat weh. Ich sah sie vor mir, wie sie nach der Arbeit erschöpft in ihrem Sessel vor dem Fernseher döste. Sie hatte immer schlecht geschlafen, jedes kleine Geräusch hatte sie aufgeweckt. Aber es war eine andere Mutter, die ich hier spürte – nicht die sterbliche, die ich kannte, die Naturdokus schaute und Weinschorlen trank. Die Mutter hier trug ihr Haar hochgesteckt und eine Krone auf dem Kopf und ließ sich von Dienern Obst bringen. Sie war voller Selbstvertrauen und strahlte.

Das hatte den Leuten Angst gemacht.

Meine Hände zitterten, als ich mich wieder in Bewegung setzte und ein Zimmer nach dem anderen durchsuchte. Schließlich erreichte ich das Hauptschlafzimmer mit einem Himmelbett aus dunklem Holz und einer hohen Decke, die mit einem Sternbild bemalt war. Aber was mein Herz zum Stillstand brachte, war das Porträt an der Wand – eine Frau, deren dunkles Haar auf ihrem Kopf aufgetürmt war. Es war genau so, wie ich sie mir vorgestellt hatte. Die Augen des Porträts waren übermalt worden, aber den Rest ihres Gesichts hätte ich überall erkannt. Ihre gerade Nase, die hohen Wangenknochen, die dunklen Augenbrauen ...

Ich hatte das Gefühl, die Welt würde unter mir verschwinden, als ich zu Moms Porträt hinaufstarrte. Was zum *Teufel?*

Ich konnte nicht atmen, als die Möglichkeiten in meinem Kopf herumwirbelten. Hatte Mom eine Doppelgängerin gehabt oder ...

Ich musste es herausfinden, bevor Orion hochkam.

Ich drehte mich um und suchte den Raum ab, wobei mein Herz gegen meine Rippen schlug. In einer Ecke des Raumes stand ein altertümlich aussehender Holztisch und ich eilte zu ihm hin. Ich zog die Schubladen auf, bis ich ein Buch fand, dessen schwarzer Einband mit goldenen Dornen geprägt war, und einen Totenkopf-Schlüssel wie den, den ich an meinem Arm gesehen hatte. Ich konnte kaum atmen, als ich die Seiten umblätterte und den alten handgeschriebenen Text las.

Auf der ersten Seite stand mit schwarzer Tinte eine Art Kinderreim.

Die Maere der Nacht
jagte den Mädchen Angst ein,
aber eine Königin liebte ihn sehr.
Er verlor seinen Thron
aber die Saat wurde gesät
im Garten von Adele.
Ein Schwindlerkönig,
ein goldener Ring,
um sein Herz am Leben zu erhalten.
Nimm den Ring,
der König ist gefallen,

die Stadt wird dennoch gedeihen.

Was war das? Ein Kinderreim? Eine Prophezeiung?

Mit einem Blick über die Schulter vergewisserte ich mich, dass ich noch allein war. Ich war mir nicht sicher, ob der Text etwas zu bedeuten hatte oder ob es sich nur um ein Lied handelte, aber ich zückte mein Handy, um trotzdem ein Foto zu machen.

Als ich die Seite umblätterte, fand ich ein Inhaltsverzeichnis. Dies war ein Buch mit Zaubersprüchen. Neben einem der Zaubersprüche war das Bild eines Skelettschlüssels abgebildet.

Bannzauber

Meine Hände zitterten, als ich die Seite umblätterte. Oben war ein Schlüssel, der wie der an meinem Arm aussah ... und mit ihm die Erklärung, vor der ich mich gefürchtet hatte.

Zauberspruch zum Bannen von Dämonenmagie

Wird verwendet, um Dämonenkräfte während der Säuberung durch Sterbliche zu bannen. Dieser Zauber verwandelt einen Dämon vorübergehend in einen Sterblichen.

Meine Hände zitterten so sehr, dass ich das Buch kaum halten konnte.

Aber ich konnte doch nicht Mortana sein, oder? Ich wusste, dass Orion etwas von einem Zauberspruch gesagt hatte, der einen alles vergessen ließ, aber ...

Ich würde es doch wissen. Wenn ich böse wäre, würde ich es wissen. Ich fühlte mich nicht böse. Hatte sich je irgendjemand böse gefühlt?

„Rowan?“ Orions Stimme ließ mich fast vor Schreck aufschreien.

Wenn er sehen würde, was ich gerade gefunden hatte – wenn er wüsste, dass das ein Porträt meiner Mutter war – , würde er mich umbringen. Die Hinrichtung, die er ursprünglich für mich geplant hatte, könnte tatsächlich stattfinden. Entweder war ich Mortana, oder ich war eine nahe Verwandte. Er hatte geschworen, sie *und* ihre Familie zu töten. Nicht nur ein Schwur, sondern ein verdammter Blutschwur.

Ich drehte mich um und schob das Buch zurück in die Schublade. „Ich habe nichts gefunden", sagte ich und versuchte, meine Stimme natürlich klingen zu lassen.

„Was ist los?" Er bewegte sich auf den Schreibtisch zu. Seine Augen leuchteten hell in der Dunkelheit.

Ich konnte ihm nichts vormachen. Er konnte mein verdammtes Herz klopfen hören.

Ich eilte an ihm vorbei in den Korridor. „Ich habe gerade wieder Dinge gesehen. Wie du gesagt hast, es scheint hier zu spuken. Lass uns gehen."

„Es interessiert dich nicht mehr, was mit deiner Mutter passiert ist?", rief er mir nach.

„Ich habe mich nur erschrocken, Orion." Ich ging schnell die Treppe hinunter. Inzwischen war ich mir nicht mehr sicher, was ich da tat. Ich hoffte, dass er mit mir nach draußen kommen und diesen gespenstischen Ort vergessen würde – und das Zauberbuch nie, niemals fand.

Draußen eilte ich in den Garten. Adrenalin durchflutete mich, als ich daran dachte, was er mir erzählt hatte – die Leiche, die hier gefunden worden war, bis zur Unkenntlichkeit verbrannt.

Als ich den wilden Garten um mich herum betrachtete, wollte ich plötzlich aus der City of Thorns verschwinden. Ja, ich mochte die Pools und den Luxus. Und ich mochte Orion. Sehr sogar. Aber eine schreckliche Vergangenheit lebte hier, und langsam wurde mir klar, dass ein Teil davon zu mir gehören könnte.

Sah sich Orion dort oben weiter um? Wenn er das Zauberbuch gefunden hatte ...

Ich lief weiter durch den Garten. Meine Nerven waren wie elektrisiert. Blind stolperte ich durch die wilden Dornen. Dann ließ das Geräusch von Schritten mein Herz erstarren. Aber als ich mich umdrehen wollte, presste sich eine Hand fest um meine Nase und meinen Mund.

Orion? Ich zerrte an der Hand, aber sie war viel zu stark für mich.

Meine Lunge brannte, als mir die Luft ausging. Wie wild versuchte ich, gegen die Schienbeine des Unbekannten zu treten. Dann wurde mir schwarz vor Augen.

KAPITEL 36

Ich wachte in Dunkelheit auf, gefesselt an einen Stuhl. Schmerz pochte durch meinen Kopf, und mein Mund war trocken.

Ich roch leicht nach Urin, aber ich wollte mich nicht damit beschäftigen. Ich musste darüber nachdenken, wie ich mich aus dieser Situation befreien konnte. Abgesehen vom Urin roch die Luft nach verbranntem Zedernholz und nach Eisen.

Verbranntes Zedernholz … das war Orions Duft.

„Orion?“ Ich räusperte mich. „Ich kann es erklären.“ Das konnte ich wirklich nicht, aber es schien ein guter Anfang zu sein.

Ich versuchte meine Hände zu bewegen. Die Seile scheuerten an meinen Gelenken.

Schritte hallten von den Steinen wider, und als ich den Kopf drehte, sah ich ein Licht, das aus einem Tunnel schien. Ich erkannte die Umrisse eines kleinen Gewölbes.

„Rowan.“ Die rasselnde Stimme kam aus der gegenüberliegenden Ecke und ich drehte mich um. Orion stand in den Schatten. Offenbar war er nicht derjenige, der mich gefesselt hatte, denn er war selbst in Ketten gelegt. Blut floss aus seinen Schultern und seiner Brust, und um ihn herum lag ein Haufen Asche.

„Orion!“, rief ich. „Was ist mit dir passiert?“

Seine Augen fielen zu, als hätte er Schwierigkeiten, bei

Bewusstsein zu bleiben. „Irgendein bescheuerter Sterblicher hat Nama eine Pistole gegeben.“

„*Was*?“

„Sie hat auf mich geschossen und mich angekettet. Ich habe versucht, mich durch die Ketten zu brennen, aber ... ich habe nur den Stuhl verbrannt. Ich kann jetzt keine Magie mehr beschwören, nicht wenn ich von Kugeln durchlöchert bin. Es fällt mir schwer ...“

Seine hellblauen Augen schlossen sich und Panik kroch mir in den Nacken.

Das Geräusch von Schritten wurde lauter und Nama betrat den Raum mit einer Laterne in der einen und einer Pistole in der anderen Hand. Ihr weißes Haar fiel in perfekten Wellen über ein scharlachrotes Kleid. „Hallo, Freunde.“ Sie hob die Waffe. „Das macht Spaß!“

Ich warf einen Blick auf Orion, aber seine Augen waren wieder geschlossen. Er konnte eigentlich nicht sterben, es sei denn, jemand schnitt ihm das Herz heraus. Aber es tat weh, ihn so schlimm zugerichtet zu sehen.

Bei dem ganzen Mist, der hier passierte, hätte ich fast vergessen, dass ich eigentlich Mortana sein sollte. Zeit, ihre herrische Haltung zu zeigen.

Ich warf mein Haar über meine Schulter. „Was tust du da, du Idiotin? Binde mich sofort los!“

Namas Augen weiteten sich, und ihre Hand flog zum Mund. „Oder was? Was wirst du tun, wenn ich dich nicht losbinde?“

Hatte sie meinen Bluff durchschaut?

Sie hob die Laterne hoch. „Andras! Gamigan! Lydia!“, brüllte sie. „Sie ist aufgewacht. Bring den Sterblichen mit.“

„Was tust du da?“, knurrte ich. „Du bist verrückt.“

„Oh, meine versaute kleine Freundin", gurrte sie. „Das Verrücktsein liegt dir im Blut, nicht mir. Es gab einen Grund, warum wir deinen Großvater töten mussten. Die Lilu sind abscheulich."

Zwei der Herzöge betraten den Raum – der platinhaarige Gierdämon, der den Mammon Bezirk anführte, und ein Faulheitsdämon aus Abadon mit schweren grünen Augen. Und hinter ihnen schlenderte Lydia herein – direkt neben Jack Corwin.

Jack? Jack war der idiotische Sterbliche, der Nama die Pistole gegeben hatte. Mit seinem Alpha-Kappa-Sweatshirt und seiner alten Baseballkappe wirkte er hier völlig fehl am Platz.

Mein Blut wurde zu Eis. Meine beiden Welten kollidierten jetzt auf die schrecklichste Art und Weise, die möglich war.

Natürlich war Jack der bescheuerte Sterbliche. In diesem Moment sah er ziemlich verängstigt aus, seine Augen wanderten von einem Dämon zum anderen. Und als ich genau hinsah, konnte ich sehen, dass sein Gesicht von neuen blauen Flecken gezeichnet war. Seine Lippe war aufgeplatzt und seine Wangenknochen und sein Kiefer waren violett verfärbt.

Nama reichte die Laterne an Lydia weiter.

„Was ist hier los?", wollte ich mit zusammengebissenen Zähnen wissen. Ich konnte nicht länger so tun, als wäre ich ruhig und gelassen. Im Moment war mein Schattenselbst nirgends zu finden.

Mit einem selbstgefälligen Lächeln verschränkte Nama die Arme. Als sie das tat, ging die Pistole los und sie schrie auf. Gesteinsbrocken und Sand spritzten durch den Raum.

Jack hielt seine Hände hoch. „Sei vorsichtig damit!"

Nama schaute stirnrunzelnd auf die Waffe. „Diese Dinger sind verwirrend." Sie schüttelte den Kopf. „Jedenfalls hatte ich den Verdacht, dass du zu viel Zeit unter Sterblichen verbracht hast, Mortana. Du sahst irgendwie grotesk aus, so wie sie. Du weißt schon, wie ein Tier. Ein dreckiges, brünstiges Tier."

Ich verzog meine Lippen zu einem Knurren. „Hast du den Verstand verloren?"

Sie zuckte mit den Schultern. „Also habe ich ein bisschen nachgeforscht. Ich habe mich heute in Osborne umgesehen, bis ich in einem Trophäenschrank ein Bild von deinem Gesicht gesehen habe. Du warst in einem Leichtathletik-Team." Sie rümpfte die Nase und wandte sich an die Herzöge. „Menschen treten in Laufwettbewerben gegeneinander an, auch wenn sie verdammt langsam sind. Aber findet ihr es wirklich fair, dass ein Dämon in einem Leichtathletikteam der Sterblichen mitmacht?"

Mir wurde flau im Magen und ich sah zu, wie sie zu Jack hinüberging. Sie packte ihn an den Haaren, zog seinen Kopf zurück und richtete dann die Waffe auf sein Kinn. „Dann wurde es ein bisschen interessanter. Dieser kleine Wichser hat versucht, mich zu erschießen. Anscheinend hält er sich für einen Dämonenjäger."

Jack zitterte heftig. *Verdammt.* War ich jetzt auf der gleichen Seite wie Jack? Das gefiel mir ganz und gar nicht.

Nama schlug ihm mit ihrer freien Hand ins Gesicht. „Ich habe ihn geschlagen, bis er mir von Mortana erzählt hat. Aber er sagte, ihr Name sei nicht Mortana. Ihr Name sei Rowan Morgenstern. Und er ist sich ganz sicher, dass sie sterblich ist.“ Sie ließ ihn los und wirbelte herum, um mich anzusehen. „*Anscheinend* kann er Dämonen riechen.“

Ich schüttelte den Kopf, vollends verwirrt. „Was?“

Nama richtete die Waffe auf seinen Anhänger – den silbernen mit dem Hammer. „Die Corwins sind Hexenfinder und Dämonenjäger.“

Jack nickte, Verzweiflung in seinen Augen. „Ich kann Dämonen riechen. Ich könnte sie jagen, wenn ich wollte.“ Er hielt seine Hände hoch. Sein Gesicht war blass. „Aber das tue ich nicht! Ich habe noch nie einen Dämon gejagt. Ich trage die Waffe nur zu meinem Schutz. Ich dachte, du wärst eine Bedrohung. Ich dachte, dass du wegen der Taten meiner Familie hinter mir her sein könntest. Deshalb habe ich versucht, dich zu erschießen. Es war reine Selbstverteidigung. Ich schwöre ...“

„Sei still, du verdammter Sterblicher!“, rief einer der Herzöge, ein Mann mit langen schwarzen Haaren. „Wir sind nicht hier, um dich anzuklagen. Wir sind hier, um den *Sukkubus* anzuklagen. Nama behauptet, dass sie eigentlich kein Sukkubus ist. Du bist als Zeuge hier. Das ist deine Rolle.“

Ich spannte meine Handgelenke an. „Und ihr alle seid die Richter?“

Nama gestikulierte mit der Waffe auf mich. „Der König scheint von dir angetan zu sein, und er wird mir nicht zuhören, wenn ich keine Zeugen habe.“ Sie richtete die Pistole auf die anderen Dämonen. „Das sind meine Zeugen. Was ich *wirklich* will, ist ein Barbecue im Turm von Baal, mit einer sterblichen Hure als Hauptgericht. Ich habe schon lange keinen gebratenen Sterblichen mehr gegessen.“

Oh Gott.

„Pass auf mit der Waffe!“, sagte Jack und hob die Hände. „Ich habe getan, was du wolltest. Kann ich jetzt gehen? Wir hatten eine Abmachung. Ich habe dir gesagt, dass sie sterblich ist. Sie riecht wie eine Sterbliche, ich schwöre es. Verbrennt sie, habt euren Spaß, aber lasst mich gehen.“

„Gut“, sagte Nama. „Ich kann dich nicht töten, weil ich dich vielleicht später noch brauche. Aber wenn ich dich bei der Dämonenjagd erwische, werde ich dir die Eingeweide durch dein Maul rausreißen.“

Jack drehte sich um und sprintete durch den Tunnel hinaus.

Ich zappelte und versuchte an den Seilen zu ziehen, aber es hatte keinen Sinn. Da ich keine dämonische Kraft besaß, schürfte ich mir nur die Haut auf. Mit klopfendem Herzen drehte ich mich um und sah Orion an. Seine Augen begannen sich wieder zu öffnen, und er begegnete meinem Blick.

„Warum ist er hier, Nama?“, fragte ich.

Sie zog eine Grimasse. „Ich will, dass er sieht, dass du ihn angelogen hast. Du bist nichts weiter als eine dreckige kleine Doppelgängerin, nicht wahr? Ich will, dass er erkennt, dass ich die ganze Zeit recht hatte. Ich bin die richtige Person für ihn. Und wenn du *wirklich* ein Dämon wärst, würdest du dich leicht aus den Fesseln befreien können. Es ist nur ein *Seil*. Jeder Dämon könnte es zerreißen.“

„Vor dir muss ich mich nicht beweisen“, fauchte ich. „Vielleicht will ich nicht Teil deines dummen kleinen Spiels sein.“

Das war der Inbegriff der Zwickmühle, in der ich steckte. Wenn ich ihnen von dem Bannzauber erzählte, würde ich durch Orions Hand sterben. Wäre ich eine Sterbliche, würde ich durch ihre Hand sterben.

Mein Körper zitterte. „Glaubst du, er wird dich lieben, nachdem du ihn angeschossen hast?“, fragte ich. „Du bist wahnsinnig.“

Sie schielte zu mir herüber, ihre Augen wild und fanatisch. „Er wird sehen, dass ich es getan habe, weil ich ihn liebe. Alles, was ich hier tue, ist für ihn. Für uns. Wir sind füreinander bestimmt.“

Lydia verschränkte die Arme. „Können wir weitermachen, Nama? Deine Besessenheit von ihm ist ehrlich gesagt deprimierend, und ich schäme mich langsam, dasselbe Geschlecht zu haben wie du. Ich hätte auf Legion hören sollen. Der Herzog des Sathanas Bezirks hat gesagt, du wärst verrückt.“

„Womit genau machen wir weiter?“ Meine Stimme zitterte so stark, dass sie inzwischen wissen mussten, dass ich nicht Mortana war. Ich klang *verängstigt*. „Ich habe euch gesagt, dass ich nicht mitmache.“

Orions Augen öffneten sich noch ein wenig weiter. Sie waren jetzt ganz schwarz. Ich konnte spüren, wie der Raum heißer wurde.

„Vielleicht brauchst du ein kleines bisschen Motivation.“ Nama richtete ihre Waffe auf Orion. „Der Prozess wird folgendermaßen ablaufen. Ich werde weiter auf Orion schießen. Auf seine Knie, seine Hand. Vielleicht auch auf sein hübsches Gesicht.“

„Du hast gerade gesagt, dass du ihn liebst!“, rief ich und klang verzweifelt. Ich konnte das Schauspiel nicht mehr aufrechterhalten.

Ihr Gesicht strahlte. „Ja, Mortana. Und wenn ich ihn nicht haben kann, wird ihn niemand anderes haben. So sehr liebe ich ihn.“

Lydia kniff sich in die Nase. „Oh mein Gott, Nama.“

„So funktioniert die erste Prüfung“, fuhr Nama fort. „Du beweist, dass du ein Dämon bist, und rettest ihn. Oder du bleibst an deinen Stuhl gefesselt wie eine schwache kleine Sterbliche und zeigst ihm, dass du ein Tier bist.“

Ich biss die Zähne zusammen. Mein ganzer Körper zitterte. „Was ist, wenn es mir egal ist, was mit ihm passiert?“

Nama grinste, ihre Augen waren jetzt wahnsinnig. Sie wandte sich an Orion. „Dann beweist du, dass du ihn nicht verdienst! Du interessierst dich nicht einmal genug für ihn, um aufzustehen und ihm zu helfen. Und mir ist er wichtig genug, um das alles zu tun.“

„Entschuldigung“, unterbrach sie der Herzog von Mammon. „Wir stellen sie nicht vor Gericht, um zu sehen, ob sie sich für Orion interessiert. Ich möchte nur sicherstellen, dass wir unsere hart verdienten Steuergelder nicht an eine Sterbliche geben. Wenn sie ein Dämon ist, ist es mir völlig egal, ob Orion ihr etwas bedeutet.“

„*Mir nicht!*“, brüllte Nama. Dann wirbelte sie herum, richtete die Waffe auf mich und drückte ab.

KAPITEL 37

Schmerz schoss durch mein Bein und schockte mich derart, dass ich nicht mehr klar denken konnte. Mein Verstand verdunkelte sich für eine Sekunde, und als sich meine Sicht wieder klärte, sah ich, dass sie die Waffe wieder auf Orion gerichtet hatte.

Namas Lachen hallte von den Steinmauern wider. „Jetzt lass es uns bei Orion ausprobieren. Zeig uns, wie stark du bist, Mortana. Zeig uns, dass du deine Feuermagie einsetzen kannst."

Sie drückte ab und schoss Orion in die Kniescheibe. Ich sah, wie sich seine Augen verdunkelten und ein Hitzeschwall durch den Raum schoss.

Ich konnte sie wieder spüren – die aufsteigende Wut. Pure Kraft strömte durch meinen Körper und ein uralter Hass, der Felsen und Stein schmelzen konnte. Die Dunkelheit floss wie Tinte durch mein Blut. Mein Schattenselbst stieg wie Lava an die Oberfläche und ich konnte den Schmerz der Kugel in meinem Bein nicht mehr spüren.

Sterbliche und skrupellose Dämonen hatten Orions Familie vor seinen Augen ermordet, als er noch ein kleiner Junge gewesen war. Sie hatten ihn mit seinen quälenden Erinnerungen in einen Kerker gesperrt. Die meisten wären daran zerbrochen. Und jetzt hatten sie ihn hierher in einen Tunnel geschleppt, um ihn noch mehr zu quälen.

Wut flammte in meinem Blut auf und ich konnte spüren, wie die Seile an meinen Handgelenken zerrten. Ein Licht leuchtete an meiner Stirn auf, meine Brust wurde heißer. Heller. Tief in meinem Inneren lag die Wahrheit verborgen, die ich vor mir selbst versteckt hatte: Ich war stärker als all diese Mistkerle.

Und ich würde töten, um die zu schützen, die ich liebte.

Ich würde dafür sorgen, dass sie es bereuten, geboren worden zu sein.

Nama richtete die Waffe auf Orions Gesicht. „Du bist so schön, Orion. Weißt du, ich glaube, das ist dein Problem. Dein Gesicht ist zu hübsch, und ich muss dich fühlen lassen, wie –“

Ich würde meine Feinde in Flammen baden. Ich würde erst ruhen, wenn sie nur noch ein Haufen Asche waren.

Das Seil zerriss hinter mir, und heißer Zorn brach aus.

Ich wusste nicht, dass das Feuer aus meinem Körper strömte, bis ich das brennende Fleisch roch. Erst dann sah ich die Flammen, die das Gewölbe ausfüllten, ein reines Inferno des Todes. Ein Strudel aus geschmolzener Hitze.

Sie wollten mich vor Gericht stellen?

Ich war die Hölle selbst. Ich würde das Böse von dieser Erde verbrennen. Ich war geboren worden, um zu herrschen.

Die Flammen schlugen zurück in meinen Körper, und ich keuchte und sah an mir herunter. Pure Kraft durchflutete mich und meine Beine begannen zu zittern.

Magie. Mächtige, erschreckende Magie.

Der Bannzauber war aufgehoben worden. Ich fühlte mich unsicher auf den Beinen und war geschockt von dem, was gerade passiert war.

Ich befand mich in einem Albtraum.

Meine Kleidung war versengt und teilweise verbrannt, und meine Beine waren von den Oberschenkeln abwärts nackt. Aschehaufen lagen auf dem Boden, wo drei der Dämonen gestanden hatten, und Qualm waberte in der Luft. Lydia stand noch neben mir, rußgeschwärzt.

Sie starrte auf die Stelle, an der die anderen Dämonen gestanden hatten. „Ich schätze, Nama hat sich geirrt“, sagte sie leise. Dann rannte sie durch den Tunnel davon.

Ich schaute auf meine Hände hinunter, auf meine glühenden Finger. Flammen züngelten aus ihnen hervor. Ich spürte, wie ein magischer Strom durch meine Arme floss und mich bis in die Fingerspitzen elektrisierte.

Als ich mich umdrehte und Orion ansah, durchfuhr mich erneut Schrecken. Die Ketten waren geschmolzen und er erhob sich auf seine Füße, seine Augen schwarz wie die Nacht. Anscheinend hatte er doch noch Kraft in sich. Seine Kleidung war an einigen Stellen verbrannt, so dass Arme und Oberschenkel zum Vorschein gekommen waren.

Der pure Hass in seinen Zügen ließ mein Herz stillstehen. Die Zeit schien sich zu verlangsamen, und ein Windhauch spielte mit seinem silbernen Haar.

Aber es war das Mal auf seiner Stirn, das mich dazu brachte, ihn umbringen zu wollen.

Ein fünfzackiger Stern.

Da war er, der verdammte Lichtbringer. Der Herrscher der Dämonen.

Kampfeswut durchströmte meinen Körper und ich spürte, wie sich die Luft um uns herum erhitzte. Ich hatte keine Ahnung, ob die Quelle Orion oder ich war. Ich wusste nur, dass die Steine unter uns zu glühen begannen, rot und heiß. Die Stille drückte auf uns, schwer wie die Erde in einem Grab.

In meinen Schulterblättern kribbelte ein uralter Instinkt, meine Flügel zu entfalten.

Orions Lippen kräuselten sich, und Schatten schlängelten sich um ihn wie Rauch. „Mortana", knurrte er. Seine Stimme war eine eiskalte Klinge, die mich bis ins Mark traf. „Da bist du ja."

„Da ist der Lichtbringer", zischte ich. „Du hast dich bemerkenswert gut erholt."

„Ich war nicht so verletzt. Ich wollte die Wahrheit über dich genauso sehr erfahren wie die anderen. Und jetzt weiß ich es. Du hast es geschafft, dich als Sterbliche zu tarnen."

Ich zeigte auf ihn. „Ich weiß jetzt, was passiert ist. Du hast meine Mutter getötet. Du hast einen Blutschwur geleistet, jeden in Mortanas Familie zu töten, auch meine Mutter. Die ganze Zeit über hast du so getan, als würdest du mir helfen, ihren Mörder zu finden, und du wusstest, dass du es warst."

Er schüttelte langsam den Kopf, und ich war mir nicht sicher, was das bedeutete. Ich wusste nur, dass er aussah, als wollte er mir den Kopf vom Körper reißen.

Ich war mir nicht sicher, wer von uns beiden sich zuerst bewegte, aber im nächsten Moment drückte er mich gegen die Wand, und meine Füße hoben vom Boden ab. Seine Hand schloss sich um meine Kehle und er presste mich hart gegen den Stein. Unendliche Dunkelheit brannte in seinen Augen.

„Mortana“, knurrte er. „Es ist sehr bedauerlich, dass die schönste Person, die ich je gesehen habe, auch meine schlimmste Feindin ist.“

Aber ich war keine schwache Sterbliche mehr und konnte mich wehren. Ich hob meine Arme und schlug meine Hände gegen seine Handgelenke. Gleichzeitig rammte ich mein Knie hart in seine Leistengegend.

Er ließ mich los. Ich stürzte mich auf ihn. Mit meiner Faust zielte ich auf sein Gesicht. Aber er packte meine Hand und drehte sie hinter meinen Rücken. Als er mich mit knochenbrechender Kraft gegen die Wand stieß, stöhnte ich auf.

„Wusstest du es?“ Seine leise Stimme war wie ein alter Fluch. „Wusstest du, wie ich mich fühlen würde, wenn ich die Wahrheit erfahre? Hast du es deshalb getan?“

„Ich weiß gar nichts.“ Ich trat ihm wieder gegen das Schienbein, so fest, dass ich ein Knacken hörte. „Ich habe keine verdammte Ahnung, was hier passiert, Orion.“

Ich wirbelte herum und wollte nach ihm schlagen, aber er hob mich in die Luft. Er schleuderte mich quer durch den Raum, und ich schlug hart auf dem Boden auf. Als Sterbliche wäre ich tot gewesen. Als Dämon war es nur ein Stolpern.

Kein Wunder, dass Dämonen dachten, Sterbliche seien schwach. Ich fühlte mich unbesiegbar.

Von oben schaute Orion auf mich herab wie ein erobernder Gott, der auf ein Opfer wartete. „Ich weiß genau, wer du bist. Du bist meine schlimmste Feindin. Du warst nie etwas anderes.“

Ich stieß meine Hüfte nach oben und schlug die Rückseite meines Absatzes in sein Knie, wo Nama ihn getroffen hatte – einmal, zweimal. Mit einem Knurren stolperte er zurück. Vom Boden aus trat ich gegen seine Waden und riss ihm die Beine unter den Füßen weg. Als er nach hinten fiel, sprang ich auf ihn. Ich schlang meine Hände um seinen Hals und meine Schenkel um seine Taille. Dann ließ ich mir Zeit. Leicht drückte ich zu, damit er wusste, was kommen würde. Ich spürte, wie meine Klauen hervortraten, bereit, ihm das Herz herauszureißen, und ich drückte sie gegen seine Brust.

„Ich weiß nicht, ob ich Mortana bin!", schrie ich ihn an. „Wenn ich einmal Mortana war, ist sie mir so fremd wie irgendeine Unbekannte. Ich bin nicht das, wofür du mich hältst. Du hast gesagt, dass Mortana sich nur um sich selbst kümmert. Und du hast gesagt, dass Gefühle einen Dämon dazu bringen, ihr wahres Ich zu offenbaren. Aber es war nicht bloß Selbsterhaltung, die meine dämonische Seite zum Vorschein gebracht hat. Jedes Mal, wenn ich gespürt habe, dass sie aufgestiegen ist, wollte ich dich beschützen. Es war der Gedanke an dich als kleinen Jungen in diesem Kerker." Meine Brust schmerzte von meinen eigenen Worten. „Meine dämonische Seite ist zum Vorschein gekommen, weil ich dich beschützen wollte. Ich habe den Bannzauber zerbrochen, weil ich dich in Sicherheit bringen wollte. Ich weiß also nicht, wer ich bin, aber ich weiß, dass ich nicht das Monster bin, nach dem du suchst. Aber du? Du bist derjenige, der *mich* verraten hat, Orion. Du hast so getan, als würdest du mir helfen, den Mörder meiner Mutter zu finden, dabei warst du es die ganze Zeit", knurrte ich.

Er starrte wie gebannt zu mir hoch. „Wie kommst du darauf, dass ich es war?“

„Ich kenne dich noch von damals.“

„Nein, tust du nicht. Ich habe dich nie angelogen. Ich verschweige nicht, was ich getan habe. Wenn ich deine Mutter getötet hätte, hätte ich es dir sofort gesagt, als ich dich getroffen habe. Aber jetzt habe ich einen neuen Fehler gemacht, und zwar meinen schlimmsten.“

„Welchen?“

„Ich hätte dich in den letzten zwei Minuten schon fünfmal töten können. Ich könnte dich auch jetzt töten. Und irgendetwas verdammt Idiotisches hält mich davon ab.“ Sein Kiefer straffte sich. „Ich habe mich noch nie so sehr verabscheut wie in diesem Moment, und glaub mir, das will etwas heißen, denn ich habe schon *erstaunliche* Tiefen des Selbsthasses ausgelotet.“

„Hör auf, das Thema zu wechseln.“ Tränen liefen über mein Gesicht. „Dein Mal ist der fünfzackige Stern. Ich erinnere mich an die Nacht, in der meine Mutter im Wald mit Feuermagie ermordet wurde. Das warst du.“

„Du solltest vielleicht mal in den Spiegel schauen, Mortana. Ich bin nicht der Einzige mit Feuermagie, und es scheint, dass Luzifer uns beide gesegnet hat. Du und ich sind beide als Lichtbringer gekennzeichnet. Aber wenn du glaubst, dass du mir den Thron wegnehmen kannst, irrst du dich.“

In meiner Brust blühte das Grauen auf. Entsetzt stand ich auf und stolperte von Orion weg. Mit tränenüberströmtem Gesicht griff ich in meiner Jeanstasche nach meinem Handy. Es war halb geschmolzen und funktionierte nicht mehr, aber in dem schwarzen Schimmer konnte ich eine Spiegelung erkennen – von dem, was auf meiner Stirn leuchtete.

Ein fünfzackiger Stern.

Ohne ein weiteres Wort zu Orion zu sagen, rannte ich durch die Tunnel davon.

Aber ich floh nicht vor Orion. Ich rannte vor der Erinnerung davon, vor der ich die ganze Zeit geflohen war. Vor dem Grund, warum ich so besessen davon war, den Mörder meiner Mutter zu finden. Das war meine schlimmste Angst gewesen – die dunkelste Wahrheit, die in den Tiefen meines Geistes vergraben war und die ich so verzweifelt widerlegen wollte.

Und wenn ich Mom getötet hatte?

In der Nacht hatten wir uns gestritten. Sie wollte immer wieder umziehen. Sie wirkte paranoid, wahnhaft. Sie glaubte, dass jemand hinter uns her war, wollte mir aber nicht sagen, wer, und ich wollte nicht mehr umziehen.

Orion hatte gesagt, dass er sein Feuer nicht hatte kontrollieren können, als er jünger gewesen war ...

Ich hatte geglaubt, sie hätte ihren Verstand verloren. Ich war so wütend gewesen.

Übelkeit stieg in meinem Bauch auf und ich wusste kaum, wohin ich rannte. Ich hatte das Gefühl, als würden die Wände um mich herum einstürzen.

War ich Mortana?

War ich tief in meinem Inneren, unter den Lügen, die ich mir einredete, wirklich böse?

Ich rannte und rannte, bis ich das Mondlicht in Osborne sah. Ich schlüpfte in die Schatten. So verborgen lief ich die Uferpromenade entlang. Ich sprintete an der Brauerei und dem Cirque de la Mer vorbei. Ich wusste nicht, wohin ich wollte, nur, dass ich mich bewegen musste.

Aber ich konnte nicht dem entkommen, wovor ich wirklich fliehen wollte.

KAPITEL 38

Ich lehnte mich auf meinem Bett in meiner Kellerwohnung zurück und starrte die Wand an. Dann schenkte ich mir einen weiteren Pappbecher billigen Rotwein ein und kümmerte mich nicht mehr darum, dass die Spinnen auf meiner Bettdecke herumkrabbelten.

Lass sie krabbeln.

Ich war schon fast einen Tag hier unten und hatte schon meine zweite Flasche intus.

Wenn Orion mich finden und wieder in den Kerker werfen wollte, wäre das nicht schwer. Ich hatte mir nicht die Mühe gemacht, mich zu verstecken. Ich war einfach dorthin zurückgekehrt, wo ich angefangen hatte – in den schimmeligen Keller, den ich mit sechs anderen Menschen teilte. Jetzt hatte ich weniger Angst, aber viel mehr Selbsthass. Wenn Orion mich zurückschleppte, würde ich in alten Leggings und einem David Bowie T-Shirt mit Weinflecken gehen. Und ich war mir nicht sicher, ob ich mich wehren würde.

Mein Blick wanderte im Zimmer umher und landete dann auf dem Feuerlöscher. Ich brach in eine Art hysterisches, dunkles Lachen aus und verschüttete etwas von meinem Wein auf der Bettdecke.

Ich schätze, ich kann jetzt die ganze Feuerschutzausrüstung loswerden.

Mein Telefon surrte – eine weitere Nachricht von Shai, die verzweifelt wissen wollte, was los war. Ich antwortete nicht, weil ich ehrlich gesagt keine Ahnung hatte, was ich sagen sollte.

Ich war ein Dämon, ja. Aber ich hatte nicht vor, ihr das per Telefon mitzuteilen. Trotzdem sollte ich sie wissen lassen, dass ich noch am Leben war.

Ich klappte mein neues, extrem billiges Handy auf. Da mir nichts Besseres einfiel, schickte ich ihr einen Smiley und ein Weinflaschen-Emoji.

Das sollte genügen.

Mir schwirrte der Kopf. Langsam wurde mir übel. Wann hatte ich zuletzt etwas gegessen?

Der Raum schien zu wackeln. Anscheinend machte einen das Dämonendasein schneller und stärker, aber es erhöhte nicht die Alkoholtoleranz.

Ich wollte nicht, dass mein Kopf frei wurde. Ich konnte mich nicht mit der Möglichkeit abfinden, dass meine eigene Feuermagie Mom getötet hatte.

Als mein Telefon wieder summte, fand ich eine verzweifelte Nachricht von Shai in Großbuchstaben:

GEHT ES DIR GUT?! WAS IST LOS? ZWEI WEITERE HERZÖGE SIND TOT?? Ich habe Legion im Sathanas Bezirk gesehen. Ich habe den Mut aufgebracht, ihn zu fragen, wo Mortana ist. Er hat gesagt, niemand hätte dich gesehen und es gäbe Gerüchte, dass du zwei Herzöge verbrannt hättest. IST ALLES IN ORDNUNG?

Ich stellte meine Tasse Wein auf den Nachttisch und fing an, ihr zu schreiben.

Mir geht's gut.

Aber wozu? Ich war immer so besorgt darüber, was die Leute denken würden oder dass ich sie mit der Dunkelheit, die ich in mir trug, in Verlegenheit bringen könnte. Ich wollte niemanden mit meinen verstörenden Gedanken belasten. Vielleicht konnte ich tatsächlich ein oder zwei Dinge von Orion lernen. Vielleicht konnte ich versuchen ... einfach Klartext zu reden und Dinge zu sagen.

Mit einem seltsamen Gefühl von Schwindel tippte ich: *Es hat sich herausgestellt, dass ich ein Dämon bin. Ich habe Feuermagie. Und ein Sternenmal. Was, wenn ich diejenige bin, die Mom getötet hat? Was ist, wenn ich böse bin?*

Ich beobachtete, wie sich die Punkte auf dem Bildschirm bewegten, während sie mir zurückschrieb, und mein Herz pochte, als ob mich das Urteil des Heiligen Petrus erwartete.

Böse Menschen machen sich keine Gedanken darüber, dass sie böse sind, Rowan. Es ist ihnen egal.

Meine Brust krampfte sich zusammen und ich ließ das Telefon fallen. Verdammt. Natürlich hatte sie recht.

Warum war ich nicht in der Lage gewesen, klar genug zu denken, um das zu berücksichtigen? Eine Psychopathin fürchtete nicht, dass sie böse war. Sie verspürte nicht einmal Angst. Und ich? Selbst als Dämon hatte ich reichlich Angst gehabt.

Ich stand von meinem Bett auf und riss meine Kellertür auf. Orion hatte Mortana als jemanden beschrieben, der sich in seinem Innersten nicht um andere kümmerte. Und es stimmte, was ich ihm gesagt hatte – meine Gefühle kamen dann an die Oberfläche, wenn ich das Gefühl hatte, ihn unbedingt beschützen zu wollen.

Und ich konnte nicht Mortana sein.

Schließlich erinnerte ich mich daran, ein Kind gewesen zu sein. Ich hatte im Bällebad geweint und mir in der zweiten Klasse in die Hose gepinkelt. Meine Mutter hatte mich ein Jahr lang mit Waffeln zur Schule geschickt, weil ich mich weigerte, etwas anderes zu essen, und die anderen Kinder hatten über meine knochigen Knie gelacht. Die Nächte, in denen Mom meinen Kopf gestreichelt hatte, weil ich Albträume gehabt hatte und ständig nach Wasser gefragt hatte.

Ich erinnerte mich daran, dass ich das schnellste Kind in meiner Sportklasse gewesen war, aber nie die Seile hochklettern konnte, und dass ich in Matt Logan verknallt gewesen war, selbst nachdem er mir gesagt hatte, dass ich nervig wäre. Ich wusste noch, wie ich mit meiner Mutter in der Mittagspause *Der Preis ist heiß* geschaut und mich über die Preise gefreut hatte.

Ich erinnerte mich an die Kommunion meiner Freundin Amy, mit der ich in die Kirche gegangen war, obwohl ich nicht katholisch war. Ich hatte Abscheu vor der Statue von Sankt Luzia empfunden.

Und jetzt verstand ich, warum.

Magie konnte vielleicht Erinnerungen unterdrücken, aber konnte sie wirklich eine Kindheit vortäuschen? Und zwar so genau? Ich war kein fünfhundert Jahre alter Dämon. Ich war Rowan Morgenstern, und das wusste ich.

Und vor allem erinnerte ich mich daran, wie sehr ich meine Mutter geliebt hatte. Egal, wie wütend ich auf sie gewesen war, ich hätte sie auf keinen Fall umgebracht. Zumindest nicht mit Absicht.

Als ich nach draußen ging, stellte ich zu meiner Überraschung fest, dass es Nacht war – ich hatte das Zeitgefühl völlig verloren. Ich blinzelte in den Mond über Osborne und fühlte mich in seinem Licht seltsam wohl.

Verdammt.

Ich war Rowan Morgenstern, aber ich war auch ein Sukkubus. Irgendwie.

Ein Geschöpf der Nacht.

Ich schaute wieder auf das Schlüsseltattoo auf meinem Arm, das jetzt dauerhaft war. Ich wusste immer noch nicht, was passiert war, aber ich konnte nur vermuten, dass Mom einen Zauber gewirkt hatte, um sicherzustellen, dass ich immer beschützt sein würde. Dass mein Blut sterblich schmeckte, nur für den Fall.

Ich begann in Richtung Hafenviertel zu laufen. Hier war es kälter als in der City of Thorns und eine Gänsehaut überzog meine Haut. Die Luft schmeckte nach Salz und roch nach Seegras. Am kalten Meer ließ ich mich von den Schatten verschlingen. Ich brauchte keine Angst mehr zu haben, nachts draußen zu sein. Die Sterblichen konnten mir nichts anhaben. Die Dämonen würden es nicht wagen.

Die Sache war die: Wenn ich ein Dämon war, gehörte ich nicht wirklich nach Osborne. Wenn ich es nicht wieder in die Sicherheit der Stadtmauern schaffte, hatte ich nur noch ein oder zwei Tage Zeit, bevor meine Magie erlosch.

Ich war nicht sterblich. Mom war es auch nicht gewesen. Sie musste eine Lilu gewesen sein – eine der Verbannten. Sie hatte hier draußen im Verborgenen gelebt und immer über ihre Schulter geschaut, voller Angst. Sie war verbannt worden, nur weil sie ein Sukkubus war.

Und mein Vater? Wenn er tatsächlich Herzog Moloch war, war er kurz nach meiner Geburt getötet worden. Vor etwa zwanzig Jahren. Vielleicht war er zurückgekehrt, um mich zu retten.

Ich dachte an den Kinderreim, den ich in dem Buch gefunden hatte. Hatte das etwas zu bedeuten?

Die Maere der Nacht
jagte den Mädchen einen Schrecken ein,
aber eine Königin liebte ihn sehr.
Er verlor seinen Thron,
aber die Saat wurde gesät
im Garten von Adele.
Ein Schwindlerkönig,
ein goldener Ring,
um sein Herz am Leben zu erhalten.
Nimm den Ring,
der König ist gefallen,
die Stadt wird dennoch gedeihen.

Es klang wie ein Kinderlied, aber ich war mir sicher, dass in diesem Gedicht etwas Wichtiges verborgen lag. Ein Geheimnis, das ich lüften musste.

Aus den Tiefen meines Gehirns stieg ein uralter Instinkt an die Oberfläche, und Magie kribbelte in meinen Schulterblättern.

Ich musste mich in die Lüfte erheben. Ich musste frei sein.

Mein Rücken wölbte sich, dann brachen die Flügel aus meiner Haut. Als ich über meine Schulter blickte, sah ich sie, schwarz und gefiedert, mit goldenen Sprenkeln. *Wunderschön.*

Das war eine Befreiung – die Enthüllung meines wahren Selbst. Meine Flügel begannen in der Luft zu schlagen und mein Instinkt trug mich immer höher in den salzigen Wind.

Orion hasste mich jetzt. Er war davon überzeugt, dass ich Mortana war.

Aber ich wollte die Wahrheit herausfinden. Ich wollte genau erfahren, was mit Mom passiert war und wer ich war.

Was machte eine Person zu dem, was sie war? War es eine Seele? Oder ihre Erinnerungen? Ich wusste es nicht. Ich wusste nur, dass ich nicht das Monster war, für das Orion mich hielt.

Ich atmete tief ein und starrte auf die verschlossenen Tore der City of Thorns.

Tief in meinen Knochen wusste ich, dass ich dort hingehörte. Ich hatte es immer gewusst.

Ich war eine Lichtbringerin, gesegnet von Luzifer. Und ob es Orion gefiel oder nicht, ich würde mit ihm um meinen Platz in der Stadt kämpfen.

Denn ich war dazu bestimmt, sie zu regieren.

DANKSAGUNG

Danke, dass du City of Thorns gelesen hast! Wenn du Wissen möchtest, wie es weitergeht, dann schau dir Band zwei an, Lord of Embers.

Ich danke meiner Familie, die mich immer unterstützt hat, und an Michael Omer für seine Kritik und emotionale Unterstützung. Danke an Nick für seine Hilfe beim Entstehen dieses Buches.
Jen und Jeannie sind meine fabelhaften Lektorinnen für dieses Buch gewesen. Vielen Dank auch meinem Testlese-Team und C.N. Crawfords Coven auf Facebook!

Bis bald in der City of Thorns,
Christine und Nick Crawford

BUCHVERLOSUNG

Jeden Monat verlosen wir Taschenbücher aus unserem Sortiment. Um Bücher zu gewinnen und tolle neue Fantasyromane zu entdecken, besucht uns auf Instagram @vonmorgenverlag

Gemütliche Lesestunden wünschen euch
Jenny und Katharina
Von Morgen Verlag

Printed in Poland
by Amazon Fulfillment
Poland Sp. z o.o., Wrocław

42315413R00176